小公子

第1章　青天の霹靂

セドリック自身は、まったく知らないことだった。話を聞いたことさえなかった。自分の父親がイギリス人だったことは知っていたが、それは母親からそう聞いたからだ。けれど、その父親はセドリックがまだとても小さいときに亡くなってしまったので、あまり記憶には残っていなかった。おぼえているのは、父親が大きな人で、瞳が青い色をしていて、長い口ひげがあって、肩車してもらって部屋の中を歩きまわるのがとても楽しかった、ということぐらいだった。父親が亡くなって以来、セドリックは母親には父親の話をしないほうがいいと思うようになった。父親が病気のあいだ、セドリックはよそに預けられていたのだが、家にもどってきたときには何もかもが終わっていた。母親自身も重い病を患ったあとで、ようやく床を離れて窓辺の椅子にすわれるようになったばかりだった。母親は顔が青白く、すっかり痩せてしまって、美しい顔からはえくぼが消え、悲しい色をした瞳ばかりが大きく目立って、いつも黒いドレスを着ていた。

「〈最愛のきみ〉」セドリックは母親に話しかけた（父親がいつも母親をそう呼んでいたので、幼いセドリックもそう呼ぶようになったのだった）。「ねえ、〈最愛のきみ〉、お父さまは良くなったの？」

母親の両腕がわなわなと震えだし、セドリックは巻き毛の頭をそらして母親の顔を見上げた。そこには、セドリック自身が泣きたくなるような表情が浮かんでいた。

「〈最愛のきみ〉、お父さまは良くなったの？」

そう尋ねながら、セドリックは母をいとおしく思う心が命ずるままに、いきなり両腕を母親のうなじに巻きつけ、母親に何度も何度もキスをし、柔らかな頰を母親の頰に押しつけた。すると母親はセドリックの肩に顔を伏せて泣きくずれ、けっして放すまいというほどの強さでセドリックをひしと抱きしめた。

「ええ、お父さまは良くなられたのよ」母親はむせび泣きながら言った。「とても良くなられたの。でも、わたくしたちは――わたくしたちは二人きりになってしまったわ。二人きりに」

それを聞いて、幼いながらも、セドリックにはわかった。大きくてハンサムで若々しかった父親は二度ともどってこないのだ、と。父親は亡くなってしまったのだ、と。ほかの誰かが亡くなった話は聞いたことがあったけれど、こんな悲しみが胸に押しよせるのはどうしてなのか、そこはよくわからなかった。父親の話をするたびに母親が泣くので、セドリックはなるべく父親の話はしないようにしようと心ひそかに思いさだめた。それに、母親が暖炉の火を見つめたまま、あるいは窓の外を眺めたまま、じっと動かず口もきかずにすわっている時間をなるべく作らないほうがよさそうだ、ということもわかってきた。セドリックと母親には懇意にしている知り合いも少なく、見方によってはずいぶん寂しい暮らしをしていたが、もう少し大きくなって、なぜ人があまり訪ねてこないのか理由を聞くまで、セドリックは自分たちの暮らしがとくに寂しいとは思っていなかった。セドリックがやがて知るようになったのは、母親が孤児で、父親と結婚した当時は天涯孤独の身であったという事情だった。母親はとても美しい人で、ある裕福な老婦人の話し相手として住みこみで雇われていたのだが、その老婦人はきつい人で、ある日その老婦人の家を訪ねていたセドリック・エロル陸軍大尉は、老婦人のお相手をつとめていた女性が涙ぐみながら階段を駆け上がっていく姿を見かけた。その姿がとても可憐で無垢で悲しそうに見えたので、大尉はその女性のことが忘れられなくなった。それからいろいろなことがあって、二人は親しくなり、深く愛しあうようになって、結婚した。しかし、その結婚は幾人かの反感を買うことになった。なかでも、この結婚に激怒したのが、イギリスにいる大尉の父親だった。エロル大尉の父親はたいへん金持ちで有力な老貴族で、気性が荒く、アメリカとアメリカ人をひどく嫌っていた。エロル大尉には兄が二人いた。法の定めによって、二人の兄のうち年長のほうが爵位と財産を相続することになっていた。莫大な財産と高い身分である。長子が死亡した場合は、次男が家を継ぐことになる。したがって、三男であるセドリック・エロル大尉には、高名な一家の息子でありながら、莫大な資産を受け継ぐ見込みはほとんどなかった。

ところが天の配剤は皮肉なもので、この末っ子は、兄たちがついぞ恵まれなかった美点に恵まれていた。整った顔だち、堂々として力強く気品に満ちた体軀。輝くような笑顔、優しく明るい声。勇気があり、心が広く、このうえなく親切な心の持ち主で、誰からも愛される魅力があった。一方、兄たちはそうではなかった。二人の兄たちは、どちらもハンサムではなく、親切でもなく、頭が良くもなかった。イートン校に通っていたころも、二人の兄たちは皆から好かれる生徒ではなかった。大学に進学したあとも、勉学にはいっこうに身を入れず、時間と金を浪費するばかりで、心から信じあえる友を得ることもなかった。父親である老伯爵にとって、上の息子二人はつねに失望と屈辱の種だった。跡継ぎの長男は家名にふさわしいとはとうてい言いがたく、どこまでも自分勝手で自堕落で卑しいばかりで、男らしさや高貴な性格など望むべくもなかった。ほとんど財産を相続する見込みのない三男坊にかぎってあらゆる才能に恵まれ、魅力や強さや美しさをすべて兼ね備えているとは、まことに口惜しいことだ、と老伯爵は思っていた。高貴な家名と莫大な財産を受け継ぐにふさわしいあらゆる美徳を備えた若くてハンサムな末息子を見るにつけ、老伯爵は嫌悪の情に襲われることさえあった。それでも、プライドが高く意固地な心の底で、老伯爵はこの末息子がかわいくてしかたなかった。あるとき、老伯爵は苛立ちのあまり、末息子をアメリカへ旅立たせることにした。この子をしばらくアメリカへやってしまえば、好き勝手に振る舞って問題ばかり起こしている上の息子たちと何かにつけ比較してしょっちゅう腹立たしい思いをすることもなくてすむかもしれない、と考えたのである。

しかし、半年も過ぎると老伯爵は淋しくなり、また末息子の顔を見たいとひそかに思うようになった。そこで老伯爵は三男セドリックに手紙を書き、帰ってくるよう命じた。老伯爵からの手紙は、エロル大尉が書いた手紙とちょうど行き違いになった。エロル大尉から父親にあてた手紙には、美しいアメリカ人の娘と恋に落ちたこと、結婚しようと思っていること、が書かれていた。この手紙を受け取った伯爵は、怒り狂った。いかに気性の荒い伯爵といえども、息子のエロル大尉からの手紙を読んだときほど怒りにまかせて荒れ狂ったことはなかった。その場に居合わせたそば仕えの召使いは、老伯爵が卒中の発作を起こすのではないかとはらはらした。それほどの怒りようだったのである。一時間のあいだ、老伯爵はトラのように怒り狂い、そのあと腰を下ろして息子あてに手紙をしたため、今後二度と生家に近づくことは許さぬ、二度と父親や兄たちに手紙を書くことさえならぬ、と申し渡した。そして、好きなように生きるがよい、どこでなりと勝手に野たれ死ぬがよい、伯爵家からは永遠に勘当する、死ぬまで父親からの援助はないと思え、と突き放した。

この手紙を読んだエロル大尉は、とても悲しんだ。大尉はイギリスが大好きだったし、生まれ育った美しい屋敷を心から愛していた。気難しい父親のことさえ愛していたし、父親の失望に同情してもいた。けれども、これからは父親からいっさい温情を期待できないことは明らかだった。はじめ、エロル大尉は、どうしたものかと途方に暮れた。仕事に就くようには育てられていないし、商売の経験もなかった。

けれども、大尉には勇気があったし、断固たる決意もあった。そこで、セドリック・エロルはイギリス陸軍における大尉の地位を売り払い、多少の苦労はしたもののニューヨークで働き口を見つけて、結婚した。イギリスでの暮らしを思えばけっして容易ではない変化だったが、若きセドリック・エロルは幸せで、懸命に働けば将来はおおいに明るいに違いないと思っていた。ニューヨークの片隅のひっそりとした通りに小さな家を構え、息子も生まれた。何もかもが明るく楽しく、質素ではあったけれども、裕福な老婦人の話し相手をつとめていた美しい女性の心根の優しさに惹かれ、たがいへの愛情ひとつを頼りに結婚したことを、一瞬たりとも後悔はしなかった。妻はほんとうに気立てがよく、生まれた息子は母親にも父親にもよく似ていた。生まれたのは、都会の片隅の安っぽい小さな家であったけれども、これ以上に恵まれた赤ん坊はいないと思われるほどいい子だった。まず第一に、その男の子はいつも健康で、親を心配させるようなことはひとつもなかった。第二に、その子はいつも機嫌がよく、しぐさがとてもかわいらしくて、誰からも好かれた。第三に、その子は絵に描いたように美しい顔だちをしていた。生まれたての赤ちゃんは髪の毛のない子が多いものだが、この子は生まれたときから柔らかくて美しい金髪がふさふさ生えており、その髪は先端でカールして、生後六カ月ごろにはゆるい巻き毛になった。大きな茶色の瞳は長いまつげに縁取られ、それはそれはかわいらしい顔だった。それに、背中が丈夫で足がとてもしっかりしていたので、生後九カ月でもう歩くようになった。赤ん坊にしてはとても聞き分けのいい子で、皆が喜んであやしてくれた。この子は誰に会っても愛想がよく、乳母車に乗せられて通りを歩いているときなどに声をかけてもらうと、初対面の相手をかわいらしい茶色の瞳でじっと見つめ、それから愛らしく親しみのこもった顔で笑いかけるのだった。そんなふうなので、セドリックが住んでいるひっそりとした通りの隣人たちは——気難しいことでは右に出る者がいないと思われている街角の食料品店の主人も含めて——誰も彼もセドリックを見かけると喜んで声をかけてくれた。月を重ねるごとに、セドリックは美しい顔だちをした魅力的な子供に成長していった。

乳母に付き添われ、小さなワゴンを引っ張りながら、白いキルト風のスカート[1]をはき、金髪の巻き毛に白い大きな帽子をあみだにかぶって外を歩くようになると、りりしい顔だちで元気いっぱいでバラ色の頬をした幼いセドリックの姿は道ゆく人々の目を引き、散歩から帰ってきた乳母は、街で婦人たちがわざわざ馬車を止めてセドリックに声をかけ、まるで昔からの知り合いと話すように快活なかわいらしい声で返事をするセドリックに大喜びした、というような自慢話を母親に聞かせるのだった。セドリックの最大の魅力は、なんといっても、快活で臆することなく独特な人なつこさでもって誰とでも仲良くなれる性格だった。それは相手を信じて懐に飛びこんでいくセドリックの性質、相手の気持ちを察して自分と同じように相手を気分よくさせてあげたいと願うことのできる優しい心根から来ているのだろうと思う。そのおかげで、セドリックは周囲の人たちの気持ちを敏感に察することができた。こうした能力が自然に身についたのは、いつも父親と母親から愛情や思いやりや優しさを注がれて大切に育てられたおかげだろう。家の中では意地悪な言葉も無礼な言葉もけっして耳にすることがなかったし、いつも愛され、抱きしめられ、優しくされて

1　スコットランドの高地人や軍人などが着用する膝丈の巻きスカート。

育ったので、セドリックの心には他人に対する思いやりや無垢な温かい気持ちがあふれていた。父親が母親を愛情のこもった特別な呼び方で呼ぶのをいつも耳にしていたので、セドリック自身も母親に話しかけるときにはそういう呼び方を使うようになった。父親がいつも母親を見守り、とても大切にする姿を見ていたので、セドリック自身も母親を大切に思いやる子供に育った。

だから、父親がもうもどってこないのだと悟ったとき、母親がとても悲しんでいる姿を見て、幼いセドリックの優しい心の中に、母親を何とかして喜ばせてあげたいという気持ちが芽生えた。セドリック自身、まだ幼い子供ではあったけれど、いつもそういう思いを抱きながら母親の膝によじのぼって母親にキスをし、巻き毛の頭を母親のうなじに押し付けるのだった。あるいは、おもちゃや絵本を母親に見せにいくときも、ソファに横になっている母親にくっついておとなしく丸まって寝るときも、母親をなんとか喜ばせたいという思いがセドリックの胸の中にあった。幼いセドリックには、それ以外にどうすればいいのかわからなかったので、自分に思いつくだけのことをしたまでだったが、母親はセドリックが思う以上にその心づかいになぐさめられていた。

「あのね、メアリー」と、母親が年老いたお手伝いに話しかけるのを、セドリックは耳にしたことがあった。「あの子はあの子なりにわたくしをなぐさめてくれようとしているのだと思うわ。きっとそうよ。ときどき、わたくしのことを愛おしそうに探るような目で見るの。わたくしをかわいそうに思っているような目で。そして、わたくしのところへ来て、優しくしてくれたり、何かを見せてくれたりするの。あんなに小さいのに、わたくしの気持ちをわかってくれているのね」

成長するにつれて、セドリックは独特の言動で周囲の人々をおおいに楽しませる存在になった。母親にとってはかけがえのない話し相手になり、おかげで母親はセドリックさえそばにいてくれれば満ち足りていた。セドリックと母親は連れだって散歩をし、おしゃべりをし、二人で遊びに興じた。ずいぶん幼いうちから、セドリックは字をおぼえた。それからは、夜になると暖炉の前の敷物に腹ばいになって、声を出して本を読むのが日課になった。物語を読むこともあれば、大人が読むような本を読むこともあった。新聞を読むこともあった。そんなときには、台所で働いているメアリーの耳に、息子のおかしな言葉づかいを聞いて笑うエロル夫人の声が聞こえてくるのだった。

「ほんによ」と、メアリーは食料品店の主人に話すのだった。「坊ちゃんのやることったら、おもしろくて、笑わずにゃいらんねえだよ。それに、あの妙にませた口ぶりがふるっとるじゃないかね！　新しい大統領の候補が決まった夜なんぞは、台所にやってきて、火の前に立って、両手をちっちゃなポケットに突っこんで、そりゃもう絵に描いたような姿でさ、子供ながらに判事さんみてえな大真面目な顔つきでさ、あたしにこう言うんだよ。『メアリー、ぼくはね、選挙にとっても興味があるの。ぼくは共和党だよ。〈最愛のきみ〉もそうなの。メアリーも共和党？』そんでもって、あたしが『ごめんなさいよ、あたしゃ根っからの民主党でしてね！』って言ったら、あの子、人の心臓を射抜くような目であたしを見上げて、言うんだよ。『メアリー、それじゃ国がほろびちゃうよ』ってさ。それからは、一日とおかずに、あたしに贔屓の党を変えさせようとして議論を吹っかけてくるんだよ」

メアリーはセドリックをとてもかわいがり、たいそう自慢にしていた。セドリックが生まれたときからずっとこの家でお手伝いとして働いてきた老女は、セドリックの父親が亡くなってからは料理も掃除洗濯も子守りも何もかも引き受けていた。メアリーはセドリックの気品あふれる丈夫なからだや愛らしい性格を誇りに思い、ことに金髪の巻き毛を自慢にしていた。セドリックの髪は額の上でカールし、両肩までかわいらしくこぼれ落ちていた。メアリーは朝早くから夜遅くまで文句も言わずに若い母親を手伝って、セドリックの小さなスーツを縫ったり繕ったりした。

「貴族趣味だって？　けっこうじゃないかね」メアリーは言うのだった。「正直、五番街に住んでるあの子だって、うちの坊ちゃんみたいに堂々と歩くのは見たことないやね。旦那衆もご婦人方も子供たちも、みんな、うちの坊ちゃんに見とれるよ。奥様の古いドレスを仕立て直した黒いベルベットのスカートをはいてさ、[2]しゃんと顔を上げて、巻き髪がつやつや揺れて光って。まるで貴族の子供みたいな品があるよ」

セドリックは自分が貴族の子供のように見えるかどうかは知らなかったし、そもそ

2　昔は、悪霊を避けるために幼い男児に女装をさせる習慣があった。

も貴族がどういうものなのかも知らなかった。セドリックのいちばんの友だちは、街角の食料品店の店主——気難しいことで有名な店主——だったが、この店主でさえセドリックには機嫌の悪い顔を見せたことがなかった。店主はホッブズという名前で、セドリックはホッブズさんにあこがれ、心酔していた。ホッブズさんはたいへんなお金持ちですごい人だ、とセドリックは思っていた。店にいろんなものがいっぱい並んでいたからだ。プルーン。イチジク。オレンジ。ビスケット。それに、ホッブズさんは馬つきの荷車も持っていた。セドリックは牛乳配達の人もパン屋さんもリンゴ売りのおばあさんも好きだったけれど、いちばん好きなのは、やっぱりホッブズさんだった。セドリックはホッブズさんととても仲良しで、毎日ホッブズさんに会いに行っては店に入りびたり、そのときどきの話題で長々と話しこむのだった。二人の話題は、驚くほど多岐にわたっていた。たとえば、七月四日の独立記念日。この日のことを話しだすと、話題が尽きなかった。ホッブズさんは「イギリス人」をひどい悪者だと思っていて、アメリカの独立戦争の話をあれやこれやセドリックに話して聞かせた。敵のイギリス兵どもがどんなに極悪非道な連中だったか。独立革命の英雄たちがどんなに勇敢に戦ったか。胸おどる愛国の物語に興が乗ると、ホッブズさんは「独立宣言」の一節を朗々と詠じてくれることもあった。

セドリックは興奮に瞳を輝かせ、頬を紅潮させ、金髪の巻き毛をくちゃくちゃにかき乱してホッブズさんの話に聞きいった。そして家に帰ると、夕食を食べおわるのも早々に、母親にその話を披露するのだった。セドリックが政治に興味を抱くようになったのは、おそらくホッブズさんのせいだったろう。ホッブズさんは新聞を読むのが好きで、そのせいでセドリックもワシントンの事情に詳しくなった。ホッブズさんは、アメリカ合衆国の大統領がちゃんと職責を果たしているかどうかについて、セドリックに話して聞かせた。選挙があったときなど、セドリックはすっかり夢中になって、ホッブズさんと自分の二人で国の命運を背負っているような心意気になったものだ。

大統領選挙が近づくと、ホッブズさんは大規模なたいまつ行列[3]を見にセドリックを連れていった。街灯のそばに立ってかわいい男の子を肩車しているがっしりとした男性の姿は、たいまつを掲げて行進した人たちの記憶に残った。男の子は大声をはりあげながら帽子を振り回していた。

大統領選挙があってからまもなく、セドリックが七歳から八歳になろうとするころ、思いもしないできごとが起こって、セドリックの人生が大きく変わることになった。しかも、なんとも不思議なタイミングだったのは、その日、セドリックがホッブズさんとイギリスのことや女王のことをおしゃべりしていて、ホッブズさんが貴族制度を痛烈に批判する発言をし、とりわけ伯爵や侯爵に対する憤懣をぶちまけていた、ちょうどそのときだったことだ。その日は朝から暑い日で、友だちと兵隊さんごっこをして遊んだあと、セドリックはひと休みしようとホッブズさんの店へ行った。すると、ホッブズさんは『イラストレーテッド・ロンドン・ニュース』[4]の記事を見て、カンカンに怒っていた。雑誌には何かの宮廷儀式の写真が載っていた。

「まったく！　貴族どもときたら、いまだにこの調子だ。だが、そのうちいつか、踏みつけにされてきた者たちが立ち上がって派手にしっぺ返ししてやったら、連中も思い知るだろうよ。伯爵だろうが、侯爵だろうが！　そのうち痛い目を見るぞ、せいぜい用心するがいい！」

セドリックはいつものように背の高い丸椅子にちょこんとすわって帽子をあみだにかぶり、両手をポケットにつっこんで、ホッブズさんのご高説に耳を傾けていた。

「ホッブズさんは侯爵の人たちにたくさん会ったことあるの？　伯爵は？」セドリックが尋ねた。

「いや、ない」ホッブズさんが憤懣やるかたないといった口調で答えた。「会ったことはないが、ここに出ておる連中をぎゅうと言わせてやりたい気分だ。それだけさ！　欲の皮のつっぱった暴君どもなんぞ、わしの店のクラッカー樽に腰をおろすだけだって許すもんか！」

ホッブズさんは自分の言葉に酔って、あたりを誇らしげに見まわし、額の汗をぬぐった。

「ちゃんとした考えの人なら、きっと伯爵なんかにならなかったんじゃない？」セ

3　一九世紀なかごろには、支持する候補者への投票を呼びかける大規模なたいまつ行列が各地でおこなわれた。
4　ニュースをイラストや写真入りで報じるイギリスの週刊紙。一八四二年創刊。

「欲の皮のつっぱった暴君どもなんぞ、わしの店のクラッカー樽に腰をおろすだけだって許すもんか！」

ドリックは罵倒された伯爵たちをなんとなく気の毒に思いながら言った。

「さあて、どうだか！」ホップズさんが言った。「どうせ、うまい汁を吸っとるんだろうよ。そういう連中さ。性根から腐っとるんだ」

二人が話に熱中しているところへ、メアリーが姿を見せた。

セドリックはメアリーが砂糖でも買いに来たのだろうと思ったが、そうではなかった。老女は顔を青くして、何かに興奮しているような表情だった。

「おうちに帰るだよ、坊ちゃん」メアリーが言った。「奥様がお呼びだ」

セドリックは丸椅子からすべりおりた。

「お母さま、ぼくとお散歩に行きたいのかしら？　それじゃ、ホップズさん、またね」

どういうわけか、メアリーは呆然とした顔でセドリックを見つめている。それに、なぜだか、ずっと首を振りつづけている。

「どうしたの、メアリー？　この暑さのせい？」

「いんや」メアリーが言った。「でも、なんか、うちで変わったことが起きとるだよ」

「陽射しのせいで〈最愛のきみ〉が頭痛くなったの？」セドリックは心配そうに尋ねた。

けれども、そういうことでもなかった。家に帰ってみると、玄関前にクーペ型の馬車がとまっていて、小さな客間で誰かが母親と話をしていた。メアリーが急いでセドリックを二階に連れていき、いちばん上等なクリーム色のフランネル地の夏用スーツに着替えさせて、腰に赤い飾り帯を巻き、くるくるとカールした髪をとかしつけた。

「伯爵様だとさ！」メアリーがつぶやいた。「貴族だか上流だか知らねえけども。ったく！　胸糞悪い！　伯爵だとさ、縁起でもない」

たしかに、なんだかおかしな話だと思ったが、この騒ぎがどういうことなのか母親が説明してくれるだろうから、セドリックはメアリーにはあれこれ尋ねず、ぶつぶつ言わせておくことにした。着替えが終わったセドリックは、一階へ駆け下りて、客間にはいっていった。客間では、背が高くて顔つきの鋭い痩身の老紳士が肘掛け椅子に腰かけていた。そのそばにセドリックの母親が青い顔をして立っている。目には涙が浮かんでいた。

「ああ、セディ！」母親は声をあげ、駆け寄って両腕で息子を抱きしめ、取り乱したようすでキスをした。「ああ、セディ！　ああ、セディ！」

背の高い老紳士が椅子から立ち上がり、鋭い眼差しでセドリックを見つめた。そして、骨ばった手であごをさすった。まんざらでもない表情をしている。

「なるほど。こちらが若きフォントルロイ卿ですな」老紳士はゆっくりとそう言った。

5　二人乗りの四輪有蓋馬車。

第2章　セドリックの友人たち

それからの一週間は、セドリックにとってとほうもない驚きに満ちた日々だった。これほど不思議で現実離れした一週間はなかった。なにしろ、母親から聞かされた話が、なんとも奇妙なものだった。同じ話を二度、三度くりかえしてもらわないと、セドリックには理解できない内容だった。ホッブズさんがどう思うか、想像もできなかった。話のそもそもの始まりは、「伯爵」だった。セドリックの一度も会ったことのない祖父が、伯爵だという。そして、セドリックのいちばん上の伯父が落馬事故で亡くならなければ、その人がゆくゆくは伯爵になるはずだった。その伯父が亡くなったあと、もう一人の伯父が伯爵を継ぐはずだったのだが、この伯父はローマで熱病にかかって急死してしまった。そのあとは、セドリックの父親が生きていれば伯爵を継ぐ順番だったのだが、息子たちは三人とも亡くなってしまって、残っているのは孫のセドリックだけなので、祖父の死後にセドリックが伯爵を継ぐことになるらしい、という話だった。そして、当面、セドリックは伯爵の跡継ぎが名乗る「フォントルロイ卿」という地位になるのだという。

最初にこの話を聞かされたとき、セドリックは真っ青になった。

「ああ、〈最愛のきみ〉！　ぼく、できれば伯爵にはなりたくないよ。友だちには、伯爵なんて一人もいないもの。伯爵にならずにおくわけにはいかないの？」

けれども、どうやら、断ることはできなそうだった。その晩、母親とセドリックはみすぼらしい通りを見下ろす窓を開け放ったそばに腰を下ろし、このことをじっくりと話しあった。セドリックはいつもの足のせ台にすわり、片膝を抱いたいつもの姿勢で、当惑した小さな顔を紅潮させて、懸命に考えていた。祖父がセドリックをイギリスへ呼び寄せようと使いをよこし、母親もセドリックはイギリスへ行くべきだという。

母親は、悲しそうな眼差しで窓の外を眺めながら言った。「だってね、セディ、お父さまならば、きっとあなたにそうしなさいっておっしゃるに違いないから。お父さまはイギリスのお家をとても愛していらしたわ。小さい子供にはわからないかもしれないけれど、いろいろな事情があるの。あなたをイギリスに行かせなかったら、わたくしは自分勝手な心の狭い母親ということになってしまうわ。あなたも大人になれば、わかるでしょう」

セドリックは悲しそうに首を振った。

「ぼく、ホッブズさんと別れるの、いやだな。ホッブズさんはぼくがいなくなったら淋しいだろうし、ぼくもホッブズさんに会えなくなったら淋しいよ。ほかのみんなにも会えなくなっちゃうし」

翌日訪ねてきたハヴィシャム氏——ドリンコート伯爵家のお抱え弁護士で、伯爵の命を受けてフォントルロイ卿をイギリスへ連れ帰るためにアメリカへやってきた——から、セドリックはいろいろなことを聞いた。しかし、自分が大きくなったら大金持ちになるのだと聞かされても、あちこちにお城を所有する身分になり、広大な領地や深い鉱山や膨大な広さの農地や多数の小作農家を所有するようになるのだと聞かされても、セドリックの心はなぜか晴れなかった。大切な友だちのホッブズさんのことが気がかりだったのだ。朝食をすませるとすぐに、セドリックはホッブズさんの店を訪ねていった。心は不安でいっぱいだった。

ホッブズさんは朝刊を読んでいた。セドリックは深刻な顔つきで近づいていった。自分の身にふりかかったことを知らせたら、ホッブズさんはさぞショックを受けるだろうと思ったのだ。店へ向かう道々、セドリックはこの話をどう切り出したものかと思い悩んだ。

「よう！」ホッブズさんが言った。「おはよう！」

「おはようございます」セドリックが言った。

セドリックはいつもの背の高い丸椅子にはよじのぼらず、クラッカーの箱に腰をおろして片膝を抱え、そのまま黙っていたので、とうとうホッブズさんが顔を上げて、新聞ごしにけげんそうな顔でセドリックを見た。

「よう！」ホッブズさんがくりかえした。

セドリックは、ありったけの勇気をかき集めて、口を開いた。

「ホッブズさん、きのうの朝に話してたこと、おぼえてる？」

「ああ」ホッブズさんが返事をした。「たしかイギリスの話だったな」

「そうなんだけど、メアリーがぼくを迎えに来たとき、話してたことは？」

ホッブズさんは頭のうしろをごしごしこすりながら、「たしか、ヴィクトリア女王[1]とか貴族制度とかの話だったかな」と言った。

「だよね」セドリックがためらいがちに言った。「それと……それと、伯爵とかの話。だったよね？」

「ああ、そうだったな」ホッブズさんが答えた。「そうだった、そんな話もしたっけな！」

セドリックはカールした前髪が落ちかかっている額のところまで顔じゅう真っ赤

になった。これまで生きてきたなかで、こんなにきまりの悪い思いをしたことはなかった。ホッブズさんも同じようにきまり悪い思いをするんじゃないかと、セドリックは少し心配になった。

「ホッブズさん、言ったよね、あんな連中がこの店のクラッカー樽に腰をおろすだけだって許さない、って」

「おお、言ったとも！」ホッブズさんがきっぱりと断言した。「冗談じゃねえや。やれるもんならやってみろ、ってんだ！」

「あのね、ホッブズさん」セドリックが言った。「その伯爵の一人が、いま、この箱の上にすわってるんだけど！」

ホッブズさんは椅子から転げ落ちそうになった。

「なんだって⁉」ホッブズさんが大声をあげた。

「そうなの」セドリックが遠慮がちに言った。「ぼくがその一人なの。っていうか、

1　在位一八三七年～一九〇一年。

これからその一人になる予定なの。うそじゃないよ」

ホッブズさんは動揺した表情でついと立ち上がり、温度計を見にいった。

「暑さで頭にきたか！」ホッブズさんはふりかえって、幼い友人の顔色をたしかめた。「きょうは暑いからな！　気分がおかしいか？　どっか痛いのか？　いつからそんな気分がしてるんだ？」

ホッブズさんは小さな男の子の頭に大きな手をのせた。そのせいで、ますますきまりの悪い状況になった。

「ありがとう」セドリックは言った。「ぼく、だいじょうぶだよ。頭は問題ないの。あのね、ホッブズさん、残念だけど、これはほんとうの話なの。きのうメアリーが迎えに来たのは、この話だったの。ハヴィシャムさんがお母さまに話をしててね、ハヴィシャムさんは弁護士なの」

ホッブズさんは崩れ落ちるように椅子に腰をおろし、ハンカチで額をぬぐった。

「おまえさんか、わしか、どっちかが日射病だな！」

「ううん、そうじゃないんだよ、ホッブズさん」セドリックが言った。「いやでもが

「どっか痛(いた)いのか？　いつからそんな気分がしてるんだ？」

まんするしかないみたいなの。ハヴィシャムさんは、このことを知らせるために、はるばるイギリスからやってきたの。ぼくのおじいさまに言われて来たんだって」

ホッブズさんは、自分の前にすわっているセドリックの無邪気で真剣な顔を血走った目で見つめた。

「そのおじいさまってのは、何者なんだ？」

セドリックはポケットに手を入れて、一枚の紙切れをそっと取り出した。セドリックの丸っこい不揃いな字で何か書きつけてある。

「おぼえられないから、書いてきたの」そう言って、セドリックは書きつけをゆっくりと読みあげた。「『ジョン・アーサー・モリニュー・エロル、ドリンコート伯爵』。これがおじいさまの名前で、お城に住んでるんだって。二つか三つのお城に。それで、ぼくのお父さまは死んじゃったけど、お父さまはおじいさまのいちばん下の息子だったんだって。それで、もしお父さまが死ななかったら、ぼくはなんとか卿とか伯爵とかにはならなくてすんだはずで、お父さまも二人のお兄さまたちが死ななかったら伯爵にはならなかったはずなの。でも、みんな死んじゃったから、ぼくしか残っていないの。男の子はね。だから、ぼくが伯爵にならなくちゃいけないの。それで、おじいさまがぼくに迎えをよこしたの、イギリスに来るように、って」

ホッブズさんは話を聞いているうちにだんだん暑くなってきたらしく、額から頭のはげあがったところをハンカチでぬぐって、ハアハアと息をした。どうやらとんでもないことが起こったらしい、ということはわかってきたようだった。けれども、クラッカーの箱に腰をおろしている男児を見ると、幼い瞳に無邪気で心配そうな表情を浮かべてはいるものの、前の日から別段変わったようすもなく、青いスーツを着て首に赤いリボンを結んだいつものハンサムで明るく勇敢な少年の風情なので、貴族がどうしたという説明を聞いても、ホッブズさんとしては首をひねるばかりだった。しかも、肝心のセドリック自身がいかにも無邪気な口調でさらりと話すし、ことの重大さをちっとも自覚していないようすなので、ホッブズさんはますます訳がわからなくなった。

「おまえさんの名前は、その、何だって？」ホッブズさんが尋ねた。

「セドリック・エロル、フォントルロイ卿、って言うの」セドリックが答えた。「ハヴィシャムさんがそう言ってた。ぼくが部屋にはいっていったら、『なるほど。こちらが若きフォントルロイ卿ですな！』って言ったの」

「いやはや、おったまげたな！」ホッブズさんが言った。すごく驚いたときや興奮したときの口癖だ。あまりにあっけにとられてしまって、ほかの言葉を思いつかなかったのだ。

まったくそのとおりだ、とセドリックも思った。セドリックはホッブズさんをとても尊敬しているし、大好きなので、ホッブズさんの言うことなら何でも感心するし、そのとおりだと思うのだった。まだ世間というものをよく知らないセドリックは、ホッブズさんがたまに型破りな発言をすることに気づいていなかった。もちろん、ホッブズさんが自分の母親とは違っていることはわかっていたけれど、母親は女性だし、女性はいつだって男性とは違うものなのだと思っていた。

セドリックは、せつない表情でホッブズさんを見た。

「イギリスって遠いんだよね？」

「大西洋のむこうだからな」ホッブズさんが答えた。

「そこがいちばん困るんだよね」セドリックが言った。「たぶん、ホッブズさんとは長いあいだ会えなくなるでしょ。それを考えると、いやだなあ」

「どんな友にも別れはあるものさ」ホッブズさんが言った。

「でも、ぼくたち、ずっと昔から友だちだったでしょ？」

「おまえさんが生まれてこのかた、ずっとだな」ホッブズさんが答えた。「おまえさんが初めてこの通りを散歩しにきたのは、生まれて六週間目ぐらいだったかな」

「ああ」セドリックはため息をついた。「そのころは、伯爵になるなんて考えてもみなかったのに！」

「その話、抜けらんないのかい？」ホッブズさんが聞いた。

「無理みたい」セドリックが答えた。「お母さまはね、お父さまだったらぼくにそうしてほしいと思うでしょう、って言うの。でも、もしぼくが伯爵にならなくちゃいけないなら、ひとつだけ、できることがあるよ。いい伯爵になるの。暴君にはならないの。それに、もしまたアメリカと戦争することになったら、ぼく、止めるようにするよ」

セドリックとホッブズさんの会話は長くて深刻なものだった。当初のショックを乗り越えたあと、ホッブズさんは心配されたような敵意むきだしの態度は取らず、なんとか現実を受け入れようとして、あれこれたくさんの質問をした。セドリックが答えられることはほとんどなかったので、ホッブズさんは自分のわかる範囲でなんとか答えを出そうとして伯爵だの侯爵だの領地だのの話題に果敢に踏みこんでいき、もしもハヴィシャム氏が耳にしたとしたらさだめしギョッとするだろうと思われるような答えをひねり出した。

それでなくても、ハヴィシャム氏がギョッとすることはたくさんあった。この老弁護士は生まれてからずっとイギリスで暮らしてきたので、アメリカ人やアメリカの習慣には不慣れだった。ドリンコート伯爵家とはお抱え弁護士として四〇年近い付き合いがあり、伯爵家の広大な領地や莫大な財産や家の格式については知りつくしていた。そして、情のからまぬ仕事上の関心事として、この少年セドリックに興味を抱いていた。ゆくゆくは、この少年が伯爵家の名声やあらゆる財産の持ち主となり、ドリンコート伯爵を名乗ることになるからである。ハヴィシャム氏は、上の二人の息子たちに対する老伯爵の失望も、アメリカ娘と結婚した末息子に対する老伯爵のすさまじい怒りも、知りつくしていた。そして、未亡人となったか弱いアメリカ人女性のことを老伯爵がいまだに憎悪していて、その女性のことを口にするときは辛辣で無慈悲な言葉を並べたてることも、よくよく承知していた。老伯爵は、末息子の妻などどこの馬の骨ともわからぬアメリカ女だ、セドリック・エロル大尉が伯爵の息子と知って手練手管を弄して結婚したに違いない、と主張して譲らなかった。弁護士のハヴィシャム氏も、たぶんそんなところだろうと踏んでいた。ハヴィシャム氏はそれまでの人生で、利己的で欲得ずくの人間たちをいやというほど見てきたし、アメリカ人のことも良くは思っていなかった。馬車が都会の片隅のしみったれた通りに折れて、しみったれた小さな家の前で止まったとき、ハヴィシャム氏はショックを禁じ得なかった。ゆくゆくはドリンコート城やウィンダム塔やチョールワースの領地をはじめ諸々の輝かしい富の持ち主になろうという人物が、街角に八百屋なんぞが店を構える通りのちっぽけな家で生まれ育ったなど、考えるだに嘆かわしいことだった。いったいどんな子供なのだろう、そして母親はいったいどんな女なのだろう、とハヴィシャム氏は案じた。二人に会うのは、あまり気がすすまなかった。自分が長年にわたって弁護士として仕えてきた伯爵家に対して、ハヴィシャム氏はプライドのようなものを感じていた。ここにきて、下品な金銭目当ての女、亡夫の母国にも尊い家名にもいっさい敬意を払わぬような女を相手にしなくてはならぬとなれば、はなはだおもしろくない。ドリンコート伯爵家の名はたいへん由緒ある立派な家名であり、ハヴィシャム氏自身も、冷徹で敏腕で情に流されぬ一介の老弁護士にすぎないにしても、その名にはおおいなる敬愛の情を抱いていたのである。

メアリーの案内で小さな客間に通されたハヴィシャム氏は、部屋の中を粗探しするような目で眺めまわした。質素なしつらえではあるが、感じのいい部屋だ。安っぽいありふれた装飾品や派手で俗悪な絵画が飾ってあるわけでもない。壁にかかっている少しばかりの装飾品は趣味が良く、部屋のそこかしこに女性の手仕事とおぼしき美しい品々が散見された。

「このぶんなら、そう悪くはないな」ハヴィシャム氏はつぶやいた。「だが、これはおそらく大尉の趣味が勝ったものだろう」

けれども、部屋にはいってきたエロル夫人の姿を見たハヴィシャム氏は、部屋の趣味がいいのは夫人の影響もあるのかもしれない、と思い直した。ハヴィシャム氏がこれほどきまじめで堅物の老紳士でなかったならば、エロル夫人の姿を目にした瞬間に、おそらく心が動いたに違いない。細身のからだにぴったりと合ったシンプルな黒いドレスを身につけたエロル夫人は、七歳の息子を持つ母親というよりも、うら若い女性のように見えた。若々しく美しい顔は悲しげに沈みがちで、大きな茶色の瞳はとても繊細で無垢な色をたたえていた。夫を亡くして以来、エロル夫人の表情にはいつも悲しげな影があった。セドリックが見慣れていたのは、そんな母親の顔だった。セドリックが母親と遊んだり話したりしていて、何か古めかしい言葉を使ったり、新聞やホッブズさんとの会話で仕入れた難しい言葉を使ったりすると、そういうときだけは母親の顔から悲しげな影が消えた。セドリックは難しい言葉を使うのが好きだった。そういう言葉を使うと母親が笑ってくれて、それがうれしかったから。なぜ母親が笑うのかはわからなかったけれど。セドリックにしてみれば、いたって真剣な会話だったのだ。弁護士という仕事柄、ハヴィシャム氏は人の性格を見抜くことに長けていた。セドリックの母親と顔を合わせたハヴィシャム氏には、すぐに、エロル夫人を下品で金銭目当ての女だと決めつけている老伯爵の思いこみが大きな間違いだとわかった。ハヴィシャム氏自身は結婚したことがなかったし、恋愛の経験すらなかったが、目の前にいる若くて美しい女性、かわいらしい声と悲しげな瞳をしたこの女性がエロル大尉と結婚したのは、心から大尉を愛したからであり、けっして大尉が伯爵の息子であることを当てこんでの結婚ではなかったのだ、ということを見抜いた。この女性が相手ならば不愉快なことにはならないだろう、どうやら幼いフォントルロイ卿もドリンコート伯爵家にとって災いの種にはならずにすみそうだ、とハヴィシャム氏には思えてきた。大尉はハンサムな青年だったし、若き母親もとても美人だから、おそらく子供もそれほど不細工ではなかろう、と。

老弁護士が来訪の目的を告げたとき、エロル夫人の顔から血の気が引いた。

「まあ！　あの子はわたくしから引き離されてしまうのでしょうか？　あの子とわたくしはとても愛しみあっております！　あの子はわたくしの幸せそのものです！　わたくしには、あの子しかおりません。これまで、わたくしは良い母親であろうと努力してまいりました」エロル夫人の若々しくかわいらしい声が震え、目に涙が浮かんだ。「あの子がわたくしにとってどれほど大切な存在か、おわかりにはならないと思いますわ！」

老弁護士は咳払いをした。

「このようなことを申し上げるのは心苦しいのですが、ドリンコート伯爵はあなた様に対して、その……あまり良い感情をお持ちではありません。伯爵はお年を召しておられて、思いこみがたいへん激しいのです。昔からアメリカやアメリカ人をとくに嫌っておられて、御子息の結婚にも烈火のごとくお怒りでした。不快なことをお伝えしなければならない役割で残念なのですが、伯爵はぜったいにあなた様にはお会いにならないとおっしゃっておられます。伯爵は、フォントルロイ卿をご自分の目の届くところに置いて教育を受けさせたいとお考えです。フォントルロイ卿には、伯爵とお暮らしいただくことになります。伯爵はドリンコート城がお気に入りで、多くの時間をドリンコート城でお過ごしになります。痛風を患っておられるので、ロンドンはお好きでないのです。したがって、フォントルロイ卿にもおもにドリンコート城でお過ごしいただくことになろうかと思います。伯爵は、あなた様にはコート・ロッジ[2]をお住まいとしてあてがわれるとおっしゃっておられます。なかなか気持ちの良い場所ですし、お城からも遠くありません。また、あなた様にはそれなりのお手当ても支給なさるそうです。フォントルロイ卿はあなた様をお訪ねになることはできますが、ただ一つの条件として、あなた様のほうからフォントルロイ卿をお訪ねになることは許されず、お城の領内に足を踏み入れることもご遠慮いただかなくてはなりません。そのような次第で、御子息から完全に引き離されてしまうわけではないことは、おわかりいただけると存じます。ご心配なさるほど厳しい条件にはならないと申し上げておきます。フォントルロイ卿のために用意される環境や教育の内容が申し分ないものであることは、ご納得いただけるものと存じます」

ハヴィシャム氏は、若い母親が泣いたり取り乱したりするのではないかと少々不安に感じていた。そういう女性も少なくないのだ。女性に泣かれるのはいたたまれないし、面倒だ。

しかし、エロル夫人は泣かなかった。窓辺へ行き、少しのあいだ顔をそむけていた。

心を落ち着かせようとしているのが老弁護士にもわかった。

「エロル大尉はドリンコートが大好きでした」ようやく口を開いたエロル夫人が言った。「夫はイギリスをとても愛しておりました。イギリスの何もかもすべてを愛しておりました。生家から遠ざけられてしまったことを、いつも嘆いておりました。夫は、家のことも、家名のことも、誇りにいたしておりました。ですから、わたくしにはわかるのです。夫は、息子が故郷の美しい暮らしを知り、将来の地位にふさわしい育てられ方をするよう望んだことでしょう」

そう言うと、エロル夫人はテーブルのところへもどってきて、しとやかな眼差しでハヴィシャム氏を見上げた。

「夫は、そうなることを望んだと思います。息子にも、それがいちばん良いことなのでしょう。もちろん、伯爵様が息子にわたくしへの愛情を捨てるよう強いるなど

2　「ロッジ」は小屋の意。（お城にくらべると）小さくて質素な家、というイメージ。狩猟小屋を改装した建物か。

という酷いことはなさらないものと信じております。それに、たとえそのようになさろうとしても、息子は父親とそっくりですから、そんなふうに心を曲げられることはないと信じております。息子は温かくて忠義にあつい性格で、誠実な心の持ち主です。たとえわたくしに会えなくても、わたくしへの愛情は変わらないでしょう。息子に会えるようにしていただけるならば、わたくしはなんとか耐えられると存じます」

「この人は自分のことは二の次なのだな」と老弁護士は思った。「自分のための駆け引きは考えてもいないようだ」

「奥様、御子息のためを思われるお心ばえは、ご立派です」ハヴィシャム氏は言った。「御子息は、大人になったらこのことをあなた様に感謝なさることでしょう。フォントルロイ卿が大切に育てられ、幸せにお過ごしいただけるようあらゆる配慮がなされることは、わたくしが保証いたします。ドリンコート伯爵がフォントルロイ卿に快適で幸せなお暮らしを望まれる思いは、あなた様の思いにいささかも劣るものではございません」

「おじいさまがセディを愛してくださるよう願っております」か弱い母親が涙声で言った。「あの子はとても愛情深い性格です。それに、これまでずっと愛されて育ってまいりましたから」

ハヴィシャム氏はふたたび咳払いをした。相手が誰であろうと、痛風持ちで気性の荒い老伯爵がたいした愛情を注ぐとは思えなかったが、かんしゃく持ちはかんしゃく持ちなりに跡継ぎになる子供に親切に接して損はなかろう、とも思った。それに、セドリックがまがりなりにもフォントルロイ卿の名にふさわしい少年ならば、老伯爵もそんな孫を誇りに思うに違いない、と。

「フォントルロイ卿の安泰はご心配には及びません」ハヴィシャム氏は答えた。「フォントルロイ卿の幸せを思って、伯爵はあなた様にたびたび会えるようお城の近くに住んでいただこうとお考えになったのですから」

伯爵が口にした言葉をそのまま伝えるのは賢明ではなかろう、とハヴィシャム氏は考えた。実際、伯爵が使った言葉は丁重でもなければ好意的でもなかった。ハヴィシャム氏は高貴な依頼人からの申し入れをなるべく角の立たない慇懃な表現で伝えるのがよかろうと考えたのだった。

エロル夫人がお手伝いのメアリーを呼んで息子を連れ帰ってくるよう頼み、メアリーがセドリックの居場所を夫人に答えるのを聞いて、ハヴィシャム氏はまたもや軽いショックを受けた。

「あい、すぐ見つかりますだよ、奥様」メアリーは言った。「いま時分なら、ホッブズさんとこにおるでしょうから。カウンターのそばの例の高い丸椅子にちょこんとすわって、たいがい政治の話なんかしとるんじゃないかね。石けんやらロウソクやらジャガイモやら積んである中に、ちゃっかりすわりこんでさ」

「ホッブズさんは、息子が赤ん坊のころからの知り合いなんです」エロル夫人がハヴィシャム氏に説明した。「セディにとてもよくしてくださって、二人はすごく仲がいいんです」

通りすがりにちらりと見た店が、ハヴィシャム氏の頭に浮かんだ。樽にはいったジャガイモやリンゴや雑貨が並んでいた店先の風景を思い出して、ハヴィシャム氏の心にふたたび懸念が頭をもたげた。イギリスでは、貴族の子息が雑貨屋風情と親しくするようなことはない。良家の子息にあるまじき振る舞いだ、と老弁護士は思った。下品な振るまいが身についていて下賤の者たちとの交友を好むようだと、はなはだよろしくない。老伯爵の人生で痛恨の屈辱といえば、上の息子たち二人が下賤の者たちとの交友を好んだことだった。もしかして、この子も父親の良き性質を受け継ぐかわりに、伯父たちの悪しき性質を受け継いでいはしまいか?

セドリックが帰ってくるまでのあいだ、エロル夫人と会話しながら、ハヴィシャム氏はそんなことを心配していた。だから、客間のドアが開いたときも、ハヴィシャム氏は一瞬、子供に目を向けるのをためらった。それだけに、客間にはいってきて母親の腕の中に飛びこむ男児の姿を目にした瞬間にハヴィシャム氏を襲った思いがけない感覚は、この老弁護士を知る多くの人たちには、およそらしくないものと映ったに違いない。男児の姿を目にした瞬間、ハヴィシャム氏の先入観は自身でも意外なほど一瞬にして覆され、こんなに上品で顔だちの美しい子供は見たことがない、という思いが浮かんだのだった。

その男児の美しさは、とびぬけていた。小さなからだは力強くしなやかで気品があり、小さな顔の表情は男らしく、子供らしい首をまっすぐに上げ、りりしい身のこなしだった。そして、ハッとするほど父親によく似ていた。父親そっくりの金髪に、母親似の茶色の瞳。ただし、その瞳に悲しげな色やおどおどした表情はなく、無邪気で物怖じしない眼差しをしていた。それは、生まれてから一度も何かを怖がったり疑ったりしたことのない子供の目だった。

「こんなに育ちが良くて顔だちの美しい子は見たことがない」とハヴィシャム氏は思った。だが、口では、「なるほど。こちらが若きフォントルロイ卿ですな」と言うにとどめた。

これ以降、幼いフォントルロイ卿と面会を重ねるたびに、ハヴィシャム氏の驚きはつのっていった。ハヴィシャム氏は子供のことはほとんど何もわからなかったが、それでもイギリス国内で子供たちの姿を目にする機会はいくらもあった。育ちがよくてバラ色の頬をしたかわいい女の子や男の子。家庭教師にきちんとしつけられた子供たち。内気な子もいれば、少々やんちゃな子もいる。しかし、きまじめで堅物の老弁護士が興味を持って眺めるような子供は一人もいなかった。おそらく、若きフォントルロイ卿が相続する莫大な財産への個人的な関心もあって、ハヴィシャム氏はほかの子供たちには向けたことのない注目の眼差しを小さなセディに向けることになったのだろう。いずれにしても、ハヴィシャム氏はセドリックにおおいに注目したのであった。

セドリックは自分が見られていることに気づいておらず、いつものようにふるまっただけだった。ハヴィシャム氏に紹介されたときも、いつもの親しげなしぐさで握手をした。そして、何かを聞かれるたびに、ホッブズさんに答えるときと同じように、臆することなくハキハキと返事をした。セドリックは内気ではないが、出しゃばりでもなく、ハヴィシャム氏が母親と話をしているあいだはまるで大人のように会話に関心をもって耳を傾けている。そんなことにも、老弁護士は気づいた。

「たいへん大人びた息子さんですね」ハヴィシャム氏は母親に言った。

「ええ、そういう面もあると思いますわ」母親が答えた。「この子は小さいころからものおぼえがとても早くて、大人たちに囲まれて育ってきましたから。この子にはちょっと変わった癖があって、本で読んだり他人が話すのを聞いたりしておぼえた難しい言葉を使いたがるのです。でも、子供らしい遊びも好きなんですのよ。とても頭がいいけれど、年相応に子供っぽいところもありますわ」

次に訪ねていったとき、ハヴィシャム氏はセドリックの子供らしい面をしかと目にすることになった。馬車が角を曲がろうとしたとき、小さな男の子たちの集団がハヴィシャム氏の目にとまったのだ。ずいぶんと興奮している。男の子たちのうちの二人がこれから駆けっこをするところで、二人の片方はフォントルロイ卿だった。いちばん騒々しい子にも負けないほどの大声をはりあげている。もう一人の男の子と並んで立ち、赤い靴下をはいた足を片方前に踏み出して、構えている。

「位置について!」スタート係が声をはりあげた。「用意、ドン!」

ハヴィシャム氏は柄にもなく興味をひかれて、馬車の窓から思わず身を乗り出した。こんな走りっぷりは見たことがなかった。ハヴィシャム氏ご贔屓のフォントルロイ卿は、赤い靴下をはいた気品あふれる足をニッカーボッカー・ズボンの後ろに元気よく蹴り上げてスタートの号令と同時に飛び出し、すごい勢いで駆けていく。小さなこぶしを握りしめ、顔に風を受け、金色の髪をなびかせて。

「行けー、行けー、セド・エロル！」男の子たち全員が興奮して飛び跳ねながら金切り声で叫ぶ。「行けー、行けー、ビリー・ウィリアムズ！　いいぞ、セディ！　いいぞ、ビリー！　フレー！　フレー！」

「はて、あの子が勝ちそうだぞ」ハヴィシャム氏はつぶやいた。赤い靴下の足が地面を蹴って、ぐんぐん駆けていく。男の子たちの金切り声。必死に追うビリー・ウィリアムズの茶色い足も負けてはいない。赤い足のすぐ後ろに迫っている。見ているハヴィシャム氏もだんだん興奮してきた。「おお……行け……がんばれ！」とつぶやきながら、ハヴィシャム氏は照れ隠しのように咳払いをした。そのとき、飛び跳ねる男の子たちのあいだから一段と高い歓声が上がり、ラストスパートをした未来のドリンコート伯爵が通りの端の街灯にタッチし、その二秒後にビリー・ウィリアムズが息を切らしながらゴールにタッチした。

「セディ・エロル、ばんざい！」小さい男の子たちが叫んだ。「いいぞー、セディ・エロル！」

ハヴィシャム氏は馬車の窓から出していた首をひっこめ、座席にもたれて抑制した笑みを浮かべながら、「ブラボー、フォントルロイ卿！」とつぶやいた。

エロル夫人宅の前で馬車が止まったとき、駆けっこの勝者と敗者が応援の仲間たちをがやがやと引き連れて近づいてきた。セドリックはビリー・ウィリアムズと並んで歩き、ビリーに話しかけていた。うれしそうな顔を真っ赤に上気させ、汗ばんだ額にカールした髪を貼りつかせ、両手をポケットに突っこんでいる。

「あのね」セドリックは、負けたライバルを慰めようと話しかけているようだった。「ぼくが勝ったのは、足がちょっと長かったせいだと思うよ。きっとそうだよ。ほら、ぼくのほうがきみより三日ぶんだけ年上でしょ？　だから、ぼくのほうがゆーりだったんだ。三日ぶん年上だからね」

この分析を聞いてビリー・ウィリアムズはすっかり元気をとりもどし、ふたたび満面の笑みを浮かべて肩で風を切り、まるで駆けっこに勝ったような得意顔になった。セディ・エロルには、皆をいい気分にさせる不思議な力があるようだった。勝利直後の興奮の中にあっても、負けたほうの人間は自分ほどいい気分ではないかもしれないと気づかってやることができ、状況が異なれば自分のほうが勝っていたかもしれないと思っている相手の心情をわかってやれるのだ。

その日の午前中、ハヴィシャム氏は駆けっこの勝者とかなり長い会話を交わした。そして、会話のあいだに何度か抑制した笑みを浮かべたり、骨ばった手であごをさすったりすることになった。

エロル夫人が所用で席をはずしたあと、客間には老弁護士とセドリックが残った。はじめ、ハヴィシャム氏はこの幼い相手と何を話したものか迷った。そして、セドリックが祖父と顔を合わせるまでに知っておいたほうがいいことだとか、これからセドリックの身に起こる大きな変化について話しておいたほうがよかろう、と考えた。イギリスへ渡ったあとどんなことが起こるのか、セドリックは何もわかっていないように見えたし、どんな家に住むことになるのかも全然わかっていないようだった。母親が自分と同じ家では暮らさないという申し合わせも、セドリックは知らなかった。ハヴィシャム氏とエロル夫人は、その件を話すのは、とりあえずのショックが過ぎてからにしたほうがいいだろうと考えていた。

ハヴィシャム氏は、開け放たれた窓の片側に置かれた肘掛け椅子にすわっていた。

反対側にもう一つ、もっと大きな椅子があって、セドリックはその椅子にすわってハヴィシャム氏を見ていた。大きな椅子に深く腰をかけ、詰め物をした椅子の背に巻き毛の頭をもたせかけ、足を組み、両手をポケットに深くつっこんで、ホッブズさんそっくりのスタイルですわっている。母親が客間にいてハヴィシャム氏と話をしていたあいだ、セドリックはおとなしく聞いていた。母親が席をはずしたあとも、セドリックは失礼のない程度に何か考えこむような顔をしながらあいかわらず老弁護士を見つめていた。エロル夫人が客間から出ていったあと、少しのあいだ沈黙があり、セドリックはハヴィシャム氏のようすをうかがっているようだった。もちろん、ハヴィシャム氏のほうもセドリックを観察していた。ついさっき駆けっこに勝利した男児、短いニッカーボッカーズに赤い靴下をはき、大きな椅子に深くすわって床に届かない足をぶらぶらさせている男児に向かって何をしゃべったらいいのだろうかと、とまどっていた。

唐突に沈黙をやぶって会話を始めたのは、セドリックのほうだった。

「おじさん、あのね、ぼく、伯爵って何なのか、知らないの」

「そうなのですか？」ハヴィシャム氏は言った。

「うん」セドリックが答えた。「自分が伯爵になるんだったら、知っておかなきゃならないと思うんだけど。そうじゃない？」

「それはまあ、そうですね」ハヴィシャム氏が答えた。

「かまわなければ――」と、セドリックは礼儀正しく言った「――かまわなければ、かみくだして言ってもらえませんか？」（難しい言葉を使うとき、セドリックはちゃんと言えないこともあった。）「伯爵って、どうやってなるの？」

「まず第一に、王様か女王様が伯爵に任じてくださるんですよ」と、ハヴィシャム氏は言った。「たいていは君主のために良い働きをしたり、何か立派なことをした人が、伯爵にしてもらえるのです」

「そうなの！　じゃ、大統領みたいなものだね」セドリックが言った。

「そうですか？」ハヴィシャム氏が言った。「こちらの国の大統領が選ばれるのも、そういう理由なのですか？」

「そうだよ」セドリックが屈託のない口調で答えた。「すごくいい人で、たくさんいろんなことを知ってる人が、大統領に選ばれるの。それで、たいまつ行列して、バンドの演奏があって、みんなが演説するの。ぼく、大統領になるのもいいなって思ってたけど、伯爵になるのは、考えてもみなかった。伯爵のこと、知らなかったから」伯爵になりたいと思わなかったと言うとハヴィシャム氏に失礼になるかもしれないと思って、セドリックは急いで付け加えた。「伯爵のこと知ってたら、なりたいと思ったかもしれないけど」

「伯爵は大統領とはずいぶん違うんですよ」ハヴィシャム氏が言った。

「そうなの？」セドリックが言った。「どう違うの？　たいまつ行列がないの？」

ハヴィシャム氏は足を組み、両手の指先をきっちりそろえて突き合わせた。そろそろ、伯爵のことをきちんと説明すべきタイミングかもしれない。

「伯爵というのはね——とても偉い人なんです」ハヴィシャム氏は話しはじめた。

「大統領も同じだよ！」セディが口をはさんだ。「たいまつ行列は五マイルも続くんだよ。それに、打ち上げ花火も上がるし、バンドの演奏もあるし！　ホッブズさんが見に連れていってくれたの」

「伯爵というのは、その、とても古い血筋で――」ハヴィシャム氏は、自分の論拠にややためらいを感じながら言葉を続けた。

「ちすじって、何？」セドリックが聞いた。

「とても古い家柄だということです。とても、とても、古い血なのです」

「ああ、そうなの！」セドリックがポケットに一段と深く両手をつっこんで言った。

「それって、公園の近くにいるリンゴ売りのおばあさんと同じだね。あのおばあさんは、すごく古い血だと思うな。ものすごく歳とってるから。よく立ち上がれるな、って思うくらい。きっと一〇〇歳くらいだと思う。それなのに、雨の降る日でも外に出てリンゴを売ってるんだよ。ぼく、あのおばあさんが気の毒なの。ほかの子たちも同じだよ。前に、ビリー・ウィリアムズが一ドルくらいお金を持ってたことがあってね、ぼく、そのお金があるかぎり、おばあさんから毎日五セントぶんずつリンゴを買ってあげてよ、って頼んだの。そうすれば、二〇日になるでしょ？　そしたら、一週間し

3　一マイルは約一・六キロメートル。

たらビリーはもうリンゴに飽き飽きしちゃったんだ。でも、そのとき、ちょうど運よくある紳士がぼくに五〇セントくれたから、こんどはぼくがリンゴを買ったの。あんなに貧しくてあんなに古い血の人を見たら、誰だってかわいそうに思うでしょ。リンゴ売りのおばあさんは古い血が骨にしみこむくらい古いから、雨が降るとなおさらひどく痛むんだって」

ハヴィシャム氏は、セドリックの無邪気で真剣な顔を眺めながら、どう説明したものだろうかと途方に暮れてしまった。

「ちょっと話が通じていないようなのですが」ハヴィシャム氏は説明した。「わたしが言った『古い血筋』というのは、歳をとっているという意味ではなくて、その家の名が世の中でずっと昔から知られている、という意味なんですよ。たぶん何百年も昔から、その名前の人たちが世の中で知られていて、その国の歴史上でも有名だった、ということなんです」

「じゃあ、ジョージ・ワシントンみたいなことだね」セディが言った。「ぼく、生まれてからずっとジョージ・ワシントンの名前を聞いてるし、ワシントンはそれよりもっとずっと昔から有名で、ホッブズさんはジョージ・ワシントンが忘れられることはないだろう、って言ってるよ。『独立宣言』のおかげなの。あと、七月四日の独立記念日のおかげね。ワシントンって、すごく勇敢な人だったんだよ」

「初代のドリンコート伯爵が伯爵の地位を賜ったのは、四〇〇年も前のことだったのですよ」ハヴィシャム氏がもったいぶって言った。

「へえ！　すごく昔だったんだね！」セディが言った。「そのこと、〈最愛のきみ〉に教えてあげた？　きっと、すごくきょうみすると思うよ。〈最愛のきみ〉がもどってきたら、教えてあげようよ。〈最愛のきみ〉は、いつもこうきしんのそそる話が好きなの。伯爵って、地位をたまる以外に、何するの？」

「伯爵の中には、イギリスを治めるのに貢献した人がすごくたくさんおられるのです。勇敢な人たちもいて、昔の大きな戦いで戦ったんです」

「ぼくも戦いたいな」セドリックが言った。「ぼくのお父さまは兵士だったんだよ。とっても勇敢な人だったの。ジョージ・ワシントンと同じくらい勇敢だったの。だから、きっと、死ななかったら伯爵になるはずだったんだね。伯爵が勇敢な人だなんて、うれしいな。それって、すごくびてんだよね、勇敢だってこと。ぼく、前はちょっとこわいことがあったんだ——暗い場所とか。だけど、独立戦争のときの兵士たちのことやジョージ・ワシントンのことを考えたら、こわくなくなったの」

「伯爵であることには、それ以外にも利点があるのです」ハヴィシャム氏はゆっくりとそう言い、おおいに好奇心を秘めた鋭い眼差しで小さなセドリックを見つめた。

「伯爵の中には、ものすごいお金持ちもおられるのです」

ハヴィシャム氏が好奇心を抱いたのは、目の前の小さな男の子が金の力を理解しているかどうか知りたかったからだ。

「お金があるのは、いいね」セディは無邪気にそう言った。「ぼくも、お金がいっぱいあったらいいなあ」

「そうですか？　なぜでしょう？」ハヴィシャム氏が尋ねた。

「だってね」セドリックが説明した。「お金があれば、できることがいっぱいあるもの。たとえばね、さっき言ったリンゴ売りのおばあさんのこと。もし、ぼくがすごくお金持ちだったら、おばあさんの屋台がはいるような小さなテントを買ってあげる。

あと、小さなストーブも。それから、雨の日には一日に一ドルあげて、外に出なくてもいいようにしてあげる。あと、それから……そうだ、肩掛けもあげたいな！　そしたら、あちこち痛まなくてすむだろうから。おばあさんの骨って、ぼくたちの骨みたいじゃないんだよ。動くたびに痛むんだって。骨が痛いなんて、かわいそうでしょ？　ぼくにお金があって、いま言ったみたいなことをしてあげられたら、おばあさんの骨もだいじょうぶになるんじゃないかと思うんだけど」

「ゴホン」と、ハヴィシャム氏が話題を変えた。「ほかには、お金があったら、どんなことをしたいですか？」

「したいことは、いっぱいあるよ！　もちろん、〈最愛のきみ〉にいろいろきれいなものを買ってあげるの。縫針とか、扇とか、金の指ぬきとか、指輪とか。あと、百科事典も。馬車も。そしたら、電車を待たずにすむから。お母さまがピンクの絹のドレスを好きなら、ぼく、買ってあげるんだけど、お母さまは黒がいちばん好きって言うの。でもね、お母さまを大きなお店に連れていって、あちこち見て、何でもほしいものを選んでいいよ、って言ってあげるの。あと、それから、ディックも――」

「ディックというのは、誰ですか？」ハヴィシャム氏が尋ねた。

「ディックは靴磨きだよ」若きフォントルロイ卿は、計画を思いめぐらせながら、興奮ぎみに答えた。「ディックみたいに腕のいい靴磨きは、めったにいないよ。ダウンタウンの街角で仕事してるんだ。ぼく、もう何年も前から知り合いなの。前に、ぼくがとっても小さかったとき、〈最愛のきみ〉とお散歩してて、きれいなボールを買ってもらったの。ポンポンはずむボール。それで、ぼくがそのボールを持って歩いてたら、ボールがはずんで、馬車や馬が通る道に出てっちゃって、ぼく、がっかりして泣きだしちゃったの。とっても小さな子だったからね。まだスカートをはいてたくらい小さかったから。それで、ディックは誰かの靴を磨いてたんだけど、『おっと待った！』って言って、馬たちをよけながら道へ出ていって、ぼくのボールを捕まえて、自分の上着でボールを拭いて、『坊や、もうだいじょうぶだ、ほら』って言って返してくれたの。それで〈最愛のきみ〉がすごく感激して、ぼくも同じで、それからずっと、ぼくたちダウンタウンへ行くといつもディックに声かけるようになったの。ディックが『やあ！』って言って、ぼくも『やあ！』って言って、ちょっとおしゃべりして、ディックが商売がどんな調子か教えてくれるの。近ごろは、あんまりよくないんだって」

「で、その人には何をしてあげたいのですか？」老弁護士があごをさすり、奇妙な笑みを浮かべながら聞いた。

「そうだなあ……」と、フォントルロイ卿はいっぱしの商売人のような風情で椅子にすわりなおして、言った。「お金を出して、ジェイクの株を買い取る」

「ジェイクと言うのは？」ハヴィシャム氏が尋ねた。

「ジェイクはディックと仕事で組んでるパートナーなんだけど、これ以上ひでえパートナーはいねえよってくらいひどいやつなの。ディックがそう言ってるの。靴磨きの風上にも置けないやつなんだって。それに、まっつぐじゃないんだって。ズルをするから、ディックがそれを怒るの。だってね、自分はものすごく一所懸命に靴磨きしてんのに、それで、いつもまっつぐな仕事してるのに、パートナーがぜんぜんまっつぐじゃなかったら、頭にくるでしょ？　お客さんも、みんな、ディックのことは好きだけど、ジェイクのことは好きじゃないんだって。そのせいで、もう二度と来てくれないお客さんもいるんだって。だから、もしぼくがお金持ちだったら、ジェイクに金をやって追い出して、ディックに『親方』の株を買ってあげる。『親方』の看板を出せると、すごく商売しやすくなるんだって。それから、ぼく、ディックに新しい服と新しい靴ブラシを買ってあげて、ちゃんと商売を始められるようにしてあげる。ちゃんと商売を始めることさえできれば御の字だ、ってディックが言うから」

若きフォントルロイ卿は、相手を寸分も疑わない無邪気な口調で、友人のディックの俗っぽい言い回しを少しも悪びれず引用しながら、自分の考えを伝えようとした。目の前にいる老弁護士が自分と同じように靴磨きの少年に関心を持っているものと、信じきっているようだった。事実、ハヴィシャム氏はフォントルロイ卿の話におおいに関心を抱きはじめていた。とはいっても、目の前の心やさしい男児と同じようにディックやリンゴ売りの老婆に対して関心を抱いたわけではなく、むしろ、ふさふさした金髪の巻き毛の下で友だちのために善意あふれる計画を練り、自分の損得などすっかり忘れている男児のほうに興味をひかれていたのであるが。

「それで——」と、ハヴィシャム氏は口を開いた。「それで、自分のために何か手に入れたいものはあるのですか？　もしお金持ちだったとしたら？」

「いっぱいあるよ！」フォントルロイ卿は元気よく答えた。「でも、まず先に、メアリーにお金をあげたいな。ブリジットのために。ブリジットは、メアリーの妹なんだ。子供が一二人いて、だんなさんは仕事に出られないの。ブリジットは、うちに来て泣くんだよ。それで、〈最愛のきみ〉がバスケットにいろんなものを詰めてあげるんだけど、そうするとまた泣いて、『お優しい奥様、神様のお恵みがありますように』って言うの。それから、ホッブズさんには鎖つきの金時計をあげたいな、ぼくをおぼえていてくれるように。あと、メアシャムパイプ[4]も。それから、ぼく、少年団も作りたいな」

「少年団ですか⁉」ハヴィシャム氏が声をあげた。

「そう、共和党大会のときみたいな」セドリックの口調がしだいに熱くなってきた。「たいまつとか、制服とか、いろいろそろえて少年団を作るの、ぼくもはいって。そ

4　タバコ用の高級パイプ。

れで、行進して、教練もするの。もしお金持ちだったら、ぼく、そういうことやりたいな」

ドアが開いて、エロル夫人が客間にもどってきた。

「長くお待たせしてしまって、申し訳ありませんでした」エロル夫人がハヴィシャム氏に言った。「ひどくお困りの気の毒なご婦人が訪ねてきていたものですから」

「こちらの坊やから、お友だちの話や、お金があったらお友だちに何をしてあげたいか、お話をうかがっていたところです」ハヴィシャム氏が言った。

「ブリジットも、この子の友だちの一人なのです」エロル夫人が言った。「先ほどまで台所でわたくしが話をしておりました相手が、ブリジットです。ご主人がリューマチ熱にかかって、とても難儀をしているのです」

セドリックが大きな椅子からすべりおりた。

「ぼく、ブリジットの顔見てくる」セドリックが言った。「おじさんの具合も聞きたいし。ブリジットのだんなさんは、病気じゃないときは、いい人なんだ。ぼく、おじさんに感謝してるの。前に、木で剣を作ってくれたから。おじさんって、すごく器用なんだよ」

セドリックは部屋から走り出ていき、ハヴィシャム氏は椅子から立ち上がった。何か言いたいことがあるような顔をしている。

少したあらったあと、ハヴィシャム氏はエロル夫人を見下ろしながら口を開いた。

「ドリンコート城を出発する前に、伯爵と話をいたしまして、いろいろと指図を承っております。伯爵は、お孫さんが将来イギリスで暮らすことを心待ちにしてほしいとお考えです。そして、ご自分と顔を合わせる日を楽しみにしていてほしいとお考えです。このたび境遇が変わられることによって、お金が手にはいり、子供の喜びそうなことも増えるだろうとフォントルロイ卿にお伝えするように、というお指図でした。フォントルロイ卿が何かご希望を口にされた場合には、わたくしがそれをかなえてさしあげ、お望みをかなえてくれたのはおじいさまであることをご説明するように、というお指図です。伯爵が思い描いておられたのは、いまのようなお話とは少し違うとは存じますが、そのお気の毒な女性を助けることがフォントルロイ卿のご希望であるならば、それをかなえてさしあげなければ、わたくしは伯爵にお叱りを受けてしまいます」

今回もまた、ハヴィシャム氏は伯爵の言葉をそのまま伝えることはしなかった。伯爵が実際に口にしたのは、つぎのような言葉だった。

「ほしいものは何でもかなえてやると、そのぼうずにわからせてやれ。ドリンコート伯爵の孫であるというのがどういうことなのか、わからせてやるのだ。何でもほしがるものを買ってやれ。ポケットに金をねじこんでやって、これはおじいさまのおかげだと教えてやれ」

伯爵の動機は善意とはほど遠いところにあったから、もし相手が幼いフォントルロイ卿ほど愛情あふれる温かい心の持ち主でなかったならば、おおいに危惧すべき結果を招いたかもしれない。しかも、セドリックの母親は優しすぎて、伯爵の動機を見破る眼は持ち合わせておらず、息子たちに死なれてしまった孤独で不幸な老人が孫に親切にして孫の愛情や信頼を勝ち得たいと思ってくれているのだろう、と解釈していた。そして、セディがブリジットを助けてあげられることになるならばすばらしい、と喜んだ。息子の身に運命の変転がふりかかった最初の結果として、セドリックが善意を必要としている人たちを助けてあげられることになったのだと思うと、母親はなおいっそううれしい気持ちになった。母親の美しく若々しい顔が紅潮した。

「まあ！　伯爵様はとてもご親切ですのね。セドリックが喜びますわ！　昔からブリジットやマイケルのことが大好きでしたから。二人とも、善意を受けるに値する人たちです。わたくしも、もっとしてあげられたらいいのにと、いつも思っておりました。マイケルは、病気さえなければ、とても働き者です。でも、もうずいぶん長いこと患いついていて、高価なお薬が必要だし、暖かい服や栄養のある食べ物も必要なのです。マイケルもブリジットも、いただいた善意を無駄にするような人たちではありません」

ハヴィシャム氏は肉づきの薄い手を胸ポケットにつっこんで大きな札入れを取り出しながら、抜け目のない顔に複雑な表情を浮かべていた。じつのところ、孫が最初にかなえてもらった望みの内容を知ったらドリンコート伯爵は何と言うだろう、と考えていたのである。不機嫌で計算高く自己中心的な老貴族がこの話を聞いたら何と思うだろう、と。

「おわかりかどうか存じませんが」と、ハヴィシャム氏は口を開いた。「ドリンコート伯爵はきわめて裕福な方でいらっしゃいます。どのような気まぐれでもかなえてくださる財力をお持ちです。フォントルロイ卿のいかなる思いつきでも、それがかなえられたとお聞きになれば、喜ばれることと思います。息子さんを呼びもどしていただいて、よろしければわたしからその人たちのために五ポンドを差し上げたいと存じますが」

「まあ、二五ドルもですか！」エロル夫人が声をあげた。「ブリジット夫婦にしてみたら、たいへんなお金ですわ。ほんとうだなんて、わたくし、信じられません」

「もちろん、ほんとうですよ」ハヴィシャム氏が抑制した笑みを顔に浮かべて言った。「息子さんの人生は、大きく変わったのです。息子さんはたいへんな力を持つことになるのですよ」

「まあ！　あんな小さな子なのに。まだ、ほんの子どもですのに。どうすれば、その力を賢く使うよう教えられるでしょう？　なんだか怖くなってしまいますわ。ああ、わたくしのかわいいセディが！」

老弁護士は、軽く咳払いをした。若い母親の茶色い瞳に浮かんだ優しく心もとなげな表情を見て、世知にたけた老弁護士の冷徹な心もいささかホロリとしたのだった。

「奥様、けさフォントルロイ卿とお話しした感触から判断させていただくならば、次の代のドリンコート伯爵は、御身のことのみならず他人のことも思いやる方でいらっしゃるようにお見受けいたします。まだ幼くていらっしゃるが、ご信頼申し上げてよろしいかと」

母親はセドリックを呼びにいき、客間へ連れてもどってきた。客間に向かってくる二人の会話がハヴィシャム氏の耳に届いた。

「ねんしょうせいのリウマチなんだって」と、フォントルロイ卿はしゃべっていた。「リウマチの中でも、たちが悪いんだって。それでね、家賃が払えないことなんかを考えると、そのせいでねんしょうがますます悪くなるんだって、ブリジットが言ってたよ。それから、パットは着るものさえあったら、お店で雇ってもらえるのに、って言ってた」

客間にはいってきたセドリックは、ひどく心配そうな顔をしていた。ブリジットがかわいそうでならなかったのだ。

「お呼びだと〈最愛のきみ〉から聞きました」セドリックがハヴィシャム氏に言った。

「いま、ブリジットと話をしていたんです」

ハヴィシャム氏はセドリックを見下ろしたまま、いささか戸惑い、言い出しかねていた。母親の言うとおり、セドリックはまだほんの小さな子どもなのだ。

「ドリンコート伯爵から――」と口を開きかけて、ハヴィシャム氏は思わずエロル夫人のほうを見た。

若きフォントルロイ卿の母親は息子の傍らにさっと膝をつき、両腕で小さな子どもを優しく抱きしめた。

「セディ、伯爵様はあなたのおじいさまなのよ。あなたのお父さまのお父さまなの。伯爵様はとってもお優しい方で、あなたのことを愛してくださって、あなたにもおじいさまを愛してほしいと思っていらっしゃるの。お子さま方が三人とも亡くなってしまったから。おじいさまはね、あなたに幸せになってほしいと思っていらっしゃるの。そして、あなたもほかの人たちを幸せにしてあげてほしい、って。おじいさまはとってもお金持ちで、あなたが望むものを何でも与えてくださりたいと思っておられるのよ。おじいさまは、ハヴィシャムさんにそうお話しなさって、あなたのためにとたくさんのお金をハヴィシャムさんに預けたんですって。だから、その中からいくらかを、あなたからブリジットにあげたらいいわ。それでお家賃も払えるし、マイケルに必要なものも買えるわ。すばらしいと思わない、セディ？　おじいさまはいい方ね」そう言って、エロル夫人は息子の丸いほっぺにキスをした。セドリックは驚きと興奮で、頰をさっと赤く染めた。

セドリックは母の顔を見上げ、そしてハヴィシャム氏を見上げた。

「それ、いま、もらえるんですか？　いま、ブリジットにあげてもいいの？　ブリジット、ちょうど帰ろうとしているところなの」

ハヴィシャム氏がセドリックにお金を渡した。新しいドル紙幣が、くるくるときれいに巻いてある。

セディはお札を手に部屋から駆け出していった。「ブリジット！」台所へ駆けこみながら大声で呼ぶ声が聞こえた。「ブリジット、待って！　お金があるんだ。これ、あげるよ。これで家賃が払えるよ。ぼくのおじいさまがくれたの。ブリジットとマイケルにあげるよ！」

「おやまあ、セディ坊っちゃま！」ブリジットの恐縮した声が聞こえた。「二五ドルもあるでねえですか。奥様はどこにおられるだね？」

「わたくしが行って説明したほうがよさそうですわね」エロル夫人が言った。

そこで、エロル夫人も部屋を出ていき、しばらくのあいだハヴィシャム氏がひとり客間に残された。ハヴィシャム氏は窓辺へ行き、思案顔で外の通りを眺めた。ドリンコート伯爵のことを考えていたのだ。お城の大きくて立派で陰気な書斎に、ひとり寂しく痛風の痛みを抱えて腰をすえ、贅沢三昧に暮らしながら、誰にも心から愛されてはいない伯爵。長い人生で、ドリンコート伯爵は自分以外の人間を心から愛したことはなかった。自己中心的で、わがまま勝手で、尊大で、短気な人間だった。自分自身のことと自分の楽しみにかまけて、ほかの人間のことを思いやる暇さえ惜しんで過ごしてきた。富も権力も、高い家名や地位がもたらす利益も、すべてはドリンコート伯爵自身を楽しませ喜ばせるためだけにあるものとしか思わなかった。そして年老いた身となったいま、かつての興奮や放埒がもたらしたのは病気と癇癪と世間に対する嫌悪でしかなく、世間のほうでも老伯爵を嫌悪していることは明らかだった。これほどの名声に輝きながら、ドリンコート伯爵ほど人望のない老人はいなかったし、これほど寂しい日々を送る老人もいなかった。その気になれば、城がいっぱいになるほどの客を招くことはできる。盛大な晩餐会を開くこともできるし、派手な狩猟パーティーを開くこともできる。しかし、招待に応じてやってくる客人たちは、本心を言うならば、老伯爵の不興をかうことや皮肉で辛辣な言葉を浴びることを恐れているからだということを、老伯爵は見通していた。ドリンコート伯爵は口を開けば痛烈な言葉を吐き、性格には温情のかけらもなく、自分が有利な立場にいると見れば、相手の繊細さや自尊心や気弱につけこんであざけりの言葉を投げつけ、いたたまれなくさせるのだった。

ハヴィシャム氏はドリンコート伯爵の非情で荒々しい言動をいやというほど承

知しており、窓ごしに狭くて人通りの少ない通りを眺めながら、伯爵のことを考えていた。すると、そのとき、老伯爵とはまるっきり対照的な、明るくて整った顔だちをした男児の姿が心に浮かんだ。友人であるディックやリンゴ売りの老婆の話を、大きな椅子に座りこんで飾らない言葉で無邪気に屈託なく話す幼いフォントルロイ卿。ドリンコート伯爵の莫大な収入、美しく広大な所領、富、良きにつけ悪しきにつけ強大な権力。そのすべてが、ズボンのポケットに深くつっこまれた幼いフォントルロイ卿の小さくてふくよかな両手に、いずれは握られることになるのだ。

「これは大きな変化が起こるぞ」ハヴィシャム氏はつぶやいた。「きっと大きな変化が起こる」

まもなく、セドリックと母親が客間にもどってきた。セドリックは意気揚々とした表情だった。母親と老弁護士のあいだに置かれた自分の椅子に腰をおろし、例によって両手を膝に置いた古風な姿勢で、ブリジットが安堵し大喜びしたことがうれしくてたまらないというように顔を輝かせている。

「ブリジットったら、泣いたんだよ！」セドリックは言った。「うれし泣きなんだっ

"Can I have it now?" he cried.
"Can I give it to her this minute?"

「それ、いま、もらえるんですか？　いま、ブリジットにあげてもいいの？」

て。ぼく、うれしくて泣く人、初めて見た。ぼくのおじいさまは、きっと、ものすごくいい人なんだね。こんなにいい人だとは知らなかった。これなら、伯爵になるのも思ってたよりずっといいような気がしてきた。伯爵になるのがうれしいようなな……うん、すごくうれしいような気がしてきた」

第3章　故郷をあとに

伯爵であることの利点に対するセドリックの評価は、それから一週間のあいだに大きく上がった。自分が望むことで容易にかなえられないことなどほとんどないという現実は、セドリックにとってなかなか納得するのが難しいことだった。実際、セドリックはそのことをほんとうには理解できていなかったと言ってもいいかもしれない。しかし、ハヴィシャム氏と何度か話をしたあと、セドリックは少なくとも自分がとりあえず望むことはすべてかなうのだと理解するようになり、ハヴィシャム氏が心中ひそかに感嘆するような純真さでもって嬉々として望むことをかなえていった。イギリスへ渡る船に乗る前の一週間、セドリックは人を驚かすさまざまなことをやってのけた。セドリックと連れだってニューヨークの下町にディックを訪ねた朝のことや、古い血のリンゴ売りのおばあさんを驚かせた午後のことは、あとあとまで老弁護士の記憶に残った。ハヴィシャム氏に付き添われてリンゴ売りの屋台を訪れたセドリックは、おばあさんにテントを買ってあげること、ストーブも買ってあげること、肩掛けも買ってあげること、そのうえおばあさんにとってはかなりの額のお金もあげることを伝えた。

「ぼくね、イギリスへ行って貴族にならなくちゃいけないの」セドリックはかわいらしい口調で説明した。「それでね、ぼく、雨が降るたびにおばあさんの骨のこと心配するのはつらいから。ぼくの骨はちっとも痛まないから、骨ってどのくらい痛いのかよくわからないけど、でも、おばあさんのことがとっても心配なんだよ。だから、良くなってほしいの」

「あのリンゴ売りのおばあさんはね、とってもいい人なんだよ」屋台をあとにしながら、セドリックはハヴィシャム氏に話した。背後では、リンゴ売りのおばあさんが目を白黒させ、自分に訪れたすばらしい幸運が信じられないという顔をしていた。「前にね、ぼく、転んで膝をすりむいたことがあったの。そのとき、おばあさんはただでリンゴを一個くれたんだよ。ぼく、そのことをいつも感謝してるんだ。だってね、親切にしてもらったら、いつまでも忘れないでしょ?」

セドリックの純真でまっすぐな心には、親切にしてもらった恩を忘れてしまう人間がいようとは、思いもよらなかったのである。

ディックとの面会も、強く印象に残るものだった。ディックはちょうどパートナーのジェイクと大もめにもめていたところで、セドリックたちが訪ねたとき、ずいぶん落ちこんでいた。セドリックがいつもと変わらぬ口調で、ディックにすごくいい話を持ってきたこと、これでジェイクとのトラブルが解消できることを説明すると、ディックは驚きのあまり言葉を失った。来訪の目的を説明するフォントルロイ

「前にね、ぼく、転んで膝をすりむいたことがあったの。そのとき、おばあさんはただでリンゴを一個くれたんだよ」

卿の口調は率直で、もったいぶったところがなく、そばに立って聞いていたハヴィシャム氏はセドリックの飾らない話しぶりにおおいに感心した。なじみの友だちが貴族になったという話、この先長生きすれば伯爵になってしまうかもしれないという話を聞いて、ディックは目を丸くし、口をぽかんと開けてのけぞったので、かぶっていた帽子が頭から落ちた。ディックは奇妙なセリフを吐いた。というのは、ハヴィシャム氏の耳には奇妙に聞こえたという意味で、セドリックは前にもそういうセリフを耳にしたことがあった。

「よお！　おいらをかつごうってのかい？」ディックの言葉にフォントルロイ卿は少々面食らったようだったが、ひるむことなく言った。

「みんな、最初は信じられないみたいなんだよ。ホッブズさんも、ぼくが暑さでおかしくなったのかと思ったし。ぼくも、貴族になるなんて、あまりうれしくないと思ったけど、慣れたらそうでもなくなってきたよ。いまの伯爵は、ぼくのおじいさまなんだ。それで、おじいさまは、なんでもぼくに好きなことをしていいって言うの。伯爵にしては、とってもいい人なんだよ。それで、ぼくにくれるたくさんのお金をハヴィシャムさんに預けてよこしてくれたの。だから、ジェイクから株を買い取るために、少しお金を持ってきたんだよ」

そういう次第で、ディックはめでたくジェイクの株を買い取り、自分が親方になって、新しい靴ブラシとびっくりするくらい立派な看板と靴磨きの服ひとそろいを手にした。古い血のリンゴ売りのおばあさんと同じく、ディックも自分の幸運が信じられず、夢遊病の靴磨きみたいな顔でうろうろとあたりを歩きまわっていた。そして、小さな恩人を見つめながら、この夢がいつかさめやしないかと疑っているようだった。セドリックが手を差し出して別れの握手をするまで、ディックはまるっきり上の空だった。

「それじゃ、さようなら」ふつうの声で言おうとしたけれど、セドリックは声が少し震え、大きな茶色の目をしばたたいた。「商売がうまくいくといいね。イギリスへ行かなくちゃならないのは残念だけど、きっと伯爵になったらまたもどってこられると思うの。ぼくに手紙ちょうだいね。ぼくたち、ずっと仲良しだったもんね。ぼくに手紙くれるときは、この住所に送ってね」そう言って、セドリックは一枚の紙切れをディックに渡した。「ぼくの名前はこれからはセドリック・エロルじゃなくて、フォントルロイ卿になるの。それじゃ、さよならね、ディック」

ディックも目をしばたたき、まつ毛を濡らしたように見えた。ディックは学のない靴磨きだったので、心に感じたことを口にしようとしても言葉が見つからなかったのだろう。何も言わなかったのは、おそらくそのせいだった。ディックは目をしばたたいて、こみあげる熱いものをぐっと飲みこんだだけだった。

「おめえが行かなくてすみゃ、いいんだけどな」ディックはかすれ声で言った。そして、また目をしばたたいた。それからハヴィシャム氏のほうに向きなおり、帽子に手をやって言った。「どうも、ありがとさんです、こいつを連れてきてくれて。それから、いろいろしてもらって。こいつは変わったやつなんで。おいら、昔っからこいつのことすごく気にかけてきたんす。こいつ、ほんとにがんばり屋で、そんでもって……とにかく変わったやつなんで」

セドリックとハヴィシャム氏の後ろ姿を、ディックはぼうっと立ちつくしたまま見送った。あいかわらず涙で目がかすみ、のどの奥に熱いものがこみあげていた。

背の高い厳格な老紳士と並んで意気揚々と去っていく小さな後ろ姿を、ディックはいつまでも見送っていた。

出発の日まで、セドリックはありったけの時間をホッブズさんの店に入りびたって過ごした。ホッブズさんは、すっかり意気消沈して落ちこんでいた。幼い友が得意げな顔でお別れのプレゼントを持ってきたときも、鎖つきの金時計を手放しで喜ぶ気にはなれず、ケースにはいった時計を肉づきのいい膝の上に置いて、何度も盛大に洟をかんだ。

「文字を彫ってもらったんだよ」セドリックが言った。「蓋の内側に。ぼく、自分で彫ってもらう言葉を考えたんだ。『ホッブズ氏へ、旧友フォントルロイ卿より。これを見て、ぼくを想って』って。ぼくのこと、忘れないでね」

ホッブズさんは、また大きな音をたてて洟をかんだ。

「おまえさんのことは忘れやしないさ」ホッブズさんはディックと同じように、ちょっとかすれた声で言った。「おまえさんこそ、イギリスの貴族の中にはいっても、わしを忘れんでくれよ」

「ぼく、ホッブズさんのことは忘れないよ、どんな人たちの中にはいっても」セドリックは答えた。「ぼく、ホッブズさんといっしょにいて、ほんとうに楽しかったもの。楽しいことがいっぱいあったもの。いつか、ぼくに会いにきてね。きっと、ぼくのおじいさまもすごく喜ぶと思うんだ。もしかしたら、ぼくがホッブズさんの話をしたら、おじいさまがホッブズさんにお手紙を書いて、『来てください』って言うかもしれないよ。ねえ、おじいさまが伯爵でもかまわないよね？　おじいさまがもし『来てください』って言ったら、伯爵の家なんか行くのはいやだなんて言わないよね？」

「会いにいくともさ」ホッブズさんが喜んで答えた。

というわけで、伯爵からぜひにとの招待があった場合には、ホッブズさんはドリンコート城に何カ月か逗留すべく、共和党員としての敵対感情は脇に置いて、すみやかに旅の荷造りにとりかかることで約束がまとまった。

とうとう旅じたくが整い、出発の日がやってきた。いくつものトランクが汽船へと運ばれていき、迎えの馬車が家の前に到着した。セドリックは妙な淋しさに襲われた。母親はしばらく自分の部屋に閉じこもったあと、一階に下りてきたときには大きな目を泣きはらして、優しげな口もとが小刻みに震えていた。セドリックが近づいていくと、母親は腰をかがめ、セドリックが両腕で母親に抱きついて、二人はキスを交わした。母親も自分も残念な気持ちでいることは感じたのだが、その感情が何ゆえなのか、セドリックにはよくわからなかった。でも、母親を思う気持ちがセドリックの口をついて出た。

「このおうち、好きだったよね。これからも、ずっと好きだよね?」

「ええ、そうね」母親は低く優しい声で答えた。「そうね、セディ」

それから二人は馬車に乗りこんだ。セドリックは母親にぴったりと寄り添って、馬車の窓から後ろをふりかえる母親を見上げ、その手を引き寄せてさすりつづけた。

と思うまもなく、二人は汽船の甲板に上がり、ごった返す人の波にもまれていた。馬車が次々と港に乗りつけ、客を降ろしていく。荷物がまだ届いていない、船に積み遅れる、と大騒ぎする客がいる。大きなトランクや箱がドスンドスンと降ろされて、引きずられていく。水夫たちがロープをほどき、あわただしく走りまわる。船員たちが大声で命令を飛ばす。婦人や紳士や子供や乳母たちが次々に上船してくる。陽気に笑っている者もいれば、悲しげに黙りこんでいる者もいる。あちらこちらで何人かが涙を流し、ハンカチで目もとを押さえている。セドリックにとっては、どっちを見てもわくわくするものだらけだった。ぐるぐると輪に積み上げられたロープを眺め、巻きあげられた帆を眺め、暑い青空に届きそうな高い高いマストを眺めた。そして、水夫と知り合いになって海賊の話を聞かせてもらいたいな、などと考えていた。

出航が迫り、セドリックが上甲板の手すりにもたれて最後の準備作業を眺めながら水夫や波止場人足のあわただしい動きや大声に気を取られていたとき、さほど離れていないところに集まっている人たちの中でちょっとした動揺が起こった。誰かが人の群れをかき分けるようにして近づいてくる。少年だ。手に何か赤いものを持っている。ディックだ。ディックは息を切らしてセドリックのところまでやってきた。

「ずっと走ってきたんだ。おめえを見送ってやろうと思ってさ。商売はうまくいってるよ！　きのうの上がりで、おめえのためにこれ買ってきた。お偉いさんたちの中に行くときに、これ着けていけよ。包み紙は、下にいた連中を振り払ってくるときに破けちまったけど。おれのこと乗せねえって言うからさ。これ、ハンカチ」

ディックがひと息にしゃべりおえたとき、出航のベルが鳴った。セドリックが返事をする間もなく、ディックがきびすを返した。

「さいなら！」ディックが息を切らしながら言った。「お偉いさんたちと会うときに、着けていきな」そう言って、ディックは走り去っていった。

数秒後、下甲板の人混みをかき分けて、タラップが引き上げられる寸前に船を降りていくディックの姿が見えた。ディックは埠頭に立って帽子を振っている。

セドリックはハンカチを握りしめた。真っ赤な絹のハンカチで、紫色の蹄鉄と馬の首が描かれている。

船が大きな音をたてはじめた。何かを引きしぼる音、何かがきしむ音、どたばたと混乱した音。岸壁で見送る人たちが友人に向けて大声をあげはじめた。汽船の上から乗客たちも大声で返す。

「さようなら！　さようなら！」皆口々に叫んでいる。「わたしたちのこと、忘れないでね！　リヴァプールに着いたら、手紙ちょうだい！　さようなら！」

幼いフォントルロイ卿も、身を乗り出して赤いハンカチを振った。「ありがとう！　さようなら、ディック！」セドリックは精一杯の声で叫んだ。「さようなら、ディック！」

大きな船が岸壁を離れ、人々のあいだからふたたび別れの声があがり、セドリックの母親が帽子のヴェールを目深に下ろし、岸壁におおいなる混乱を残して船は動きはじめた。しかし、ディックの目に見えていたのは、セドリックの輝くような子供らしい顔と、明るい日の光を受けてそよ風になびく金色の髪だけだった。そして、ディックの耳に聞こえたのは、「さようなら、ディック！」と心を込めて叫ぶ子供の声だけだった。こうして若きフォントルロイ卿は生まれ故郷にゆっくりと別れを告げ、まだ見ぬ祖先の地へと旅立ったのだった。

第4章　イギリスに着いて

母と子が別々の家に住むことになるという事情を母親がセドリックに話したのは、航海が始まったあとだった。初めてそのことを理解したとき、セドリックの悲しみようが並大抵ではなかったので、伯爵が母親の住まいを城のすぐ近くにして母と子が頻繁に会えるよう取り計らったのは賢明だった、とハヴィシャム氏は思った。そうでもしなければセドリックがとうてい別離に耐えられないのは、明らかだった。しかし、母親がセドリックを愛情のこもった言葉で優しくなだめ、いつもすぐそばに母親がいると納得させたので、しばらくたったあとは、セドリックも差し迫った別離の恐怖に胸がつぶれそうな気持ちは薄らいでいった。

「お母さまの家はお城から遠いところではないのよ、セディ」この話が持ちあがるたびに、母親はくりかえした。「あなたのところからすぐ近くなの。だから、毎日でも走って会いに来られるわ。きっと、お母さまにお話ししてくれることがいっぱいあるでしょうね！　いっしょに楽しい時間を過ごしましょうね！　お城はとっても美しいところなのよ。あなたのお父さまがよくお話ししてくださったわ。お父さまはそのお城が大好きだったの。あなたもきっと大好きになると思うわ」

「お母さまがいっしょだったら、もっと大好きになれるのに」幼いフォントルロイ卿はそう言って、深いため息をついた。

〈最愛のきみ〉が一つの家に住んで自分が別の家に住むことになるという奇妙な話

に、セドリックは困惑するばかりだった。

こういうことになった理由をセドリックには聞かせないほうがいいだろうと考えたのは、母親だった。

「知らないほうがいいと思います」エロル夫人はハヴィシャム氏に言った。「あの子がちゃんと理解するのは無理だと思います。ただショックを受けて傷つくだけです。おじいさまがわたくしをひどく嫌っておられることは知らないほうが、あの子も伯爵様に対して自然で愛情深い気持ちで接することができるに違いありません。あの子は、人を憎むとか人につらく当たるというようなことを知りません。わたくしを憎む人がいると知ったら、心に大きな傷を受けるでしょう。あの子はもともとたいへん愛情深い子で、わたくしのことをとても大切に思ってくれています。ですから、もっと大きくなるまで、このことは知らないほうがいいと思います。伯爵様にとっても、そのほうがはるかによろしいでしょう。さもないと、いくらセディがあんな子でも、おじいさまとのあいだに溝ができてしまうと思います」

そんなわけで、セドリックは母親との別居には何か不可解な理由があるらしいということしか知らされず、その理由はいまはまだ小さくてわからないから、もっと大きくなったら教えてもらえる、ということで納得した。セドリックは困惑するばかりだったが、結局のところ、気になるのは別居の理由そのものではなかったので、母親とそのことを何度も話しあい、なだめてもらい、これからの暮らしの明るい面だけを聞かされているうちに、暗い面のことは少しずつ心の中から消えていった。それでも、ときどき、セドリックが例の古風なしぐさで腰をおろしたまま深刻な顔つきで海を見つめ、子供には似合わないため息をもらす場面をハヴィシャム氏が目にしたことは、一度や二度ではなかった。

「いやだなあ」老弁護士と妙に大人びた話をしているときに、一度、セドリックはそんな言葉を口にしたことがあった。「どんなにいやか、おじさんにはわからないでしょ。だけど、この世には厄介なことがいっぱいあって、がまんしなくちゃいけないんだよね。メアリーがそう言ってたし、ホッブズさんもそう言ってたもの。それに、〈最愛のきみ〉は、ぼくがおじいさまと暮らすことをよろこんでほしいと思ってるんだ。どうしてかっていうとね、おじいさまは子供たちがみんな死んじゃって、それはとっても悲しいことだからなんだって。そういう人って、かわいそうなんだよね。子供がみんな死んじゃった人。しかも、一人は急死したって言うし」

若きフォントルロイ卿を知るようになった人たちが必ず好意を抱くのは、会話に夢中になっているときにこの子が見せる幼いなりに考え深そうな一面だ。それに加えて、ときどき口にする大人びたコメントとは対照的に子供らしい丸顔に浮かぶどこまでも無邪気で真剣な表情を目にすると、誰もがこの子の虜になってしまう。セドリックは顔だちが美しく、はつらつとしていて、巻き毛のかわいらしい子供だったので、この子が腰をおろしてぷくぷくの両手で膝を抱え、大まじめな顔で話をすると、それを聞く人たちはすっかり楽しくなってしまうのだった。ハヴィシャム氏でさえ、セドリックと付き合ううちに、この子との会話にひそかな喜びや楽しみを抱くようになってきていた。

「なるほど、伯爵を好きになるよう努力しようと思っておられるのですね」ハヴィシャム氏が言った。

「そうだよ」フォントルロイ卿が答えた。「伯爵はぼくの身内なんだもの、身内は好きでないと。それに、伯爵はぼくにとってもよくしてくれたし。こんなによくしてくれて、望みを何でもかなえてくれたら、身内でなくたって、そういう人のことは好きになるでしょ？　それなのに、身内でそんなふうにしてくれるんだったら、なおさら好きになるはずだと思わない？」

「むこうもフォントルロイ様のことを好きになってくれると思いますか？」ハヴィシャム氏は聞いてみた。

「うん、そう思うよ」セドリックは答えた。「だって、ぼくは身内なんだもの。それに、ぼくは伯爵の息子の息子でしょ。だからね、もちろん、ぼくのことを好きに違いないと思うの。そうでなかったら、ぼくの望みをあれもこれもかなえてくれるはずがないし、おじさんを迎えによこすはずもないじゃない？」

「ほう！　なるほど、そういうものですかね」老弁護士が言った。

「そうだよ。そういうこと」セドリックが言った。「そう思わない？　孫なんだもの、好きなのはあたりまえだと思うよ」

船酔いに苦しんだ乗客たちも、じきに船酔いがおさまって、甲板でデッキチェアに寝そべって航海を楽しむようになった。そのころには誰もが若きフォントルロイ卿の身にふりかかった夢のような話を知っていて、興味津々でこの子供に注目していたが、セドリック本人は船の上を駆けまわり、母親や背の高い痩せた老弁護士と散歩をしたり、水夫たちに話しかけたりしていた。セドリックは誰からも好かれ、行く先々で誰とでも仲良くなり、誰とでも気軽に友だちになった。甲板を散歩する紳士たちから誘いの声がかかれば、セドリックは男らしくしっかりした足取りで付いて歩き、紳士たちのジョークに楽しげに応じた。ご婦人たちから声がかかったときには、セドリックを囲む人の輪にいつも笑いが起こった。ほかの子供たちと遊ぶときは、楽しそうにはしゃいで過ごした。水夫たちの中にも大の親友ができて、海賊や難破船や無人島の驚くべき話を聞かせてもらった。ロープの結びかたも教えてもらったし、おもちゃの船で帆の張りかたも習ったし、「トップスル」[1]や「メインスル」[2]のことに

1　「トップセイル」の訛った発音。トップマストの下から二番目にある帆。
2　「メインセイル」の訛った発音。メインマストのいちばん下の帆。

も驚くほど詳しくなった。おかげで言葉づかいにも船乗りの言い回しが混じるようになり、あるときなど、肩掛けやオーバーコートにくるまって甲板にすわっている紳士淑女たちの真ん中でかわいらしい声をはりあげ、表情たっぷりに「おう、船梁が震えあがる寒さだぜい!」と言ったので、大人たちに大受けに受けたこともあった。皆が大笑いしたので、かえってセドリックのほうがびっくりした。こういう船乗り言葉はジェリーという名の「ベテラン船乗り」から仕入れたもので、ジェリーがいろいろな物語を聞かせてくれるときにたびたび登場する言い回しだった。数々の冒険話から察するに、ジェリーは二、三千回も航海に出たことがあって、そのたびに船が難破して島に打ち上げられ、そこには血に飢えた人食い人種がいっぱいいたらしかった。そして、これまた胸躍る冒険話から察するに、ジェリーはからだのあちこちをあぶり焼きにされたり、しょっちゅう食べられたり、一五回も二〇回も頭の皮を剝がれたことがあるらしかった。

「だから、あんなふうに頭がはげてるんだよ」フォントルロイ卿はそう母親に話して聞かせた。「何回か頭の皮を剝がれると、もう髪の毛が生えなくなっちゃうんだって。ジェリーもこの前最後に頭の皮を剝がれてからは、もう毛が生えてこないんだって。そのときはね、パロマチャウィーキンズ族の王様に頭の皮を剝がれたんだけど、その王様が使ったナイフってのが、ウォプスルマンプキーズ族の親玉の頭蓋骨で作ったナイフだったんだって。そのときはさすがに危ないと思ったんだって。王様がナイフを振りかざしたときには、あんまり恐ろしくて髪の毛が逆立っちゃって、それっきり毛が逆立ったままになっちゃったんだって。だから、王様はいまだに毛が逆立ったままのジェリーの頭の皮をかぶっていて、ヘアブラシみたいに見えるんだって。ジェリーみたいなけーけんを聞いたのは、初めてだよ！　ホッブズさんに聞かせてあげたいなあ！」

あいにくの天候で甲板下のサロンから出られない日には、大人たちがセドリックのまわりに集まって、ジェリーのけーけんの話を聞きたがった。大人たちの中に腰をおろして得意げに熱弁をふるうセドリックの話はおもしろくて、大西洋を渡る客船は数あれど、幼いフォントルロイ卿ほど人気のある船客はついぞ例がないほどだった。セドリックは声がかかればいつも無邪気で気さくな調子で船旅の余興に物語

大人たちがセドリックのまわりに集まって、ベテラン船乗りジェリーのけーけんの話を聞きたがった。

を語って聞かせ、そのあどけない魅力に本人が気づいていないだけに、いっそうかわいらしいのだった。

「ジェリーの話ってね、みんなが聞きたがるんだよ」と、セドリックは母親に話した。「ぼくとしては、こんなこと言うのもなんだけど、ジェリーが自分の身に起こったことを話してるんじゃなかったら、何から何までぜんぶほんとうって訳じゃないかもしれないな、とも思うんだ。でも、ジェリーがぜんぶ自分の身に起こったことだ、って言うから……すごくへんてこな話なんだけど。たぶん、ジェリーもときどき忘れちゃって、ちょっと間違っちゃうのかもしれないね。頭の皮を何度も剝がれてるから。頭の皮を何度も剝がれると、物忘れしやすくなっちゃうらしいよ」

友だちのディックと別れてから一一日目、船はリヴァプールに着いた。そして、一二日目の夜に、セドリックと母親とハヴィシャム氏を駅から乗せてきた馬車がコート・ロッジの前で止まった。暗くて、建物はよく見えなかった。セドリックに見えたのは、家へ続く道の両側に大きく枝を張り出した木々が並んでいたこと、その並木道を少し進んだら開いたドアが見えて、そこから明かりが流れ出していたこと、くらいだった。

メアリーが奥様の世話をするために、一足先に到着していた。セドリックが馬車から飛び降りると、召使いが一人か二人、広くて明るい玄関ホールに立っていて、戸口にメアリーの姿があった。

フォントルロイ卿はうれしそうに声をあげてメアリーに飛びついた。

「メアリーも来たの？　ねえ〈最愛のきみ〉、メアリーがいるよ」そして、セドリックはメアリーの荒れた赤い頬にキスをした。

「来てくれてうれしいわ、メアリー」エロル夫人が低い声でメアリーに話しかけた。「ここであなたの姿を見たら、ほっとしたわ。少しは心細い気持ちが救われるもの」

エロル夫人が差し出した小さな手を、メアリーが元気づけるように握りしめた。母国を離れ、愛する子供まで取り上げられようとしているこの小柄な母親が感じている「心細さ」がどれほどのものか、メアリーにはわかっていた。

イギリス人の召使いたちは興味津々でセドリックと母親を見つめていた。この二人について、召使いたちはありとあらゆる噂話を耳にしていた。老伯爵が結婚にどれほど腹を立てていたかも知っていたし、エロル夫人がコート・ロッジに住んで幼い息子だけが城に住むことになる理由も承知していた。若きフォントルロイ卿が継ぐことになる莫大な財産のことも、気の荒い祖父の伯爵のことも、伯爵が痛風を患っていて激しやすいことも、すべて知っていた。

「こりゃたいへんだ、かわいそうに」と、召使いたちはセドリックのことを噂した。しかし、召使いたちは、新しくやってきた若きフォントルロイ卿がどんな人物なのか、ドリンコート伯爵を継ぐことになる孫がどんな性格なのか、わかっていなかった。

セドリックは自分の身の回りのことをやり慣れているしぐさでさっさとオーバーコートを脱いで、あたりを見まわした。広々とした玄関ホールには絵が掛けられ、牡ジカの立派な角が飾ってあり、ほかにもいろいろと珍しい装飾品が目についた。それまでセドリックはふつうの家でそのようなものを見かけたことはなかったので、興味津々だった。

「ねえ〈最愛のきみ〉、ここ、とってもきれいなおうちだね。ここに住むなら、よかった。ずいぶん大きな家だし」

たしかに、ニューヨークのみすぼらしい通りに建つ家と比べたら、ずいぶん大きな家だった。それに、とても美しくて明るい感じの家だった。メアリーに案内されて、二人は明るいチンツのカーテンがかかった二階の寝室へ上がった。暖炉には火が燃え、暖炉の前の白い毛皮の敷物には大きな真っ白いペルシャネコが悠々と寝そべっていた。

「お城の家政婦長が、奥様のために、と言うてよこしたネコです」メアリーが説明した。「お城の家政婦長は親切なお方で、奥様のためにあれやこれや準備してくれたですよ。あたしもちっと会いましたけど、家政婦長さんはセドリック大尉がお気に入りだったんだそうです、奥様。とっても悲しがっとられました。そんで、大きいネコが敷物の上で寝そべってりゃ、部屋がもうちっと居心地よく思えるんでねえか、って。家政婦長さんは、エロル大尉がほんの子供のころから知っとった、って話です。そりゃもう玉のような男の子だった、って話です。そんで、偉い者にもつまらん者にも誰にでも感じのいい口をきく立派な若様だった、っちゅう話です。そんだから、あたしゃ、こう言ってやったですよ。『そっくりな男の子を残されたですよ、あんないい子は見たことがねえです』ってね」

身じたくを整えたあと、セドリックたちは一階へ下りていった。階下にも大きくて明るい部屋があった。天井が低く、美しい彫刻をほどこしたどっしりとした家具が配され、奥行きが深くて背もたれの高い椅子が並んでいた。風変わりな飾り棚や戸棚には、見たこともない美しい装飾品が飾られていた。暖炉の前には大きなトラの毛皮が敷いてあり、暖炉の両脇には肘掛け椅子が置いてあった。ふわふわした毛並みの美しい白ネコはフォントルロイ卿になでてもらったのが気に入ったのか、階下までついてきて、セドリックがトラの毛皮の上に寝そべると、すぐそばにごろりと丸くなった。セドリックは大喜びでネコの頭に頬を寄せ、暖炉の前に寝ころんだままネコをなでていて、母親とハヴィシャム氏の会話は耳に届かないようだった。

実際、母親とハヴィシャム氏は小声で話していた。エロル夫人は顔色がやや青ざめ、動揺しているように見えた。

3　派手なプリント模様の厚手の木綿地。インド更紗。

「今夜は、まだ行かなくていいのですね？　今夜はわたくしといっしょに過ごせるのですね？」

「そうです」ハヴィシャム氏も小声で答えた。「今夜は行く必要はありません。わたしは夕食がすみ次第、お城にうかがって、伯爵に到着の報告をしに参りますが」

エロル夫人はセドリックに目をやった。セドリックは上品にくつろいだ格好で黒と黄色の敷物の上に寝そべり、火に照らされた美しい顔がいくらか上気して見えた。敷物の上にこぼれて広がった金色の巻き毛に火影が揺れ、大きなネコは満足げに喉を鳴らしている。セドリックに優しい手つきでなでてもらうのが気に入ったようだ。

エロル夫人が弱々しい笑みを浮かべた。

「伯爵様は、わたくしからどれほど大きな存在を取り上げようとなさっているのか、おわかりでないのですわ」エロル夫人は悲しそうにそう言って、老弁護士を見た。「伯爵様にお伝えくださいませんか……お金はいただきたくない、と」

「お金を、ですか⁉」ハヴィシャム氏の声が大きくなった。「まさか、毎月のお手当てのことではないでしょうね⁉」

「そのことです」エロル夫人は単刀直入に言った。「いただかずにおきたいのです。この家には住まわせていただくしかありません。ありがたく思っております。ここにいれば、息子のそばで暮らせますから。けれども、わたくしにも少しばかりの蓄えはあります。質素に暮らすにはじゅうぶんなお金です。ですから、そちらからはいただきたくない、と。伯爵様はわたくしのことをひどく嫌っておいでですから、そちらからお金をいただけば、セドリックをお金で売り渡すような気がしてしまうのです。わたくしがセドリックを手放す決心をしたのは、息子を愛しているからです。自分のことより息子の幸せを願うからです。それに、あの子の父親もそれを望んだだろうと思うからです」

ハヴィシャム氏はあごをさすった。

「ずいぶんと変わったお話ですな。伯爵はひどく立腹なさると思いますよ。理解できないでしょう」

「よくお考えになれば、わかっていただけると思いますわ。わたくし、お金に不自由はしておりません。それに、わたくしをこれほどまで憎んで、大切な息子を取り上げようとなさる方から、贅沢をするためのお手当てを頂戴するいわれはありませんわ。ご自分のご子息の子供ですのに」

ハヴィシャム氏は少しのあいだ思案顔を見せたあと、「お伝えしましょう」と言った。

そのあと夕食が運ばれて、一同は席につき、大きな白ネコはセドリックの席に近い椅子の上で食事のあいだじゅう偉そうに喉を鳴らしていた。

その晩、お城にうかがったハヴィシャム氏は、すぐに伯爵の書斎に通された。伯爵は暖炉のそばの贅沢な安楽椅子にすわり、痛風患者用の足のせ台に片足を乗せていた。伯爵はげじげじ眉の下から鋭い目つきで老弁護士を見たが、ハヴィシャム氏には、伯爵が平静を装いつつも不安と興奮を押し殺しているのがわかった。

「もどったか、ハヴィシャム。それで？」

「フォントルロイ卿と母親はコート・ロッジにおります」ハヴィシャム氏が答えた。「航海は順調で、二人ともたいへん健康です」

伯爵はじれったそうな声をもらし、手をせわしなく動かしていたが、「それは結構」と言った口調はそっけなかった。「ここまではまあまあ、というところだな。

ゆっくりしてくれ。自分でワインを注いで、腰をおろすといい。それで、ほかには？」

「フォントルロイ卿は今夜は母親と過ごされます。あす、お城にお連れします」

伯爵は肘掛け椅子に片方の肘を乗せていたが、その手を顔へ持ってきて、手のひらで両目を覆った。

「ああ。続けてくれ。この件について、報告の手紙は無用と言っておいたな。したがって、わしは何も聞いておらん。で、どんな子だ？　母親のほうは、どうでもいい。子供のほうは、どんな具合だ？」

ハヴィシャム氏は自分でグラスに注いだポートワインを少し口に含み、ワイングラスを手にしたまま椅子に腰をおろした。

「七歳の子供の性格を判断するのは、ちょっと難しいですね」ハヴィシャム氏は慎重に口を開いた。

伯爵は強烈な偏見の持ち主だった。ハヴィシャム氏にさっと目をやると、乱暴な言葉を吐いた。

え？」

「馬鹿者なんだな？　それとも、みっともないガキか。アメリカの血のせいだろう、え？」

「アメリカの血が不都合を引き起こしているようには見えません」弁護士が抑制のきいた慎重な言葉づかいで答えた。「わたしは子供のことはよくわかりませんが、なかなかいい子だと思いました」

老弁護士はつね日ごろから慎重で冷めた物の言い方をする人間だったが、このときはいつもより一段と気を使った物言いをした。伯爵がみずからの目で見て判断するほうがいいだろう、伯爵が孫と初めて顔を合わせるまで一切の予断を与えないほうがいいだろう、と、この賢明な弁護士は考えたのだった。

「健康か？　育ち具合は？」

「拝見するところ、たいへんお健やかで、育ち具合も申し分ないと思います」老弁護士が答えた。

「手足はまっすぐか？　不細工じゃないか？」伯爵がなおも尋ねた。

ハヴィシャム氏の薄い唇にかすかな笑みがさした。まぶたの裏に、コート・ロッジを去るとき目にした光景が浮かんできた。美しく気品のある子供がトラの毛皮の上にのびのびと寝そべっている姿。敷物の上に乱れて広がった金色の髪。バラ色に上気した頬。

「なかなか整った顔だちだと思いますよ、男の子にしては」老弁護士は答えた。「わたしなどの見立てでは、たいして当てにはならないでしょうが。でも、たしかに、イギリスのふつうの子供とは少し違ったところがあるかもしれません」

「そりゃそうだろう」伯爵がうなるような声を出した。痛風の足がうずいたのだ。「アメリカのガキどもは厚かましい物乞いばかりだからな。そういう話をよく聞く」

「この子の場合は、かならずしも厚かましいという表現は当たらないでしょうな」ハヴィシャム氏が言った。「どう変わっているのか、うまく言葉で言えないのですが、この子は子供より大人たちの中で育ってきておりますので、妙に大人びたところと子供っぽいところが混じっていて、それで変わった印象があるのかもしれません」

「アメリカ人特有の図々しさだろう！」伯爵が言い張った。「そういう話を聞いたことがある。連中は早熟だの自由だのと言うが。どうせ、けがらわしくて厚かましい無作法者に違いない！」

ハヴィシャム氏はポートワインを口に運んだ。老弁護士は、この貴族の雇い主にはめったに反論しない。とくに、痛風の炎症がひどいときには。そういうときは、触らぬ神に祟りなし、である。そんなわけで、少しのあいだ二人とも沈黙していたが、口を開いたのはハヴィシャム氏のほうだった。

「エロル夫人からことづかっていることがございます」

「聞きたくない！」伯爵が、嚙みつきそうな勢いで言った。「聞けば聞いただけ腹が立つ」

「しかし、重要な件ですので」老弁護士が言葉を継いだ。「伯爵が提供されるお手当てを受け取りたくない、と言っているのです」

伯爵は見るからに驚いたようすだった。

「なんだと？」伯爵が声を荒らげた。「どういうことだ？」

ハヴィシャム氏はさきほどの言葉をくりかえした。

「お手当ては必要ない、と言うのです。伯爵と自分の関係が友好的でないことを考えると――」

「友好的でない！」伯爵が荒々しい口調になった。「まさに、そのとおりだ！　あの女のことなど、考えるのもいまいましい！　金銭目当ての、金切り声のアメリカ女め！　顔も見たくないわ」

「伯爵、金銭目当てというのは当たらないかと存じます」ハヴィシャム氏が言った。「何も要求していないのですから。伯爵が支払うとおっしゃる手当てもいらないと言うのです」

「どうせ見せかけだ！」伯爵が吐き捨てた。「そうやって機嫌取りをして、会ってほしいのか。立派な心がけだとでも言ってほしいのか。ふざけるな！　そんなものは、アメリカ人の勝手気ままにすぎん！　城から目と鼻の先で物乞いのような暮らしをされては迷惑だ。跡継ぎの母親として、それなりの体裁を保ってもらわなくてはならん。みっともない真似はさせんぞ。金は渡す、むこうが何と言おうと！」

「金を渡しても、使わないでしょう」ハヴィシャム氏が言った。

「使おうが使うまいが、知ったことか！」伯爵がどなり散らした。「金は届けさせる。

わしに何もしてもらえんから物乞い同然の暮らししかできん、などと言いふらされてたまるか！　子供にわしを悪く思わせたいのだ。どうせ、もうわしの悪口をさんざん吹きこんでおるんだろう！」

「いいえ」ハヴィシャム氏が言った。「伯爵にお伝えすることを、母親からもう一点ことづかっております。それをお聞きになれば、母親が悪口など吹きこんでいないとおわかりになるでしょう」

「聞きたくないと言っておるだろうが！」伯爵は怒りと興奮と痛風のせいで、ハアハアと息を荒くしていた。

しかし、ハヴィシャム氏はかまわず伝言を伝えた。

「母親とあの子を引き離すのは伯爵が母親を敵視しているからだということをフォントルロイ卿に悟らせるようなことはいっさい耳に入れないでください、との伝言です。フォントルロイ卿は母親が大好きですから、そんなことが耳にはいったら、伯爵とフォントルロイ卿のあいだに溝ができてしまうに違いない、と母親は心配しています。あの子にはそんなことは理解できないだろうし、伯爵のことを怖がるようになってしまうかもしれない、少なくとも伯爵になつかなくなってしまうかもしれないから、とのことです。母親はフォントルロイ卿に、別居の理由はあなたにはまだ小さくてわからないだろうから、もう少し大きくなったら教えましょう、と言い聞かせています。フォントルロイ卿が伯爵と初めて顔を合わせる場面に影が差さないように、との心づかいです」

伯爵は安楽椅子に深く沈みこんだ。ゲジゲジ眉の下で、敵意に満ちた老人の目が光っている。

「冗談だろう！」伯爵は、まだ息を切らしている。「冗談だろう！　まさか、母親が子供に何も言っていないというのか？」

「ひとことも話してはおりません」老弁護士が落ち着いた口調で答えた。「それは、わたしが保証します。フォントルロイ卿は伯爵のことを、このうえなく優しくて愛情深いおじいさまだと思っています。伯爵が非の打ちどころのないおじいさまであることを疑わせるような言葉は、ひとことも聞かせておりません。ひとことも。しかも、ニューヨークにいるあいだ、わたしが伯爵から命じられたことを徹底的に実行いたしましたので、フォントルロイ卿は伯爵のことを信じられないくらい心の広い方だと思っているに違いありません」

「それはほんとうの話か、え？」伯爵が言った。

「わたしの名誉にかけて」ハヴィシャム氏が言った。「フォントルロイ卿が伯爵のことをどう思うかは、すべて伯爵ご自身のなさりようにかかっています。差し出がましいことを申させていただくならば、母親のことを侮辱するお口は慎まれたほうが、フォントルロイ卿とはうまくいくと存じます」

「ふん、馬鹿な」伯爵が言った。「たかが七歳の小童だろうが」

「しかし、その七年のあいだ、あの子はずっと母親のそばで暮らしてきたのです」ハヴィシャム氏が言い返した。「母親は息子の愛情を一身に受けて暮らしてきたのです」

第5章 ドリンコート城

幼いフォントルロイ卿とハヴィシャム氏を乗せた馬車がお城へ続く長い並木道を進んでいったのは、夕方も近くなったころだった。夕食に間にあう時刻に来るように、という伯爵からの命令だったのだ。しかも、伯爵本人しか知らぬ理由によって、フォントルロイ卿は祖父と対面する部屋に一人で来るように、と指示されていた。

並木道を進んでいく馬車の中で、フォントルロイ卿は贅沢なクッションにゆったりともたれて、これから起こることをおおいに楽しみにしていた。実際、セドリックは目にするものすべてが楽しくてしかたなかった。馬車にも興味を抱き、大きくて立派な馬たちやピカピカ光る馬具にも興味津々だった。きらびやかな制服に身を包んだ背の高い御者と従僕にも興味を抱き、とりわけ馬車の扉についている宝冠の紋章に興味をひかれて、その意味を教えてもらいたくて従僕と仲良くなったくらいだった。

馬車がお城の広大な敷地の入り口にある大きな門まで来ると、セドリックは門の上に鎮座している巨大な石のライオン像をよく見ようとして馬車の窓から身を乗り出した。門を開けてくれたのは、ツタに覆われた美しい小屋から出てきた母親らしい血色のいい女性だった。家の中から子供が二人走り出てきて、目を丸くして突っ立ったまま、馬車に乗って通る男の子を見つめた。セドリックのほうも、門番の子供たちを見た。母親は馬車に向かって笑顔を見せ、ていねいに膝を折るおじぎをした。子供たちも母親に促され、膝を折ってぺこんと頭を下げた。

「あの人、ぼくのこと知ってるの？」セドリックが聞いた。「なんか、ぼくを知ってるみたいに見えるよ」セドリックは黒いベルベットの帽子を取って、女の人に笑顔で声をかけた。

「はじめまして！　こんにちは！」

門番のおかみさんは、喜んでいるように見えた。バラ色の頰を大きくほころばせ、青い瞳でやさしそうにセドリックを見ている。

「若様、ごきげんよろしゅうございます！」門番のおかみさんが言った。「お美しいお顔に神様のお恵みがございますように！　フォントルロイ様の弥栄をお祈り申し上げます！　ようこそおいでくださいました！」

セドリックは門を通り過ぎる馬車の中から帽子を振り、門番のおかみさんに向かってもういちどうなずいた。

「よさそうな人だね」セドリックが言った。「男の子が好きみたい。ぼく、ここへ来て、あの子たちと遊びたいな。あの家には少年団を作れるくらいたくさんの子供たちがいるのかしら？」

ハヴィシャム氏は、フォントルロイ卿ともあろう方が門番の子供たちと遊ぶなどありえない、ということは黙っておいた。そう急いで教えることもあるまい、と思ったのだ。

馬車は、並木道の両側からアーチのように張り出した大枝がゆらゆらと揺れる下を進んでいく。セドリックは、こんな並木を見るのは初めてだった。道の両側に並ぶ木々は大きくてどっしりしていて、巨大な幹のずいぶん下のほうから大枝を伸ばしている。当時のセドリックは、ドリンコート城がイギリスでも格別に美しい城の一つであることは知らなかった。ドリンコート城の領地はイギリスで一、二を争うほどの広さと美しさを誇り、大きな樹木の続く並木道はこの国でもほかにないほどの見事さだということも、知らなかった。それでも、とにかくとても美しい場所だということは、セドリックにもわかった。木々が大きく枝を広げ、葉のあいだから夕方の光が金色の槍のように差しこんでいる風景を、セドリックは美しいと思った。あたり一帯を包みこむ完璧な静けさも、すばらしいと思った。堂々たる大枝の下や隙間から見える風景の美しさを目にして、セドリックは不思議な深い歓びをおぼえた。

広々とした美しい空間には、並木以外にもどっしりと一本だけ立っている大樹や、何本か寄りそうように立っている木々が見えた。ときおり、馬車は丈の高いシダの群生する場所を通った。かと思うと、そよ風に揺れるブルーベルの花々が地面を澄んだ空のような青い色に染めている場所もあちこちに見かけた。何度か、ウサギが緑の茂みの中から飛び出して白い短いしっぽを見え隠れさせながらあっという間に跳び去っていくのを見て、セドリックは喜んで笑い声をあげた。ヤマウズラの群れがいきなり羽ばたいて飛びたったときには、セドリックは大声をあげながら手をたたいてはしゃいだ。

「とってもきれいな場所なんだね」セドリックはハヴィシャム氏に話しかけた。「こんなきれいな場所、初めて見た。セントラルパークよりもっときれいだ……」

でも、なかなか目的地に着かないことにセドリックは少しとまどったようで、そのうちとうとう、「門から玄関まで、どのくらい遠いの？」と尋ねた。

「三マイルから四マイルくらいでしょうかね」老弁護士が答えた。

「門からずいぶん遠くに住んでるんだね」セドリックが言った。

数分ごとに、セドリックはいろんなものに目をみはり、感嘆の声をあげた。草むらに伏せているシカや、立ったまま馬車の音に驚いたふうに立派な角の生えた頭をめぐらしてこちらを見るシカの姿に、セドリックは興奮した。

「サーカスが来てたの？　それとも、あのシカたちはいつもここに住んでるの？　誰のシカなの？」

「ここに住んでいるんですよ」ハヴィシャム氏が答えた。「あなたのおじいさま、ドリンコート伯爵が所有しておられるシカです」

そのうちに、お城が見えてきた。目の前に堂々たる姿でそびえる灰色の美しいお城。傾きかけた日の光を受けて、たくさんの窓がまばゆくきらめいている。お城には大きな塔や小さな塔があり、壁の上のほうは銃眼のついた狭間胸壁になっていて、壁はツタにびっしりと覆われていた。お城のまわりの開けた場所は、テラスになっていたり、広い芝生になっていたり、美しい花々の植わった花壇になっていた。

「こんなきれいな場所、見たことないよ！」セドリックは丸い顔をうれしそうに上気させていた。「王様の宮殿みたいだね。前におとぎ話の本で見たことがある」

大きな玄関扉が左右に開け放たれ、たくさんの召使いたちが二列に並んでセドリックに視線を注いでいる。この人たち、どうしてこんなふうに立っているのだろう?と思いながら、セドリックは召使いたちの立派な制服姿に見とれていた。召使いたちが並んで出迎えたのはフォントルロイ卿に敬意を表するため、この莫大な財産――おとぎ話の王宮のように美しいお城、広大な領地、群れ立つ木々、シダやブルーベルがしげり、ウサギたちが遊び、大きな目をしたまだら模様のシカたちが深い草むらに憩う谷地――をすべて引き継ぐことになるこの小さな男の子に敬意を表するためであるということを、セドリックは知らなかった。ほんの二週間前にはホッブズさんの店でジャガイモやモモの缶詰に囲まれて背の高い丸椅子にちょこんとすわり、両足をぶらぶらさせていたセドリックである。こんなに莫大な財産が自分の人生に関わってこようとは、想像すらできなかったに違いない。居並ぶ召使いたちの先頭に、年配の女性がいた。上質でシンプルな黒の絹のドレスを着て、白髪まじりの頭にメイド・キャップをかぶっている。セドリックが玄関ホールへはいっていくと、その女の人はほかの召使いたちよりも近くに立ち、セドリックに話しかけそうな表情を見せた。セドリックの手を握っていたハヴィシャム氏が立ち止まって口を開いた。

「ミセス・メロン、こちらがフォントルロイ卿でいらっしゃいます。フォントルロイ卿、こちらはミセス・メロン、このお城の家政婦長です」

セドリックは目を輝かせながら、ミセス・メロンに手を差し出した。

「ネコをよこしてくれたのは、あなただったのですか？　どうもありがとうございます」

ミセス・メロンは年老いた威厳のある顔に門番小屋のおかみさんとよく似たうれしそうな笑みを浮かべた。

「どこでお目にかかっても、フォントルロイ様だとわかりますわ」ミセス・メロンはハヴィシャム氏に話しかけた。「お顔も、しぐさも、大尉にそっくりでいらっしゃいますもの。ああ、きょうまで生きていてようございました」

なぜきょうまで生きていてよかったのか、セドリックは不思議に思いながらミセス・メロンの顔を見上げた。一瞬、ミセス・メロンの目が涙ぐんでいるように見え

"This is Lord Fauntleroy, Mrs Mellon," he said.

「ミセス・メロン、こちらがフォントルロイ卿でいらっしゃいます」

たが、悲しがっているのでないことはどう見ても明らかだった。ミセス・メロンはセドリックを見下ろして、にっこり笑った。

「このお城には、あのネコが産んだきれいな子ネコが二匹おりますよ」ミセス・メロンが言った。「あとで若様のお部屋に連れてまいりましょうね」

ハヴィシャム氏が小声で二言三言ミセス・メロンに話しかけた。

「はい、書斎で」ミセス・メロンが答えた。「フォントルロイ卿お一人だけをお連れするように、とのことです」

数分後、制服を着たとても背の高い従僕がセドリックを書斎の前まで連れていき、ドアを開けて、「フォントルロイ卿をお連れしました」と、朗々たる声で告げた。従僕は、たとえ一介の召使いに過ぎぬ身ではあっても、伯爵の地位と財産を継ぐ人物がドリンコート城にもどってきて老伯爵のもとに通される場面に居合わせることを光栄に感じていた。

セドリックは敷居をまたいで書斎へはいっていった。書斎はものすごく広くて立派

「フォントルロイ卿(きょう)をお連(つ)れしました」

な部屋で、彫刻のほどこされた重厚な家具がすえつけられ、本の並ぶ書棚が何列も続いていた。家具が黒っぽく、カーテンが分厚く、ひし形のガラスをはめこんだ窓の奥行きがとても深く、部屋の端から端までがものすごく長いせいで、日が沈んだあとの書斎はずいぶん陰気な部屋に見えた。少しのあいだ、セドリックは書斎には誰もいないのかと思ったが、すぐに幅の広い暖炉で火が燃えているそばに大きな安楽椅子があり、そこに誰かがすわっていることに気づいた。その人物は、はじめ、セドリックに目を向けようとしなかった。

　しかし、部屋の片隅に、セドリックに関心を向けたものがいた。安楽椅子のすぐ脇、床の上に、黄褐色の巨大なマスティフ犬が伏せていたのだ。からだも四本の足も、ライオンかと思うくらいに大きな犬だった。巨大な犬はのっそりと立ち上がり、重々しい足取りでセドリックに近づいてきた。

　そのとき、安楽椅子の人物が口を開いた。「ドゥーガル、もどれ」

　しかし、幼いフォントルロイ卿の心は、意地悪を知らぬのと同様、怖じ気も知らなかった。生まれたときからずっと、物怖じしない子供だったのだ。セドリックはごく自然なしぐさで大きな犬の首輪に片手を添え、鼻を鳴らしてにおいを嗅ごうとする犬と並んで歩きはじめた。

老伯爵が顔を上げた。セドリックの目に映ったのは、白いぼさぼさの髪と白いげじげじ眉の大柄な老人の姿だった。ワシのくちばしのような鼻。険しい光をたたえた深く落ちくぼんだ目。一方、老伯爵の目に映ったのは、レースの襟がついた黒いベルベットのスーツを着た気品あふれる子供の姿だった。りりしく整った顔を縁どるように金色の巻き毛が揺れ、無邪気で人の好さそうな目が老伯爵を見つめている。このお城がおとぎ話の王宮だとしたら、幼いフォントルロイ卿こそがおとぎ話の小さな王子様そのものに見えただろう。もちろん本人はそんなことはまるで意識していなかったし、おとぎ話の王子様にしてはがっしりとたくましい体格だったかもしれないが。力強く美しい孫の姿を目にして、老伯爵の激しやすい心の中に、にわかに勝ち誇った歓喜が湧きあがった。幼いフォントルロイ卿は大きな犬の首に手を添えて立ち、まったく臆するそぶりもなしに老伯爵を見上げている。大きな犬にも老伯爵にも気後れしたり怖気づいたりすることのない孫の姿を見て、気難しい老伯爵は気をよくした。

セドリックは、門番のおかみさんや家政婦長のミセス・メロンに向けたのと同じ眼差しで老伯爵を見つめ、すぐそばまで近づいた。

「ドリンコート伯爵ですか？」セドリックは言った。「ぼく、あなたの孫です。ハヴィシャムさんが連れてきてくれました。ぼくはフォントルロイ卿です」

セドリックは老伯爵に向かって手を差し出した。相手が伯爵でも、それが正しい礼儀に違いないと思ったからだ。「ごきげんいかがですか」セドリックはとびきりの親しみをこめて挨拶した。「お目にかかれて、すごくうれしいです」

セドリックと握手を交わす老伯爵の目に、好奇の輝きが宿った。とりあえず、老伯爵は驚きのあまり、言葉を失っていた。げじげじ眉の下の目を光らせて、伯爵は絵の中から現れ出たような少年の姿を頭のてっぺんから足の先までしげしげと見つめた。

「わしに会えてうれしい、と？」老伯爵が言った。

「はい、とっても」フォントルロイ卿が答えた。

伯爵のそばにあった椅子に、セドリックは腰をおろした。背もたれの高い大きな椅子で、深くすわると両足が床に届かなかったが、セドリックは椅子の上ですっかりくつろぎ、失礼にならない程度にじっと畏れ多い祖父の姿を見つめた。

「どんな方なのかな、って、ずっと思っていました」セドリックが言った。「船でベッドに寝てるとき、おじいさまはお父さまと似てるのかな、なんて考えたりしていました」

「似ているか？」老伯爵が聞いた。

「うーん……」セドリックが答えた。「お父さまが亡くなったとき、ぼくまだすごく小さかったから、お父さまがどんな顔だったかはっきりおぼえていないかもしれないけど、でも、おじいさまはお父さまには似ていないと思います」

「がっかりしたか？」祖父が言った。

「とんでもない」セドリックが礼儀正しく答えた。「もちろん、お父さまに似ていたら、それはうれしいけど、でも、お父さまと似ていなくたって、おじいさまの顔は好きです。おじいさまもそう思うでしょ、血がつながっている人のことはよく見えるものだ、って」

老伯爵は椅子の背にもたれて、孫息子を見つめた。血のつながった人のことをよく思うなど、とうてい言えた柄ではなかったのだ。自分は暇さえあれば一族の者たちと激しいいさかいをくりかえしてきた。血のつながった者たちを屋敷から追い出し、悪口雑言を投げつけてきた。一族の者たちは、そんな伯爵を心底から憎んでいた。

「誰だって、おじいさまのことは大好きなものでしょう？」フォントルロイ卿が続けた。「とくに、おじいさまがぼくにしてくれたみたいに親切にしてもらったら」

老伯爵の目に、またもや好奇の光が宿った。

「ほう！　わしが親切だったと言うのか？」

「そうです」フォントルロイ卿が明るく答えた。「ブリジットのことも、リンゴ売りのおばあさんのことも、ディックのことも、おじいさまにすごく感謝してます」

「ブリジット？」老伯爵の声が高くなった。「ディック？　リンゴ売りのおばあさん？」

「そうです！」セドリックが説明した。「おじいさまがくださったお金のおかげで。

ぼくがほしがったら渡すように、ってハヴィシャムさんに預けてくれたお金です」

「ふむ！」老伯爵の口から言葉がこぼれた。「そういうことか。おまえの好きに使ってよいと言ってことづけた金のことだな。それで何を買ったのだ？　その話を聞かせてもらいたい」

老伯爵はげじげじ眉を寄せて、鋭い目つきで子供を見た。金を与えられた子供がどんな贅沢をしたのか知りたいものだと、心ひそかに思っていたのだ。

「そうだった！」フォントルロイ卿が言った。「おじいさまはディックのことやリンゴ売りのおばあさんのことやブリジットのことを知らないんですよね？　こんな遠くに住んでることを、ぼく、忘れてた！　三人とも、ぼくのだいじな友だちなんです。それに、マイケルは熱があって――」

「マイケルというのは誰だ？」老伯爵が尋ねた。

「マイケルはブリジットのだんなさんです。二人はすごく困ってたんです。病気になって働けないのに、子供が一二人もいたら、どんなにたいへんかわかるでしょう？　マイケルは、もともとは働き者なんです。それで、ブリジットがよくうちに来て、泣いてて。それで、ハヴィシャムさんが来てた夜も、ブリジットが台所で泣いてたの。食べるものもないし、家賃も払えない、って。で、ぼく、ブリジットに会いに台所に行ってたら、ハヴィシャムさんが呼んでるって言われて、おじいさまがぼくにくれるお金をハヴィシャムさんが預かってるって聞いたんです。それで、ぼく、全速力で台所へ走っていって、お金をブリジットにあげたの。それで何もかもだいじょうぶになって、ブリジットは信じられないって言ってました。だから、ぼく、おじいさまにすごく感謝してるんです」

「ほう！」老伯爵が低い声で言った。「そういうことにお金を使った、というわけだな？　ほかには？」

ドゥーガルは、さっきから背の高い椅子の脇におすわりしていた。セドリックが椅子に腰をおろしたときに椅子の脇へ来てすわり、まるで会話を聞いているかのように何度もセドリックを見上げていた。ドゥーガルはまじめくさった犬で、そもそも自分のように図体の大きな犬は軽々しくはしゃぐものではないと心得ているようなところがあって、そんな犬をよくわかっている老伯爵はひそかな興味を抱きつつ、犬がどうするか見守っていた。ドゥーガルは誰にでも簡単になつく犬ではなかったので、子供の手になでられながらじっとすわっている超大型犬の姿を見て、伯爵は少しばかり驚いていた。ちょうどそのとき、ドゥーガルが威厳のこもった眼差しでフォントルロイ卿をいまいちど観察したあと、ライオンのように巨大な頭を幼い少年の黒いベルベットの膝にそっと乗せた。

セドリックはあいかわらず小さな手でこの新しい友の頭をなでながら、おしゃべりを続けた。

「あと、ええと、ディック。おじいさまも、きっとディックのことが好きになると思います。すっごくまっつぐなやつだから」

このアメリカ的な言い回しを、老伯爵は聞いたことがなかった。

「それはどういう意味だ?」伯爵が尋ねた。

フォントルロイ卿は少し考えこんだ。どういう意味か、自分でもはっきりとはわかっていなかったのだ。ディックがよく使う言葉なので、きっと何かすごくちゃんとしていることを意味する言葉だろうと思いこんでいた。

「それはね、人をだまさない、っていう意味だと思います」セドリックは説明した。「あと、自分より小さい子を殴らない、とか。それから、お客さんの靴を一所懸命に磨いてピカピカにする、っていう意味。ディックはパ、ー、フ、ェ、ッ、シ、ョ、ナ、ル、な靴磨きだから」

「そして、おまえの知り合いなんだな?」老伯爵が聞いた。

「昔からの友だちなんです」セドリックが答えた。「ホッブズさんほど古い友だちじゃないけど、でも、すごく昔からの友だちなの。ディックは船が出る直前にプレゼントをくれたんです」

セドリックはポケットに手をつっこんで、きちんとたたんだ赤い布を取り出し、愛情を込めた手つきで誇らしげに広げて見せた。それは赤い絹のハンカチで、紫色の大きな蹄鉄と馬の首の柄がついていた。

「ディックがくれたんです」若きフォントルロイ卿が言った。「ぼく、これ、ずっと大切にします。首に巻いてもいいし、ポケットに入れておいてもいいし。ぼくがジェイクの株を買い取って、ディックに新しい靴ブラシなんかを買ってあげたあと、最初に稼いだお金でこれを買ってくれたんです。お別れの記念に。ぼく、ホッブズさんにあげた時計に、ちょっとした詩を彫ってもらったんだけど――『これを見て、ぼくを想って』って。だから、このハンカチを見たら、ぼく、いつもディックのことを想うんだ……」

ドリンコート伯爵閣下の胸にわきおこった複雑な感覚は、ちょっと言葉では言い表せないものだった。世間をいやと言うほど見てきた老伯爵は、ものごとに簡単に動じるような人間ではなかったが、これまでの人生でまったく経験したことのなかったものに触れて息をのむ思いで、不思議な感動に打たれていた。伯爵は、子供をかわいいと思ったことなどなかった。自分の楽しみばかりで頭がいっぱいで、子供のことを考える暇などなかったのだ。自分の息子たちが小さかったころは、子供にはまるで関心がなかった――セドリックの父親をなかなかハンサムで丈夫な子供だと思ったことを、たまに思い出す程度で。自分のことしか考えない人間だったので、無私の心を持つ他人の徳を賞賛した経験もついぞなく、心の優しい小さな子供がどれほど思いやりにあふれ誠実で愛情深いものかも知らなかったし、子供の純真で気前の良い思いつきがどれほど無邪気で下心のないものなのかも知らなかった。伯爵にとって、男の子という生き物はつねに厄介な小動物と同じであり、自分勝手で欲深く、よほど手綱を締めてかからなければ騒々しくて手に負えない生き物なのだった。上の二人の息子たちは家庭教師をいつも困らせて迷惑ばかりかけていたし、末っ子についてほとんど苦情を聞かぬのはその子がさほど重要な存在ではないからだろうと思いこんでいた。だから、自分が孫をかわいく思うだろうなどとは、考えてみたこともなかった。幼いセドリックを迎えにやったのは、ひとえにプライドゆえのこと。その子が将来自分のあとを継ぐことになるのならば、無学な田舎者に継がれて家名が笑いものになるようなことだけは避けたかったのである。アメリカで生まれ育った孫など道化同然の田舎者に違いないと、伯爵は信じて疑わなかった。だから、孫に対する愛情など、これっぽっちもなかった。せいぜい望むことといえば、人並みの顔だちで、人並みに知恵が回ること。二人の息子たちにはとことん失望させられたし、三男のエロル大尉がアメリカで結婚したことには激怒させられたし、そんな結婚からろくな跡継ぎが生まれようとも思わなかった。従僕がフォントルロイ卿の到着を告げたとき、伯爵はその子に目を向けることさえためらった。恐れていた現実を目にすることになるのではないかと思ったのだ。そういう思いがあったからこそ、子供を一人だけで連れてくるようにと命じたのだった。もしその子を見て落胆したとしたら、そんな姿を他人に見られるのはプライドが許さなかった。だから、上品でごく自然な物腰で、怖じけるようすもなく超大型犬の首に手を添えて近づいてくる男児の姿を見たとき、プライドが高くかたくなな老伯爵は心に動揺をおぼえた。目一杯に高望みしたとしても、孫がこれほど見栄えのいい子供だろうとは思わなかったのだ。見たくもなかった孫がこれほどの美形であろうとは。あれほど憎悪したアメリカ女の産んだ子供がこれほどの美形であろうとは。目の前にいる男児は、なんとも美しく、りりしく、子供でありながら気品にあふれているではないか！　思ってもみなかった驚きに、さしものいかめしい伯爵も平静を失いかけた。

そして、会話が始まった。すると、ますます老伯爵は不思議な感動をおぼえ、心がかき乱された。第一に、自分の前に出ると人は恐縮しまごまごするのが常だったから、孫もおずおずと気後れした態度を見せるものだろうと思っていた。しかし、セドリックはドゥーガルを恐れなかったのと同じように、伯爵を恐れるそぶりを見せなかった。かといって厚かましいわけではなく、ただ無邪気に人なつこくて、この場でまごついたり恐縮したりする必要があろうとは思ってもいないというだけのことだった。伯爵の目には、この男児が祖父の善意を何ひとつ疑わず、すぐに仲良くなれる相手だと思っていて、そのように接しようとしているとしか見えなかった。背の高い椅子によじのぼってちょこんとすわり、人なつこい口調で話しかけてくる男児の姿を見るにつけ、この子が目の前にいる大柄で険しい顔つきの老人をこの上なく親切な人だと頭から信じきっていて、自分がこの場で歓迎されていると信じて疑いもしないことは、明白だった。しかも、この子は子供なりに祖父を喜ばせ関心を引きたいと思っているようだった。つむじまがりで、かたくなな心を持ち、世のかけひきを知りつくした老伯爵ではあったけれども、目の前の男児に頭から信頼されて、胸の中にそれまで感じたことのないひそかな歓びの感情が高まるのを抑えることができなかった。なんといっても、相手の善意を疑うこともなく、恐縮するようすもなく、老人の心の醜い部分に気づくそぶりすらない姿を目の前にすれば、たとえそれが黒いベルベットのスーツを着た小さな男児でも、伯爵とておもしろくなかろうはずがない。この子は、相手を怪しむことも知らず澄んだ目で見つめてくる——。そんなわけで、老伯爵はゆったりと椅子に背を預け、幼い子供に好きなように話をさせ、目に奇妙な光をたたえたまま、おしゃべりを続ける男児を見守った。フォントルロイ卿は聞かれることに何でもはきはきと答え、かわいげのある口調で落ち着いて会話を続けた。ディックとジェイクのこと。リンゴ売りのおばあさんのこと。ホッブズさんのこと。共和党大会のこと、横断幕や角灯[1]やたいまつや花火がすばらしかったこと。しゃべっているうちに、話題が七月四日の独立記念日や独立戦争のことに及んだ。そして話が白熱しかけたところで、セドリックは急に何かに気づいたようにおしゃべりを中断した。

「どうした？」祖父が声をかけた。「なぜ黙る？」

フォントルロイ卿は椅子の上でもじもじしている。伯爵の目には、男児が何かを思いついて、それで困っているように見えた。

「おじいさまには楽しくない話かもしれない、と思ったの」フォントルロイ卿が答

「ごきげんいかがですか」セドリックはとびきりの親しみをこめて挨拶(あいさつ)した。「お目にかかれて、すごくうれしいです」

えた。「もしかしたら、おじいさまのところの人が誰か戦争に行ったかもしれない、と思って。おじいさまがイギリス人だってことを忘れてました」

「話を続けなさい」伯爵が言った。「うちの者は、誰も戦争には行っていない。それに、おまえは自分もイギリス人だということを忘れているようだな」

「え、違います！」セドリックはあわてて否定した。「ぼくはアメリカ人です！」

「おまえはイギリス人だ」老伯爵がぴしゃりと言った。「おまえの父親がイギリス人だからだ」

老伯爵のほうはこのやりとりをちょっとおもしろがっていたが、セドリックにしてみたら、おもしろいどころの話ではなかった。こんな展開になるなんて、思ってもみなかったのだ。セドリックは髪の生えぎわまで真っ赤になった。

「ぼく、アメリカで生まれたんです」セドリックは主張した。「アメリカで生まれたら、アメリカ人なんです。口答えしてごめんなさいだけど」セドリックは真剣な顔で

1　候補者の名前や肖像画のはいった角灯。

礼儀正しく言葉を選んだ。「ホッブズさんが教えてくれました、もしまた戦争があったら、ぼくは……その……アメリカ人として戦うんだ、って」

老伯爵は険しい表情でふと笑った。険しい表情をふと緩めただけだったが、とにかく笑ったのだった。

「なるほど」伯爵が言った。アメリカもアメリカ人も大嫌いだが、目の前の小さな愛国者の真剣で一途な表情を見ると、おかしかった。こんなに立派なアメリカ人ならば、大きくなったらなかなか見どころのあるイギリス人になるのではないか、などと思ったりした。

二人がアメリカ独立革命の話にあらためて深入りする時間はなかった。それに、セドリックはその話題にもどるのを少しためらった。そうこうするうちに、夕食の用意が整ったと声がかかった。

セドリックは椅子から下りて祖父のところへ行き、痛風を患っている足に目を落とした。

「ぼくがお手伝いしましょうか？」セドリックはていねいな口調で言った。「ぼくによりかかっても、だいじょうぶです。前にホッブズさんがジャガイモの樽に足をひかれたとき、ぼくによりかかって歩いてたから」

背の高い従僕は、すんでのところで従僕としての評判と地位を危険にさらすところだった。思わず笑ってしまいそうになったのである。この従僕は貴族専門に仕えてきた人間で、これまでずっと超一流の貴族家庭に雇われ、仕事中はにこりともしない男だった。いかなる状況にあろうとも、笑うなどというはしたない行動に出ることは、従僕としての品位を貶めることになるのだと心得ていた。しかし、このときばかりは危なかった。従僕は老伯爵の頭上にかかっていたひどく醜悪な絵をじっと眺めることで、なんとかその場をとりつくろった。

老伯爵は勇敢な若き孫息子を頭のてっぺんから足の先までじろりと眺め、「できると思うか?」と、ぶっきらぼうな口調で言った。

「きっとできると思います」セドリックが言った。「ぼく、力が強いんです。それに、七歳だし。そっち側は杖に体重をかけて、こっち側はぼくによりかかって。ディックが言ってました——ぼく、七歳にしてはいい筋肉してる、って」

セドリックは握りこぶしを作って肩まで上げ、ディックがほめてくれた力こぶを老伯爵に見せた。その顔がとても真剣で一途だったので、従僕は醜悪な絵をますます熱心に見つめなければならなかった。

「そうか。では、やってみなさい」

セドリックは伯爵に杖を手渡し、立ち上がろうとする伯爵に手を貸した。いつもなら従僕がこの役目をするのだが、何かの加減で痛風の足がよけいに痛んだりすると、老伯爵にひどくののしられる。もともと老伯爵は言葉づかいの穏やかな人間ではなく、老伯爵に仕える大柄な従僕たちでさえ、立派な制服の下で震えあがったものだ。

しかし、この晩は、一度ならず痛風の足が痛んだにもかかわらず、老伯爵は悪態をつかなかった。孫の言いだした試みに乗ってみようと思ったのだ。伯爵はそろそろと立ち上がり、けなげに差し出された小さな肩に手を置いた。幼いフォントルロイ卿は、痛風の足に目をやりながら、そっと一歩を踏み出した。

「ぼくによりかかってください」セドリックは老伯爵を励ますように言った。「ぼく、すごくゆっくり歩きますから」

いつものように従僕に支えられて歩くならば、伯爵は杖にこれほど体重をかけず、もっと従僕の腕に頼って歩くところだった。とはいえ、孫に自分の体重がけっして軽い負担ではないことをわからせてやろうという気持ちもあった。実際、老伯爵の体重はかなりの負担で、何歩か歩くうちに幼いセドリックの顔は紅潮し、心臓の鼓動が速くなった。しかし、セドリックはディックにほめられた力こぶのことを思い出して、負けるものかとがんばった。

「遠慮なくよりかかって……」セドリックは息を切らしながら言った。「ぼく、だいじょうぶだから……そんなに……そんなに遠く……なかったら」

ダイニング・ルームまでは、それほど遠い距離ではなかった。しかし、テーブルの上座にたどりつくまで、セドリックにはかなり長い道のりに感じられた。肩に置かれた手が一歩ごとに重くなるような気がして、顔がますます紅潮し、ハアハアと息が切れたが、セドリックはぜったいに降参しなかった。幼い筋肉に力を込め、顔を上げ、足をひきずりながら歩く老伯爵を励ました。

「そっちの足に体重をかけると、ずいぶん痛むんですか？」セドリックは聞いた。

「からしを入れた熱いお湯につけてみたことはありますか？　ホッブズさんは足をお湯につけてました。アルニカもよく効くそうですよ」

超大型犬は二人と並んでゆっくりと歩き、大柄な従僕は後ろからついてきた。全力をふりしぼって精いっぱい重荷に耐える小さな後ろ姿を眺めながら、従僕は何度か奇妙に顔をゆがめた。老伯爵もまた、真っ赤になった小さな顔をちらりと横目で見下ろして、一度、表情を崩しそうになった。ダイニング・ルームに着いてみると、そこはずいぶん広くて堂々たる部屋だった。テーブルの上座の後方に控えていた従僕が、ダイニング・ルームにはいってきた一行の姿を目を丸くして見つめていた。

ようやく、セドリックと老伯爵は席までたどりついた。セドリックの肩に置かれた手が離れ、伯爵が席におさまった。

セドリックはディックにもらったハンカチを取り出して、おでこの汗を拭った。

「今夜は暑いですね」セドリックが言った。「暖炉に火がはいっているのは、おじいさまの足のためなのね。でも、ぼくにはちょっとだけ暑いかな」

セドリックは祖父の伯爵に気をつかって、暖炉の火が不要だとほのめかすようなことは言わなかった。

「ずいぶん、がんばったからな」伯爵が言った。

「そんなことないです！　そんなにたいへんじゃありませんでした。ただ、ちょっと暑くなっただけで。夏は暑いときもありますよね」

そう言って、セドリックは派手なハンカチでごしごしと汗ばんだ巻き毛を拭いた。セドリックの席は祖父と向かいあう形で、テーブルの反対側にセットされていた。椅子は肘掛け椅子で、大人用の大きなサイズだった。椅子だけでなく、それまでセドリックが目にした何もかもが——大きな部屋も、高い天井も、重厚な家具も、大柄な従僕も、超大型犬も、そして老伯爵自身も——何もかもが幼い子供に自分の小ささをことさらに感じさせるような大きさだった。でも、そんなことでセドリックはひるまなかった。そもそも、セドリックは自分が大きくて重要な存在だと思ったこ

2　アルニカ（キク科ウサギギク属の多年草）から抽出した外用鎮痛剤。

とはなかったし、圧倒されるような状況にも自然に対応できる子供だった。

それにしても、テーブルの端で大きな椅子にちょこんとすわった姿ほどセドリックの小ささを実感させる場面もなかった。一人暮らしにもかかわらず、ドリンコート伯爵は豪奢な暮らしをしていた。伯爵にとって正餐は重要で、毎回きちんと格式を守って食事をとった。セドリックはみごとなグラスや皿が並ぶきらびやかなテーブルごしに伯爵の姿を眺めた。こういう場面を見慣れていないセドリックは、目がくらみそうだった。知らない人がこの場面を見たら、思わず笑みを浮かべたかもしれない——広々とした豪華なダイニング・ルーム。制服に身を包んだ大柄な召使いたち。煌々たる明かり。きらめく銀器やグラス。テーブルのいちばん上座には、いかめしい顔つきの老伯爵。いちばん下座には、とても小さな男の子。ふだんならば、正餐は、伯爵にとってけっしてゆるがせにできない日課だった。料理人にとっても容易ならぬことで、伯爵が料理を気に入らなかったり食が進まなかったりすれば、一大事だった。しかし、この日、伯爵はふだんよりいくらか食が進むように見えた。おそらく、メイン料理の味付けやグレイヴィーソースの煮詰め加減のほかに考えることがあったからだろう。孫のことをいろいろ考えていたのである。伯爵はテーブルごしにずっと孫のようすを観察していた。そして、自分ではあまりしゃべらず、セドリックにいろいろ話をさせるよう仕向けた。老伯爵は、自分が子供のおしゃべりを聞いて楽しもうとは想像もしていなかったが、フォントルロイ卿に会った瞬間から戸惑うことやおもしろいことだらけで、いまも、この子の肩を借りたさっきのことをずっと思い返していた。じつは、この子の勇気と忍耐力がどのくらいのものかを知りたいがために、伯爵はわざとセドリックの肩に体重を預けてみたのである。孫がひるむ態度を見せず、いったん始めたことを一瞬たりとも投げ出そうとしなかったのを見て、老伯爵は満足していた。

「冠って、いつもかぶっているわけではないのですか?」フォントルロイ卿がうやうやしい口調で尋ねた。

「いや」伯爵がいかめしい顔にかすかな笑みを浮かべた。「わしには似合わぬのでな」

「ホッブズさんはね、伯爵っていうのはいつも冠をかぶってるんだって言ってました」セドリックが言った。「でも、そのあと考えなおしてから、帽子をかぶるときなんかは冠ははずさなきゃだめなんだろうな、って言ってました」

「そうだ」伯爵が答えた。「わしもときどきはずす」

すると従僕の一人がとつぜん横を向き、手で口もとを覆って、妙な感じの小さな咳をした。

先に食べおえたセドリックは、椅子にもたれて、ダイニング・ルームの中をしげしげと見まわした。

「おじいさま、この家、とっても自慢でしょう？　すごくきれいな家だもの」セドリックが言った。「こんなきれいなところ、ぼく、見たことないです。でも、もちろん、ぼくまだ七歳だから、そんなにいろいろ見たことがあるわけじゃないけど」

「わしが自慢に思っているに違いない、と？」伯爵が聞いた。

「誰だって自慢だろうと思います」フォントルロイ卿が答えた。「もしぼくの家だったら、ぼく、きっと自慢だろうと思います。何もかも、とってもきれいなんだもの。広いお庭も、たくさんの木も。木がほんとうにきれいで、葉っぱがさわさわ鳴ってたの！」

　それからセドリックはちょっと黙りこみ、物思いに沈んだような顔でテーブルごしに伯爵を見た。

「でも、二人きりで住むには、ずいぶん大きな家ですよね？」セドリックが言った。

「二人で住むには、たしかに大きな家ではあるな」伯爵が答えた。「大きすぎると思うか？」

　幼いフォントルロイ卿は、少し言いよどんだ。

「ぼくが思ったのは、この家に住んでいる二人があまり仲良しの話し相手じゃなかったら、ときどき淋しくなることもあるかな、って……」

「このわしは、いい話し相手になると思うか？」伯爵が聞いた。

「はい、そう思います」セドリックが答えた。「ホッブズさんとぼくも、すごくいい友だちだったから。ホッブズさんは最高の友だちでした。〈最愛のきみ〉を別にすれば」

　伯爵のげじげじ眉がぴくりと動いた。

「〈最愛のきみ〉というのは？」

「お母さまのことです」フォントルロイ卿は小さな声で答えた。

おそらく、ベッドにはいる時刻が近づいていて、少し疲れが出たのだろう。興奮続きだったここ数日のことを思えば、疲れが出るのも当然だったかもしれない。疲れてきたせいで、今夜は自分の家で眠るのではない、〈最高の友だち〉である母親の愛情に満ちた眼差しに見守られながら眠るのではない、ということが頭に浮かんで、ぼんやりとした淋しさが襲ってきた。セドリックと若い母親は、これまでずっと〈最高の友だち〉だった。セドリックは母親のことを思わずにはいられなかった。そして、母親のことを思えば思うほど口数が少なくなり、夕食が終わるころには、老伯爵の目にもセドリックの顔にかすかな影がさしているのがわかるほどになった。しかし、セドリックはがんばって耐えた。二人で書斎にもどるときも、こんどは背の高い従僕が主人の傍らに付き添ったけれども、老伯爵は孫の肩に手を置いて歩いた。ただし、先ほどのように体重を預けはしなかったが。

従僕が下がったあと、セドリックはドゥーガルといっしょに暖炉の前の敷物に腰をおろした。そして数分間、黙って暖炉の火を見つめたまま、犬の耳をなでていた。

伯爵はそんなセドリックのようすを見守った。セドリックはものうげな表情で、一度か二度、小さなため息をもらした。伯爵はじっとすわったまま、そんな孫の姿を見つめていた。

「フォントルロイ、何を考えている？」とうとう伯爵が声をかけた。

フォントルロイ卿は笑顔になろうとけなげに努力しながら伯爵を見上げた。

「〈最愛のきみ〉のことを考えてたんです」セドリックは答えた。「ぼく、ちょっと立って、部屋の中を歩いてみようかな」

セドリックは立ち上がり、小さなポケットに両手をつっこんで、部屋の中を行ったり来たり歩きはじめた。うるんだ瞳がキラキラ光り、唇をきつく結んでいたけれど、しっかりと顔を上げて、確かな足取りだった。ドゥーガルがのろのろとからだを起こしてセドリックを見たあと、立ち上がった。そしてセドリックのそばへ行き、心配そうについて歩きはじめた。フォントルロイ卿は片方の手をポケットから出して、犬の頭に置いた。

「この犬、すごくいい子ですね」セドリックは言った。「仲良しになれたかな。ぼくの気持ちをわかってるみたい」

「どんな気持ちなのだ？」老伯爵が尋ねた。

生まれて初めてのホームシックと戦っている男児の姿を見て、老伯爵はちょっとかわいそうに思ったが、けなげに耐えようとしている孫の姿を好ましく思った。小さいなりに根性のある子供だと思った。

「こっちへおいで」老伯爵が声をかけた。

フォントルロイ卿は老伯爵のそばへ行った。

「ぼく、いままで一度も家から離れたことがないの」セドリックは茶色の瞳に困ったような表情を浮かべて言った。「だから、自分の家じゃなくて、ほかの人のお城に一晩じゅう泊まらなくちゃならないんだと思うと、なんだかへんな感じになっちゃうの。だけど、〈最愛のきみ〉のいるところは、そんなに遠くじゃないし。そのことを忘れないように、って〈最愛のきみ〉が言ってました。それに……それに……ぼく、七歳だし。それに、持たせてもらった写真もあるし」

セドリックはポケットに手を入れて、スミレ色のベルベットを貼ったケースを取り出した。

「これです。ほら、ここのバネを押すと、開くでしょ。この中に〈最愛のきみ〉がいるの！」

伯爵の安楽椅子のすぐそばに立っていたセドリックは、ポケットから小さなケースを取り出すときに椅子の肘掛けによりかかり、ついでに老伯爵の腕によりかかるかっこうになった。まるで子供たちが昔からずっとそうしていたかのように、うちとけたしぐさで。

「ほら、これが〈最愛のきみ〉なの」セドリックは写真のケースを開けながらそう言って、笑顔で老伯爵を見上げた。

伯爵は眉をひそめた。写真など見たくもなかったが、思わず見てしまった。ケースの中から見上げているのは、美しくて若々しい女性の顔だった。自分の傍らに立っている孫とそっくりの顔。伯爵は、びくっとした。

「おまえはお母さんが大好きらしいな」伯爵が言った。

「はい」フォントルロイ卿が穏やかな口調で、何のためらいもなく答えた。「そうです。ほんとに。ホッブズさんはいいお友だちだし、ディックもブリジットもメアリーもマイケルもみんな友だちだけど……だけど、〈最愛のきみ〉は……〈最愛のきみ〉はいちばんだいじなお友だちなの。ぼくたち、いつも何でもおしゃべりするの。お父さまがお母さまを残して亡くなったから、ぼくがお母さまのお世話をしなくちゃなの。ぼく、大きくなったら働いて、お母さまのためにお金を儲けるんだ」

「何をして働くつもりだ?」祖父が尋ねた。

幼いフォントルロイ卿は、写真を手に持ったまま暖炉の前の敷物に腰をおろした。そして、真剣に考えているようすだったが、やがて口を開いた。

「前は、ホッブズさんといっしょに商売でもしようかな、と思ってました。でも、できれば大統領になりたいな」

「そのかわりに、イギリス議会の貴族院議員にしてやろう」老伯爵が言った。

「もし大統領が無理だったら、それで、そのキゾクインっていうのがいい仕事なら、それでもいいかな。食料品店の商売は、ときどき退屈な感じがするから」

おそらく、頭の中で将来像をいろいろ思いめぐらしていたのだろう。この会話のあと、セドリックは黙りこんだまま、しばらく暖炉の火を見つめていた。

老伯爵も黙ったまま椅子にもたれ、孫の姿を見つめていた。老伯爵の胸には、それまで抱いたこともなかった新しい考えがあれこれ浮かんでいた。ドゥーガルは伸びをしたあと、巨大な二本の前足に頭をのせて眠ってしまった。長い沈黙が続いた。

三〇分ほどたったころ、ハヴィシャム氏が呼ばれて書斎にはいってきた。大きな書斎の中は静まりかえっていた。伯爵はさきほどからずっと椅子にもたれたままでいたが、近づいてくるハヴィシャム氏を見ると、片手を上げて制するようなしぐさを見せた。それは、意図して動いたというより、

思わずからだが動いたようなしぐさだった。ドゥーガルはあいかわらず眠っており、その超大型犬のすぐそばに、巻き毛の頭を片腕に乗せて、幼いフォントルロイ卿が横たわっていた。

第6章 老伯爵と孫息子

朝になって目がさめたとき――前の晩にベッドまで運ばれたときは、まったく目をさまさなかった――フォントルロイ卿が最初に耳にした物音は、薪のパチパチ燃える音と、低い小さな話し声だった。

「気をつけてくださいよ、ドーソン、いっさい何も言わないように」と、誰かの声が聞こえた。「どうしていっしょに住めないのか、あの子は知らないのだから。理由は聞かせてはいけない、と」

「伯爵様のご命令なら、そのとおりにしなきゃならんでしょうよ」別の声が言った。

「けど、言わせてもらうんなら、ここだけの話、使用人であろうとなかろうと、なんでそういうむごいことを、と言いたいですわ。あの気の毒な美人の若後家さんと血肉を分けた子供を引き裂くなんて。それも、あんなきれいな顔した、生まれながらの貴族のような子を。ジェイムズとトマスが、きのうの晩、使用人部屋で言ってましたよ。二人とも、あんな子は見たことがない、どの使用人に聞いたってそう言うだろう、って。あのおちびさんのようすときたら、そりゃもう無邪気で、礼儀正しくて、楽しそうで、まるで大の仲良しと食事してるみたいで、天使のような気立ての良さだ、って。それにひきかえ、もうおひと方ときたら、こう言っちゃなんですけど、ほら、例の、血も凍りそうな怒り方をなさるお方でしょ？　それにまた、あのかわいさときたら。あたしらが――ジェイムズとあたしが呼ばれて書斎へ行って、若様を階上の部屋までお連れしたんですけどね、ジェイムズがあの子を抱き上げたとき、あどけない顔がぽーっと赤くなっててね、小さな頭をジェイムズの肩にもたせかけて、つやつやの巻き毛が垂れて、まああんなにかわいらしくてうっとりする絵ったら、なかったですよ。それから、これはあたしの意見ですけどもね、伯爵様も若様のことは憎からず思っておられるようですよ。あの子を見て、ジェイムズに『起こすなよ!』って言ったんですからね」

セドリックは枕の上で頭を動かし、寝返りを打って、目を開けた。

部屋の中には二人の女性がいた。華やかな花柄のチンツのカーテンがかかった部屋は、何もかも明るくて楽しげな雰囲気だった。暖炉には火がはいり、ツタの絡まった窓からは朝日がさしこんでいた。二人の女性がベッドのところへやってきた。見ると、そのうちの一人は家政婦長のミセス・メロンだった。もう一人は感じのいい中年の女性で、これ以上ないくらい親切そうで気さくな顔をしていた。

「おはようございます、フォントルロイ様」ミセス・メロンが言った。「よくお休みになれましたか?」

セドリックは目をこすって、にっこり笑った。

「おはようございます。ぼく、知らないうちにここへ来たのね」

「眠りこまれたので、そのまま上の階へお連れしたのですよ」家政婦長が言った。「ここはフォントルロイ様の寝室です。こちらはドーソン、若様のお世話をさせていただく者です」

フォントルロイ卿はベッドの上でからだを起こし、伯爵に初めて会ったときと同じように、ドーソンに手を差し出した。

「はじめまして。ぼくの世話を引き受けてくれて、ありがとうございます」

「この者のことは、『ドーソン』とお呼びください、フォントルロイ様」家政婦長がにっこり笑って言った。「いつもそう呼ばれておりますので」

「ミス・ドーソンなの？　ミセス・ドーソン？」フォントルロイ卿が尋ねた。

「ただのドーソンでございます、フォントルロイ様」ドーソン本人が満面の笑みで答えた。「ミスもミセスも不要でございます、おそれいります！　もう起きられますか？　ドーソンがお召し替えをお手伝いいたしましょう。そのあと、子供部屋で朝ごはんにいたしましょうか？」

「ぼく、もう何年も前からひとりで服が着られるから、だいじょうぶです」フォントルロイ卿が答えた。「〈最愛のきみ〉が教えてくれたの。〈最愛のきみ〉っていうのは、お母さまのことなんだけど。うちにはメアリーしかいなくて、洗濯とか何でもしなくちゃならなかったから、あんまり面倒をかけるわけにはいかなかったの。ぼく、お風呂も一人ではいれるんだよ。仕上げに細かいとこだけ見てくれたら、あとはだいたいできるの」

ドーソンと家政婦長は顔を見合わせた。

「ドーソンにお申しつけくだされば、何でもいたしますからね」ミセス・メロンが言った。

「そのとおりでございます」ドーソンが優しく気さくな口調で言った。「ご自分でお召し替えなさりたければ、そうなさってくださいまし。わたしはそばに控えていて、必要ならいつでもお手伝いいたします」

「ありがとう」フォントルロイ卿が言った。「ときどき、ボタンがむずかしいの。そういうときは、手伝ってね」

セドリックはドーソンをとても親切な人だと思い、朝のお風呂と着替えが終わるころにはすっかり仲良くなって、ドーソンの身の上についていろいろ聞き出した。ドーソンの夫は兵士だったが、戦争で命を落としたこと。息子は船乗りで、長い航海に出ていること。その船乗りの息子は海賊や人食い人種を見たことがあるし、中国人やトルコ人も見たことがあって、おみやげに変わった貝がらやサンゴのかけらを持ち帰ってきて、そのいくつかはドーソンのトランクにしまってあるから、いつでも見せてもらえること。どれもこれも、おもしろい話ばかりだった。ドーソンがこれまでずっと小さい子供たちのお世話をしてきたことも、聞いた。ドーソンはイギリスの別の地方にある大きなお屋敷から移ってきたばかりで、そのお屋敷ではレディ・グウィネス・ヴォーンという名の美しい少女のお世話をしていたのだという。

「そのお姫様は、フォントルロイ様の遠いご縁続きだと思いますよ」ドーソンは言った。「いつか、お会いになる機会があるかもしれませんね」

「ほんと?」セドリックは言った。「楽しみだな。ぼく、小さな女の子には一人も知り合いがいないけど、見るのは好きなんだ」

朝食をとるために寝室の隣の部屋へはいっていくと、そこもたいそう広々とした部屋で、さらにその先に続いている部屋もセドリックのための部屋だとドーソンが言う。セドリックの胸には、自分がとても小さい存在にすぎないという思いがふたたび強くよみがえり、おいしそうな朝食が並んでいるテーブルに着きながら、そのことをドーソンに打ち明けた。

「ぼく、とっても小さいのに、こんな大きなお城で、こんな大きな部屋をたくさんもらって暮らすなんて……いいのかしら?」セドリックは物思いに沈んだ顔で言った。

「まあ、何をおっしゃいます!」ドーソンが言った。「はじめのうちは少し慣れない感じがなさるかもしれませんけど、だいじょうぶですよ。すぐに慣れて、そしたらこの暮らしがお好きになるでしょう。このお城は、とってもきれいなところですから」

「たしかに、とってもきれいなところだけど」フォントルロイ卿が小さなため息をついた。「〈最愛のきみ〉のことがこんなに恋しくなかったら、ここがもっと好きになれるんだけどな。ぼく、朝はいつもお母さまといっしょに朝ごはんを食べてたの。ぼくがお母さまのお茶に砂糖とクリームを入れてあげて、あと、トーストも、ぼくが渡してあげてたの。二人でとっても仲良しだったのに」

「まあまあ！」ドーソンがなぐさめるように言った。「お母さまには、毎日お会いになれますよ。そしたら、どれだけたくさんお話しすることがあるか！　そうですよ、このあたりを少し歩きまわって、いろいろご覧になったらいかがですか。犬たちもおりますし、厩舎には馬たちもたくさんおりますよ。フォントルロイ様がお気に召す馬も――」

「ほんと？」セドリックが声をあげた。「ぼく、馬が大好きなの。ジムのことも、大好きだったよ。ジムっていうのはね、ホッブズさんとこの雑貨用の荷車をひく馬なの。強情に止まっちゃうこともあったけど、そうじゃないときはとってもきれいないい馬だったんだよ」

「そうですか。それじゃ、ぜひ厩舎をご覧になるとよろしいですよ」ドーソンが言った。「そうそう、それに、このとなりのお部屋も、まだご覧になっていませんでしょう？」

「何があるの？」フォントルロイ卿が尋ねた。

「先に朝ごはんをお召し上がりになって、それからご覧にいれましょうね」ドーソンが言った。

そう聞かされたら、当然ながら好奇心をかきたてられ、セドリックは朝ごはんを元気よく食べはじめた。となりの部屋には、ずいぶんおもしろいものがありそうだ。ドーソンは、わざともったいつけた思わせぶりな口をきいている。

「さ、食べた」数分後、椅子からすべりおりながら、セドリックが言った。「もう、おなかいっぱい。となりの部屋を見にいってもいい？」

ドーソンがうなずき、先に立ってとなりの部屋へ案内した。さっきよりも一段と思わせぶりでもったいぶった足取りだ。セドリックは、早く見たくてわくわくしてきた。

ドーソンが部屋のドアを開けると、セドリックは戸口に立ったまま、目を丸くして部屋の中を見まわした。言葉もなく、ただ両手をポケットにつっこんで、おでこまで顔を真っ赤にして部屋をのぞきこんでいる。

セドリックが顔を真っ赤にしたのは、ものすごく驚いたのと、少しのあいだ、すごく興奮したからだった。こんな部屋を見たら、ふつうの男の子なら誰だってびっくりするだろう。

そこもほかの部屋と同じくずいぶんと広い部屋だったが、セドリックの目には、ほかの部屋とはまた雰囲気が違って、いっそう美しく見えた。家具類が階下の部屋のように重厚で古風なものではなく、カーテンや敷物や壁がほかの部屋より明るい色調だったからだ。本がいっぱい並んだ棚があり、いくつもあるテーブルにはいろいろなおもちゃが置いてあった。どれも美しく精巧に作られたものばかりで、セドリックがニューヨークにいたころ店のショーウインドーごしにほれぼれと見つめたようなおもちゃばかりだった。

「男の子の部屋みたいだね」息を詰めるように部屋の中を見ていたセドリックの口から、ようやく言葉が出た。「誰の部屋なの？」

「どうぞご覧になってください。フォントルロイ様のお部屋ですよ！」ドーソンが言った。

「ぼくの部屋⁉」セドリックが声をあげた。「ぼくの部屋なの？　どうして？　誰がぼくにくれたの？」セドリックは小さな歓声をあげて部屋に飛びこんでいった。信じられないような気持ちだった。「おじいさまだね！」セドリックが目をきらきらさせながら言った。「おじいさまが用意してくれたのね！」

「そうですよ、伯爵様ですよ」ドーソンが言った。「フォントルロイ様がおりこうさんにしていて、ふくれたりなさらずに一日楽しくご機嫌にしていらしたら、伯爵様がなんでもお望みのものをくださいますよ」

朝の時間は大興奮のうちに過ぎていった。次から次へ見るものがたくさんあって、遊んでみたいおもちゃもいっぱいあって、見るもの見るものどれも目新しくて夢中になり、なかなか次のおもちゃに目が向かないほどだった。これがぜんぶ自分ひとりのために用意されたなんて、聞いてびっくりだったし、セドリックがニューヨークを発つよりも前にロンドンから人が来てセドリックの使う部屋を整えてくれて、子供が喜びそうな本やおもちゃをそろえておいてくれたというのも驚きだった。

「こんなに優しいおじいさまを持っている人なんて、聞いたことある？」セドリックはドーソンに言った。

ドーソンは一瞬、どう答えたものか迷ったような顔をした。伯爵のことを、あまりいい人だとは思っていなかったのだ。このお城で働くようになってまだ日が浅いとはいえ、使用人部屋で伯爵のふつうでない癇癪の話題が遠慮なく飛びかうのを耳にしたことは何度もあった。

「そりゃ、俺だって意地悪で凶暴で癇癪持ちのじいさんに仕えたことは、これまで運悪くいろいろあったけどもさ」と、いちばん背の高い従僕が言うのだった。「ここのご主人ほど怒りまくる最悪の雇い主は、ちょっといないね」

この従僕はトマスという名だったのだが、伯爵が子供部屋の準備についてハヴィシャム氏に指示した会話についても、トマスが階下の使用人連中にしゃべっていた。

「何でもしたいようにさせてやれ。部屋をおもちゃでいっぱいにしておけ」と伯爵は言ったという。「おもしろそうなものを与えてやれば、母親のことなどじきに忘れるだろう。楽しくさせておけばいい、ほかごとで頭の中をいっぱいにしてやれば、なに、面倒なことなどあるまい。男の子なんぞ、そんなものだ」

おそらく、こういう扱いやすい孫息子の姿を思い描いていただけに、やってきた男の子が必ずしも自分の思い描くような性格ではないらしいと見てとった伯爵は、いまひとつ気が晴れなかったのかもしれない。伯爵は眠りの浅い一夜を過ごし、午前中は自室にこもっていた。しかし、昼食を終えたあと、伯爵は孫息子を呼びにやった。

フォントルロイ卿はすぐにやってきた。広い階段をはずむ足取りで降り、ホールを駆けてくる足音が伯爵の耳にも届いた。そしてドアが開き、頬を赤く上気させて目をきらきら輝かせた男の子が部屋に飛びこんできた。

「呼んでくれるのを待ってました」フォントルロイ卿が言った。「さっきからずっと！　あれやこれや、いろんなものを、とってもありがとうございます！　ほんとうに、ありがとうございます！　ぼく、朝からずっと、おもちゃで遊んでました」

「ほう！」伯爵が言った。「気に入ったか？」

「すごく気に入りました。どんなにうれしいか、言葉じゃ言えないくらい！」フォントルロイ卿が喜びに輝く表情で言った。「野球みたいなゲームがありました。ゲーム盤の上で白と黒の駒を動かして遊ぶんだけど。それで、針金につるした得点板で点を数えるの。ぼく、ドーソンに教えようとしたんだけど、はじめのうち、よくわかんなかったみたい。だってね、ドーソンは一度も野球をやったことがないから。女の人だから。それに、ぼくも、あまり上手に説明できなかったし。でも、おじいさまなら、知ってるでしょ?」

「いや、知らん」伯爵が答えた。「野球はアメリカのゲームだからな。クリケットと似たゲームなのか?」

「ぼく、クリケットは見たことないの」フォントルロイ卿が言った。「でも、野球は何度かホッブズさんに見に連れていってもらったから。すごくおもしろいんだよ。夢中になっちゃうくらい! ぼく、ゲーム盤を取ってきて、おじいさまに教えてあげましょうか? きっと、楽しくて、足が痛いのを忘れられるかも。けさも、足、ずいぶん痛いの?」

「あまりよくはないな」伯爵が答えた。

「それじゃ、忘れるのは無理かしら……」小さなフォントルロイ卿が心配そうに言った。「ゲームの話は迷惑かしら。楽しめると思いますか? それとも、迷惑?」

「取っておいで」伯爵が言った。

たしかに、これは想像もしてみなかった展開だった——ゲームを教えてくれようという子供の相手をするなんて。しかし、その目新しさが伯爵にとっては気晴らしになった。セドリックがゲームの箱を両手でかかえてやる気満々の顔つきでもどってきたとき、伯爵の口もとには笑みが浮かんでいた。

「あの小さいテーブルをおじいさまの椅子の近くに引っぱってきてもいい？」セドリックが聞いた。

「トマスを呼びなさい。トマスに運ばせればいい」伯爵が言った。

「ぼく、自分でできます」フォントルロイ卿が言った。「そんなに重くないから」

「よろしい」老伯爵は顔に浮かべた笑みをますます深くしながら、孫息子がゲームの準備をするようすを見守った。幼いフォントルロイ卿は夢中になって準備を進めた。小さなテーブルが伯爵の椅子の脇に引っぱってこられ、箱から出したゲームがテーブルの上に広げられた。

「やってみると、おもしろいんだよ」フォントルロイ卿が言った。「ね、黒い駒はおじいさまのチームで、白い駒はぼくのチーム。駒は選手のかわりで、フィールドを一周するとホームランで、一点はいるの。ここに打ったら、アウト。それで、これが一塁ベース、それが二塁、そっちが三塁で、そこがホームベース」

　セドリックは身ぶり手ぶりをさかんに使って詳しく説明した。実際の試合でのピッチャーやキャッチャーやバッターの動きをやって見せ、ホッブズさんに連れていってもらった試合で見た難しい打球をキャッチするファインプレーのようすも、まるで目の前で見るように描写してみせた。小さなセドリックの元気いっぱいで優美なからだつき、一所懸命な動作、夢中になって楽しんでいるようすは、見ている者までも楽しい気分にした。

　説明や実演がようやく終わってゲームがいよいよ始まったあとも、老伯爵は退屈しなかった。相手をするセドリックは遊びにすっかり夢中になり、心から楽しんでいた。投球がうまくいったときには明るい笑い声をあげ、「ホームラン」には熱狂し、好プレーには敵味方なく称賛の声を送るセドリックの反応を見ていたら、どんな遊びも楽しくなってしまうだろう。

もし一週間前に、誰かがドリンコート伯爵に向かって、これこれの日の午後にあなたは痛風も不機嫌も忘れて子供相手の遊びに夢中になっているでしょう、黒と白の木の駒を動かして、派手な色に塗られた野球盤をはさんで、巻き毛の孫息子を相手に野球ゲームに打ち興じているでしょう、などと予言したら、まず間違いなく、老伯爵はひどくひねくれた反応を見せたに違いない。しかし、その日の午後、書斎の扉が開いてトマスが来客を告げたとき、老伯爵はたしかに遊びに夢中になっていたのだった。

来訪者は、黒衣に身を包んだ年配の紳士、それも教区の牧師だったのだが、牧師は目の当たりにした光景に驚いて思わずあとずさり、すんでのところで後ろにいたトマスとぶつかりそうになった。

じつのところ、モーダント牧師にとって、ドリンコート城に住む教会のパトロンである伯爵を訪ねることほど気の重いお勤めはなかった。老伯爵は、いつ訪ねていっても、自分の強い立場を笠に着て、訪問者をこれ以上なく嫌な気分にさせるのが得意だった。老伯爵はそもそも教会とか慈善とかいうものが大嫌いで、借地人の誰かがけしからんことに貧困に陥ったり病気にかかったり援助が必要な境遇になったりすると、烈火のごとく怒り狂うのだった。痛風の具合が悪いときには、借地人や小作人たちの不幸など聞くだけでも飽き飽きするしいらいらする、と吐き捨て、痛風の具合がいくらかましで人間らしい心持ちのときには、牧師に多少の金を渡してやることもあるが、それとても、まず先に牧師をさんざんいたぶって、教区全体を無能で愚かな人間どもの集まりとこきおろしたあとなのだった。老伯爵の気分がどちらであったとしても、牧師の顔を見れば思いつくかぎりの皮肉と相手をいたたまれなくするような嫌味をひとわたり口から吐くことに変わりはなく、そのたびに牧師はこの相手に何か重いものを投げつけてやることが人の道にもキリスト教徒としての道にももとるものでなかったらどんなに気が晴れるか、と思わずにはいられないのだった。ドリンコート教区を担当してきた長い歳月のあいだ、モーダント牧師は一度たりとも伯爵がみずからすすんで誰かに親切にしたところを見たことがなかったし、どのような状況であれ自分より他人のことを思いやるような場面を見た記憶がなかった。

この日、牧師はとくに差し迫った用件があって伯爵に会いにいくことにしたのだが、並木道をお城に向かって歩いていく牧師の胸には、いつにもまして気が重くなる理由が二つあった。第一の理由は、老伯爵が数日前から痛風の具合を悪くしていることで、そのせいで荒れまくっているという噂が村まで聞こえてくるほどだったのである。村に情報をもたらすのは若い女の召使いの一人で、その召使いから姉へ話が伝わるのだが、この姉が村で裁縫針やら木綿糸やらペパーミント・ドロップやらを売る小間物屋を開いていて、真っ当な商いの片手間にゴシップもやりとりしているのだった。お城とそこに暮らす人々、農家と農民たち、そして村人全般に関して、何らかの情報価値があることで店主のミセス・ディブルが知らないことは、ひとつたりともなかった。もちろん、お城で起こっていることは、何から何までミセス・ディブルの耳に届いていた。というのも、ミセス・ディブルの妹ジェーン・ショーツは奥勤めの小間使いで、従僕のトマスといい仲だったからである。

「まったく、伯爵様のやりようったら、ないよ！」ミセス・ディブルは店のカウンター越しにしゃべるのだった。「言葉のきついことと言ったら、たいがいの使用人はとても耐えられるもんじゃない、って話だよ。ミスター・トマスからジェーンが直接聞いた話だからね。なにしろ、ほかでもないミスター・トマスに向かってトーストのお皿を投げつけたんだとさ！ ほんの二日ばかり前に。伯爵のことよりほかには不満がないし、階下の使用人たちもみんないい人たちばっかりだからまだしも、そうでなけりゃ一時間もしないうちにお暇を願い出てるところだったとさ」

この話はモーダント牧師の耳にも細大漏らさず届いていた。老伯爵は領地内の住民や農夫たちから目の敵にされていて、その眉をひそめさせる行状は村の女たちのお茶の席で格好の話題になっていたのだ。

第二の理由は、もっと厄介な話だった。それはこのたび新しく出来した事情で、村じゅうがその噂で持ちきりだった。

伯爵の三男で陸軍大尉だったハンサムな青年がアメリカ人女性と結婚したときの老伯爵の怒りようといったら、村では知らぬ者とてない話である。伯爵が大尉にどれほど苛酷な仕打ちをしたか、大柄で明るくて笑顔の魅力的な若者、伯爵家の中でただ一人だけ村人たちから好かれていた青年が、異国の地でどれほど困窮し、勘当されたまま死んでいったか、村では知らぬ者のない話だった。大尉の死後に残された気の毒な若い未亡人を老伯爵が激しく憎悪していたこと、その女の産んだ子供の話など伯爵にとっては考えることさえ腹立たしく、孫息子に会うつもりなどさらさらなかったことも、村では知らぬ者とてない話だった。ところが、長男に先立たれ、次男にも先立たれ、跡継ぎがいなくなって、事情が変わった。とはいえ、孫息子がやってくることになっても老伯爵が少しも喜ばず、愛情のかけらさえ感じていなかったこと、孫息子などどうせ下品でぶざまで出しゃばりなアメリカ小僧に違いなく、家名に泥を塗ることにこそなれ誉れになどなるはずがないと決めてかかっていたことも、村では知らぬ人のない事実だった。

プライドが高くて癇癪持ちの老伯爵は、こうした感情を自分の胸ひとつに収めておいたつもりだった。まさか自分の胸の内が他人に読まれようとは思わなかったし、まして自分の思惑や危惧が噂の種になろうなどとは思ってもいなかった。しかし、召使いたちの目は節穴ではなかった。老伯爵の顔色も、不機嫌も、渋面も、召使いたちはすべてお見通しで、使用人部屋でさんざん話の種にされた。まさか自分の話が下々の者たちの口の端に掛かろうとは老伯爵は考えてもみなかったが、トマスがジェーンと料理人に話し、執事に話し、家政婦たちやほかの従僕たちにも、こう話していたのだ。「旦那様はいつも以上にご機嫌が最悪だよ。大尉の息子のことを考えてっからさ。家名を継ぐような器じゃあんめえ、って。まあ、自業自得ってやつだね。自分が悪いのさ。アメリカみたいな下品な場所で、ろくでもねえ育てられ方すりゃ、どういうもんになるか見当がつくだろうよ」

大木の続く並木道を歩きながら、そういえばその問題の男児がお城に到着したのはついきのうの晩だったはずだ、とモーダント牧師は考えた。おそらく、九対一で、老伯爵の恐れていたことが現実になっているだろう。そして、二二対一で、哀れな男児をお気に召さなかった老伯爵はいまごろ怒り狂っているに違いない。その怒りの矛先が向けられるのは、この日の最初の訪問客、すなわち、ほかならぬこの自分ということになる——と牧師は考えた。

だから、トマスが書斎のドアを開けたとたんに楽しげな子供の笑い声を耳にした牧師の驚きたるや、ひととおりではなかったのである。

「ツーアウトだよ！」興奮したよく通る声が叫んだ。「ほら、おじいさま、ツーアウトだよ！」

見ると、いつもの伯爵の安楽椅子があり、痛風用の足のせ台があり、伯爵が足をのせている。傍らには小さなテーブルがあり、上にゲーム盤が置かれている。そして、伯爵のすぐそば、伯爵の腕と痛風でないほうの足にほとんどよりかかるようにして、男の子が顔を輝かせ、興奮で瞳をキラキラさせている。「ツーアウトだよ！」男の子は叫んだ。「おじいさま、こんどは運がなかったね！」そして、そのとき、二人は同時に書斎にはいってきた人物に気がついた。

伯爵が、はいってきた人物に目をやった。いつもの癖で、ゲジゲジ眉をしかめている。しかし、意外なことに、来訪者が牧師のモーダントだとわかったあとも、伯爵は嫌な顔をするどころか、いつもほど険のある表情を見せなかった。実際、老伯爵はその瞬間、自分がどれほど無愛想な人間か、その気になればどれほど嫌味な人間になれるかを、忘れているようにさえ見えた。

「ああ、モーダントか！」いつものとげとげしい声だったが、手を差し出すしぐさは

「ご覧(らん)のとおり、新しい役目(やくめ)を仰(おお)せつかったのでな」

不機嫌ではなさそうだった。「おはよう。ご覧のとおり、新しい役目を仰せつかったのでな」

伯爵はもう一方の手をセドリックの肩に添えた。おそらく、心の奥底には、こんな立派な跡継ぎを紹介できる誇らしさが渦巻いていたのだろう。男の子をそっと前に押し出す伯爵の瞳には、喜びにも似た表情が見え隠れしていた。

「こちらが新しいフォントルロイ卿だ」伯爵が言った。「フォントルロイ、こちらはモーダント牧師、わが教区の主任司祭だ」

フォントルロイ卿は聖職者の服装をした紳士を見上げ、手を差し出した。

「お近づきになれて、たいへん光栄です」セドリックは、ホッブズさんが新しく得意客になった人とあらたまって挨拶するときに一、二度使ったことのある言い方を思い出して、そう言った。牧師にはふつう以上に礼儀正しくしなければいけない、と思ったのである。

モーダント牧師は子供の顔を見おろして思わず笑顔になりながら、小さな手を軽く握った。そして、その瞬間から、その子のことを大好きになった。実際、フォントルロイ卿に会った人は、誰もがこの子を好きにならずにはいられないのだ。何より魅力的なのは、その子の美しさや上品さではなく、身に備わっている素直な優しさだった。そのおかげで、その子の口から出た言葉は、どんなに風変わりで思いがけない言葉であっても、感じよく誠実に聞こえるのだった。セドリックを見つめていたあいだ、牧師は老伯爵のことをすっかり忘れていた。この世で優しい心ほど強いものはなく、どういうわけか、この優しい心は、ほんの小さな子供の心であったにもかかわらず、大きくて陰鬱な書斎の空気をすがすがしく明るいものに変えてしまったように感じられた。

「こちらこそ、お近づきになれて光栄です、フォントルロイ様」牧師が言った。「ずいぶん遠くからおいでになったのですね。無事にお着きになられて、皆が喜んでおることでございましょう」

「ほんとうに、長い旅でした」フォントルロイ卿が答えた。「でも、〈最愛のきみ〉……というのはぼくのお母さまのことですけれど、〈最愛のきみ〉がいっしょだったから、淋しくはありませんでした。もちろん、お母さまがいっしょにいれば、ちっとも淋しいことなんてないから。それに、船もとっても立派な船でした」

「すわりたまえ、モーダント」伯爵が言った。モーダント牧師が腰をおろし、フォントルロイ卿から老伯爵へと視線を移した。

「伯爵様、このたびはまことにおめでとうございます」温かみのこもった口調で牧師が言った。

しかし、この件に関して、老伯爵は内心を披瀝するつもりは毛頭ないらしかった。

「これは父親に似ておる」老伯爵は、ぶっきらぼうな口調で言った。「父親よりはましに身を処してほしいものだ」そして、老伯爵は、「それで、けさは何の用なのだ、モーダント？」と付け加えた。「こんどは誰がややこしいことになっておる？」

覚悟してきたほど不穏な状況ではないが、モーダント牧師はちょっとためらってから口を開いた。

「ヒギンズなんです。エッジ・ファーム[1]のヒギンズです。運の悪い男で。この前の秋

1　村はずれの農地、という意味。

に自分が病気をしたんですが、子供たちも猩紅熱にかかりまして。もともと、それほどやりくりのうまいほうではないんですが、今回はなにしろ運が悪くて。もちろん、あれこれ払いも滞っています。今回は小作料が払えなくて。ニューウィックは払えないなら出て行けと言うんですが、もちろん、そんなことになったらたいへんです。あいにく、おかみさんも病気で、ヒギンズがきのうわたしのところへ来て、なんとかしてくれと頼むものですから。もう少し待ってくださるよう伯爵様にお願いしてほしい、と。時間さえもう少しもらえれば、なんとかまた帳尻を合わせますから、と」

「どいつもこいつもそういうことを言う」老伯爵が険悪な表情で返事をした。

フォントルロイ卿は、身を乗り出した。さっきから祖父と牧師のあいだに立って話を一所懸命に聞いていたのだが、すぐにヒギンズの身の上に関心を抱いたようで、子供は何人いるのだろう、猩紅熱はずいぶん重かったのだろうか、などと考えていた。フォントルロイ卿は目をまん丸に見開いたまま、一心にモーダント牧師を見つめて会話に耳を傾けた。

「ヒギンズに悪気はないんです」牧師はなんとか願いを聞いてもらおうと、言葉を続けた。

「小作人としては、ろくでもない」老伯爵が言った。「いつも支払いが滞っておるではないか。ニューウィックからそう聞いておるぞ」

「いまはほんとうに困りはてているんです」牧師が言った。「ヒギンズはかみさんと子供たちをそれは大切にしております。農地を取り上げられたら、文字どおり、飢え死にしてしまうかもしれません。かみさんや子供たちに栄養のあるものを食べさせてやれなくて。子供たちのうち二人は猩紅熱のあとひどく弱ったままで、医者はワインを飲ませて滋養のあるものを食べさせろと言うのですが、ヒギンズにはとても買えないんです」

　これを聞いて、フォントルロイ卿は一歩前に出た。

「それ、マイケルのときと同じです」フォントルロイ卿が口を開いた。

　老伯爵が小さくのけぞった。

「おまえか！　忘れていた！　そうだ、ここには慈善家がおったわい。マイケルというのは、誰だったかな？」老伯爵の落ちくぼんだ目に、何かをおもしろがるような妙な輝きがもどってきた。

「ブリジットのご主人です、熱を出してた」フォントルロイ卿が答えた。「それで、家賃が払えなくて、ワインや何かも買えなくて。それで、おじいさまがぼくにお金をくださったから、助けてあげられたんです」

老伯爵は眉根を寄せてしかめつらのような表情をしたが、その顔は不思議と少しも怖くは見えなかった。老伯爵はモーダント牧師のほうを向いて、言った。

「これがどういう地主になるやら、見当もつかん。これに何なりと望むものを与えてやるようハヴィシャムに言っておいたのだ。何なりと望むものを。で、何を望んだかと思えば、なんと、物乞いに恵んでやる金がほしいと言ったのだ」

「ちがいます、物乞いなんかじゃありません！」フォントルロイ卿があわてて口をはさんだ。「マイケルは腕のいいレンガ職人です！　みんな仕事のある人たちです」

「おう！　そうか、物乞いではないのだな」老伯爵が言った。「腕のいいレンガ職人と、靴磨きと、リンゴ売りだったな」

老伯爵は黙ったまま、少しのあいだフォントルロイ卿を見つめた。じつは、このとき、伯爵は新しいことを思いついたのだ。そして、おそらく気高い心から発したものではなかったにせよ、それは悪い考えではなかった。

「ここへおいで」老伯爵が口を開いた。

フォントルロイ卿は、痛風の足に触らないよう気をつけながら、できるだけ祖父に近づいた。

「おまえなら、この件はどうする?」老伯爵が聞いた。

モーダント牧師は、一瞬、どうなることだろうと案じた。たいへんに思慮深く、ドリンコート伯爵領で長年にわたって教区の司祭を務めてきたモーダント牧師は、裕福な小作人も貧しい小作人も知りつくしていたし、正直で勤勉な村人のことも不正直で怠け者の村人のことも知りつくしていただけに、いま自分の目の前で茶色い瞳を大きくみひらき、ポケットに両手を深くつっこんで立っているこの小さな男の子に、将来どれほどの権力が良きにつけ悪しきにつけ与えられることになるのかをはっきりと悟ったのである。そしてまた、別の考えも頭に浮かんだ。いま、この場で、この傲慢で放埓な老伯爵の気まぐれによって、大きな権力がこの子に与えられることになるかもしれない、と。そして、もしもこの子が誠実で寛大な性質でなかったとしたら、村人たちだけでなくこの子自身にとっても最悪の事態になりかねないぞ、と。

「どうだ？　おまえだったら、この件はどうする？」老伯爵が重ねて聞いた。

フォントルロイ卿はさらにもう少し老伯爵に近づき、思いを同じくする仲間に対するような親密なしぐさで祖父の膝に片手を置いて、こう答えた。

「もしもぼくがすごくお金持ちだったら、それで、こんな小さな子供じゃなかったら、ぼく、その人に出ていけなんて言いません。それに、子供たちに必要なものも届けてあげます。だけど、ぼくは、まだほんの子供だから」そう言ってフォントルロイ卿はいったん口をつぐんだと思ったら、見る見る明るい表情になって、こう続けた。

「おじいさまなら何でもできるんですよね？　そうでしょう？」

「ふん！」老伯爵が孫息子をじろじろ見ながら答えた。「それがおまえの考えか」そう言う伯爵は、まんざらでもなさそうな口調だった。

「おじいさまなら誰にでも何でもあげられる、っていうことです」フォントルロイ卿は言った。「ニューウィックって、誰ですか？」

「ニューウィックはわしの差配人だ」[2]老伯爵が答えた。「小作人たちからは必ずしも好かれてはおらんようだが」

「じゃあ、これからその人にお手紙を書くんですね？」フォントルロイ卿が尋ねた。「ペンとインクを持ってきましょうか？　このテーブルにのっているゲームも片付けます」

フォントルロイ卿の頭の中には、ニューウィックがしたい放題を許される、などという筋書きはありえないようだった。

老伯爵は、なおもフォントルロイ卿を見つめたまま少しのあいだ黙っていたが、やがて、「おまえは字が書けるか？」と聞いた。

「はい。あまり上手じゃないけど」セドリックが答えた。

「テーブルの上のものをどけなさい」老伯爵が命じた。「机の上から、ペンとイン

2 家主や地主に代わって貸家や貸し地を管理する人。

クを持ってきなさい。紙も」

モーダント牧師の中で、これから何が起こるのだろう、という思いがだんだん大きくなっていった。フォントルロイ卿は手ぎわよく動いた。まもなく紙と大きなインクつぼとペンが用意できた。

「できました！」フォントルロイ卿が明るい声で言った。「さあ、お手紙を書いてください」

「おまえが書くのだ」老伯爵が言った。

「え、ぼくが⁉」フォントルロイ卿は声をあげ、おでこまで真っ赤になった。「ぼくが書いてもだいじょうぶなの？　ぼく、辞書を見たり教えてもらったりしないと、ちゃんとスペリングできない言葉が多いんだけど」

「だいじょうぶだ」老伯爵が答えた。「ヒギンズは、スペリングなんぞ気にせんだろう。わしは慈善家ではない。慈善家はおまえだ。さあ、ペンにインクをつけて」

フォントルロイ卿はペンを取り、ペン先をインクつぼにつっこみ、テーブルにもたれかかるような姿勢で構えた。

「何と書けばいいの？」

「そうだな。『ヒギンズに対して、当面、追い立ては無用』として、『フォントルロイ』と署名しておきなさい」老伯爵が言った。

フォントルロイ卿はもういちどペン先をインクつぼに浸し、テーブルを片腕で押さえて書きはじめた。時間がかかり、なかなか苦戦したが、フォントルロイ卿は全身全霊を傾けてがんばった。しばらくして書面ができあがり、フォントルロイ卿はやや心配そうな面持ちで文書を祖父に手渡した。

「これでだいじょうぶでしょうか？」

老伯爵は書面を見て、口もとを少しひくつかせた。

「ああ。ヒギンズはこれでおおいに助かるだろう」そう言って、老伯爵はモーダント牧師に書面を渡した。

モーダント牧師が目にしたのは、つぎのような文章だった。

しんあいなるにゅいっくさま　とーめん　ひぎんずさんにたいして追い立てむよ

うでおねがいします　ありがとう　けーぐ　フォントルロイ

「ホッブズさんはいつもお手紙の最後に『けーぐ』って書いてたから」フォントルロイ卿は言った。「それから、『おねがいします』って言ったほうがいいかな、と思って。『追い立て無用』っていう言葉は、そういう書き方でいいの?」

「辞書に出ているのとは少し違うな」老伯爵が答えた。

「そうじゃないかと思った」フォントルロイ卿が言った。「ちゃんと聞けばよかった。難しい言葉は、それだから困っちゃう。辞書で調べなくちゃいけないんだ。それがいちばん安心だから。ぼく、もういちど書き直します」

言葉どおり、フォントルロイ卿は文書を書き直した。こんどは言葉のスペリングを伯爵本人に教えてもらいながら、たいへん立派な文書ができあがった。

「スペリングって、難しいね。こう書くのかな、と思っても、たいてい違うんだもの。ぼく、『おねがいします（please）』はpleesって書くのかと思ってたけど、違うし、『しんあいなる（dear）』も、聞かなかったら『dere』って書いちゃうところだったし。

スペリングって、ときどき嫌になっちゃう」

その日、ドリンコート城を辞去するモーダント牧師は、フォントルロイ卿からの手紙だけでなく、もっと別のものも携えていた。それは、ドリンコート城から帰る道々、いまだかつて抱いたことのなかった感情、いまだかつてないほど愉快で希望に満ちた思いだった。

モーダント牧師が帰ったあと、牧師を書斎の戸口まで見送ったフォントルロイ卿は祖父のところへもどった。

「そろそろ〈最愛のきみ〉のところへ行ってもいいですか？　ぼくのことを待ってると思うの」

伯爵は少しのあいだ返事をしなかった。

「それよりも、厩舎にいいものがある。おまえに見せてやろう」伯爵が言った。「呼び鈴を鳴らしなさい」

「お願いです」フォントルロイ卿がさっと顔を赤らめて言った。「とってもうれしいけど、見るのはあしたにしたほうがいいかなと思います。〈最愛のきみ〉がずっとぼくを待ってるはずだから」

伯爵は、「よろしい。馬車を用意させよう」と言ったあと、そっけない口調で「ポニーなのだがな」と付け加えた。

フォントルロイ卿は深々と息を吸いこんだ。

「ポニー!? 誰のポニーなの?」

「おまえのだ」老伯爵が答えた。

「ぼくの?」セドリックが声をあげた。「ぼくの? 上階の部屋にあるものみたいに?」

「そうだ」祖父の伯爵は答えた。「見たいか? 引いてこさせようか?」

フォントルロイ卿の頰がぐんぐん赤くなっていった。

「ぼく、自分のポニーがもらえるなんて、思ったこともなかった! 一度だって! 〈最愛のきみ〉がどんなに喜ぶかしら。おじいさまって、ぼくに何でもくださるのね」

「見てみたいか?」老伯爵が聞いた。

フォントルロイ卿は大きく息を吸いこんだ。「すごく見たいです。待ちきれないくらい。でも、いまは時間がないから」

「どうしても、きょうこれから母親に会いに行かなくてはならんのか？」伯爵が聞いた。「先延ばしにはできんのか？」

「だって、〈最愛のきみ〉は朝からずっとぼくのことを思ってて、ぼくも〈最愛のきみ〉のことを思ってたんだもの！」

「ほう！」伯爵が言った。「なるほど、そうか。では、呼び鈴を鳴らしなさい」

左右から木々の大枝がアーチのようにさしかける並木道を馬車に乗って進んでいくあいだ、伯爵は言葉少なだった。しかし、フォントルロイ卿はポニーのことをあれこれ話題にした。どんな色なの？　どんな大きさ？　名前は？　いちばん好きな食べ物は？　何歳くらい？　あしたの朝、何時ごろなら起きてポニーを見にいってもいい？

「〈最愛のきみ〉がきっと大喜びすると思います！」セドリックは何度もくりかえした。「ぼくにこんなによくしてくれてありがとう、って言うと思います！　〈最愛のきみ〉は、ぼくが前からポニーが大好きだったのを知ってるから。でも、うちでは買えないだろうと思ってました。五番街にポニーを持ってる小さい男の子がいて、毎朝ポニーに乗ってて、ぼくたち、いつも散歩でその子の家の前を通って見にいってました」

セドリックは背中のクッションにもたれて、数分のあいだ、じっと黙ったまま、うっとりした表情で老伯爵を見つめていた。

「おじいさまって、ぜったい、世界じゅうでいちばんいい人だと思います」ようやく口を開いたセドリックが、感きわまった声を出した。「おじいさまは、いつもいいことをしてるもの。そうでしょ？　いつも、ほかの人たちのことを考えてるもの。それはいいことの中でもいちばんいいことだ、って〈最愛のきみ〉が言うの。自分のことは考えずに、ほかの人のことを考える、ってこと。おじいさまは、そのとおりの人ですね。そうでしょ？」

すっかり善人にまつりあげられた老伯爵は面食らってしまい、何と返事をしたものか言葉に詰まった。これはひとつよく考えてみる必要があるな、と伯爵は思った。

自分の醜く自己中心的な動機があれもこれも子供の無邪気な感性によって善良で寛容な動機に解釈されるというのは、まったくもって新奇な体験だった。

フォントルロイ卿は、あの大きくて澄んだ無邪気な目に賞賛の色をたたえて祖父を見上げながらしゃべりつづけた。

「おじいさまはね、とってもたくさんの人たちを幸せにしたんだよ。マイケルとブリジットと一二人の子供たちでしょ？　リンゴ売りのおばあさんでしょ？　それから、ディックとホッブズさんでしょ？　あと、ヒギンズさんとヒギンズさんの奥さんと子供たちでしょ？　それに、モーダントさんも、もちろん喜んでたし、それに〈最愛のきみ〉とぼくも。ポニーのこととか、ほかにもいろいろなことで。ね、ぼく、頭の中で指を折って数えてみたの。そしたら、おじいさまが親切にしてあげた人は二七人もいたの。それって、すごくたくさんでしょ？　二七人も！」

「その人たちに親切にしたのが、このわしだというわけか？」老伯爵が聞いた。

「もちろん、そうです」フォントルロイ卿が答えた。「おじいさまがみんなを幸せにしてくれたの。おじいさまは知らないかもしれないけど……」と、フォントルロイ卿は少し言いにくそうにためらいながら続けた。「伯爵のことをよく知らない人たちの中には、伯爵のことを間違って考えてる人もいるんです。ホッブズさんも、そうだったし。ぼく、ホッブズさんに手紙を書いて、そこのところを教えてあげようと思ってるの」

「ホッブズさんは伯爵のことをどう言っていたのだ?」老伯爵が尋ねた。

「問題はね……」と、幼いフォントルロイ卿が答えた。「ホッブズさんには伯爵の知り合いが一人もいなくて、本で読んだことしか知らなかった、ってことなの。それでね、ホッブズさんはね——おじいさま、気にしないでね——ホッブズさんは、伯爵っていうのはものすごくむごいことをする暴君だと思ってたの。だからホッブズさんは、伯爵みたいな連中に店のまわりをうろうろされてたまるか、って言ってたの。だけど、もしホッブズさんがおじいさまを知ってたら、ぜんぜん違うふうに感じたと思います。ぼく、ホッブズさんに手紙を書いて、おじいさまのことをちゃんと教えてあげるんだ」

「何と書く?」

「そうだなぁ……」フォントルロイ卿は上気した顔で夢中になってしゃべっている。「おじいさまは、ぼくがいままで聞いたこともないくらい親切な人です、って書くの。だから、ぼく、大きくなったらおじいさまのような人になりたいです、って」

「わしのような人に⁉」老伯爵は上気した小さな顔を見つめたまま、セドリックの口から出た言葉をくりかえした。しわだらけの顔に鈍い赤みがさし、老伯爵はふいに目をそらして馬車の外を見た。道ぞいに並ぶブナの巨木が太陽の光を受けて赤銅色の葉をつやつやと輝かせている。

「そう。おじいさまみたいになりたいの」と言ったあと、フォントルロイ卿は控えめに、「もし、できたら、だけど。おじいさまみたいに上手にはできないかもしれないけど、ぼく、がんばる」と付け加えた。

馬車は美しい木々が左右から大枝を差しかける立派な並木道を、緑陰に包まれ、あるいは金色の陽光に射られながら、進んでいく。フォントルロイ卿は今回も美しい景色に見とれていた。シダ類が大きくしげり、ブルーベルの花がそよ風に揺れている。丈の高い草の茂みに立ったり伏せたりしているシカたちが、馬車の通る音に驚いて大きな目をこちらへ向ける。あわてて走って逃げる茶色いウサギたちの後ろ姿もちらりと見えた。ヤマウズラの群れが羽ばたく音やさえずりを交わす声も聞こえた。何もかも、前に通ったときよりもいちだんと美しく見えた。美しい自然に囲まれて、セドリックの心は喜びと幸せに満ちあふれていた。しかし、老伯爵のほうは、同じように馬車の窓から外を眺めてはいたものの、その目とその耳はセドリックとはまるで違うものを受けとめていた。老伯爵は、それまでの長い人生をふりかえっていた。自分はこれまで生きてきたなかで、他人への施しも親切もしたことがなかった、と。若くて強くて裕福で権力を持っていた自分は、その若さと強さと富と権力を自分の快楽のためだけに使い、年々歳々いたずらに時間をつぶしてきただけであった、と。そうして時間をつぶし、老境に至ったいま、自分は孤独で、これほどの富を手にしながら真の友人も持たぬ。人は皆、この自分を嫌い、恐れている。あるいは、この自分にこびへつらう人間もいる。しかし、この自分が生きようと死のうと、おのれの損得に関係ないかぎり、何とも思わぬ連中ばかりだ。老伯爵は自分が所有する広大な領地に目をやった。フォントルロイ卿の知らないことが、たくさんある。領地がどれほど広いのか、それがどれほどの富を意味するのか、その土地にどれだけの人々が住んでいるのか。そして、これもまたフォントルロイ卿の知らぬことであるが、伯爵の領地に住んでいる人々は、貧しい者であろうと、そこそこの暮らしを営んでいる者であろうと、また、伯爵の富や名声や権力をどれほどうらやみ渇望していようとも、そういうものを所有する老伯爵を一瞬でも「善人」と呼ぶ人間はただの一人もいないだろうし、傍らにすわっている無邪気な孫息子のようにいつか老伯爵のようになりたいと言う者も一人もいないのである。

　そしてそれは、七〇年のあいだ好き勝手な人生を送り、自分の安逸や快楽を乱さぬかぎり世間の言うことなど歯牙にもかけなかった皮肉屋でしたたかな老人にしてみても、あらためて向きあってみるとなれば、けっして愉快なことではなかった。これまで、老伯爵はそんなことなどわざわざ考えてみたこともなかった。いまになって考えてみる気になったのは、孫息子が自分を実際よりも善人だと信じこんでいるからであり、孫息子が祖父の輝かしい足跡をたどりたい、などと言いだしたせいで、はたして自分は手本にされるような人間なのだろうかと言う問いを突きつけられたからだった。

眉根を寄せて外を眺めている祖父を見て、フォントルロイ卿は痛風の足が痛むのに違いないと思い、祖父のじゃまをしないように気をつかって静かに木々やシダの茂みやシカの姿を眺めて楽しんでいた。

やがて、馬車は門を通過し、緑の小道を軽快に進み、それからまもなく停止した。コート・ロッジに到着したのだ。背の高い従僕が馬車のドアを開けるが早いか、フォントルロイ卿が地面に飛び降りた。

物思いに沈んでいた老伯爵が、ハッとして顔をあげた。

「なんと！　もう着いたのか？」

「はい」フォントルロイ卿が答えた。「おじいさま、杖をどうぞ。馬車を降りたら、ぼくによりかかってください」

「わしは降りん」老伯爵がにべもない口調で答えた。

「降りない？〈最愛のきみ〉に会わないの？」フォントルロイ卿がびっくりした顔

"I think you must be the best person in the world," he burst forth at last.

「おじいさまって、ぜったい、世界じゅうでいちばんいい人だと思います」ようやく口を開いたセドリックが、感きわまった声を出した。

で聞いた。

「〈最愛のきみ〉はご無礼を許してくれるだろう」老伯爵はそっけなく言った。「さあ、お母さんのところへ行って、新しいポニーも見ずにお母さんに会いにきたのだと言ってやりなさい」

「〈最愛のきみ〉は、きっとがっかりすると思います」フォントルロイ卿が言った。

「きっと、おじいさまにとっても会いたがると思います」

「そんなことはなかろう」というのが、老伯爵の返事だった。「帰りは馬車を迎えによこすから。トマス、ジェフリーズに馬車を出すよう言いなさい」

トマスが馬車のドアを閉じた。当惑したような顔を見せたあと、フォントルロイ卿はコート・ロッジへ向かって走りだした。ハヴィシャム氏と同じく、老伯爵も、力強い小さな二本の足が目にもとまらぬ速さで地面を蹴って走り去っていく光景を目にした。一刻も早く、と急く気持ちがはっきりと見えた。馬車はゆっくりと動きだしたが、老伯爵はすぐに座席に沈みこみはせず、しばらく窓の外に目を向けていた。木々のあいだからコート・ロッジの玄関が見えた。ドアが大きく開け放たれ、小さな人影が石段を駆け上がっていく。もうひとつの人影——こちらも小柄な人影で、細身で若々しく、黒いドレスを着ている——が駆け寄る。二つの人影がからみあって舞うように見えた。フォントルロイ卿が母親の腕に飛びこみ、母親の首に抱きついて、やさしく若々しい母親の顔にキスの雨を降らせた。

第7章　教会にて

つぎの日曜の朝、モーダント牧師の教会には多数の信徒が押しかけた。実際、モーダント牧師の記憶にもないほどの混みようだった。牧師の説教などついぞ聞きにきたことのないような人たちまで、教会へやってきた。

隣のヘイズルトン教区からも人がやってきていた。元気に日焼けした農夫たちと、がっしりした体格で人の好さそうな顔をした農家のおかみさんたち。おかみさん連中は頬をリンゴのように赤く染め、いちばん上等のボンネットをかぶり、晴れ着のショールをはおっている。どの家族も五、六人の子供連れだ。村医者の奥方も、四人の娘たちを連れてきていた。薬屋のキムジー夫妻も、自分たちの家族席にすわっている。キムジー夫妻は近隣一〇マイル以内に住む人たちのために丸薬を作ったり、粉薬を調合したりしている。小間物屋のミセス・ディブルは自分の家族席にすわり、仕立て屋のミス・スミフは友人で帽子屋のミス・パーキンスと並んで席に着いていた。医者の息子も来ていたし、薬屋の見習いも来ていた。実際、州内のほとんどすべての家から、誰か彼かがやってきていた。

その前の週のあいだに、幼いフォントルロイ卿に関してたくさんのすばらしい話が伝わっていた。ミセス・ディブルの店には一ペニーの縫い針や半ペニーのひもを買うついでに話を聞こうと立ち寄る客がひきもきらず、ドアの上についている小さなベルが鳴りやむ暇もないほどだった。ミセス・ディブルは、フォントルロイ卿の部屋が立派に改装されたこと、高級なおもちゃが買いそろえられていること、美しい茶色のポニーが小柄な馬丁ともども控えていること、銀メッキの馬具をつけた小さな二輪馬車まで用意されていることなど、何もかも見てきたように知っていた。さらに、ミセス・ディブルは、フォントルロイ卿がお城に到着した晩に姿を見た召使いたち一人ひとりが何と言ったかまで、ぜんぶ語ることができた。そして、階下で働く女たちが口をそろえて、こんないたいけな子供を母親から引き離すなんてむごいことだと憤慨していたと語り、それももっともだと私見を付け加えた。小さなフォントルロイ卿が一人で書斎にいる老伯爵に会いに連れていかれたときには、使用人の誰もが肝がつぶれそうなくらい心配した、という話も披露した。「どういう目に遭うか、わからないからね。いい歳をした大人だって伯爵様にどなりつけられりゃ縮みあがっちまうのに、まして小さな子供じゃあね」

「ところがですよ、ミセス・ジェニファー」と、ミセス・ディブルは話すのだった。「あの若様はまるで物怖じしないお子でね。ほかでもないミスター・トマスがそう言ったんですから。あの若様ときたら、椅子にすわって、にこにこ笑って、はじめっから友だちだったみたいな調子で伯爵様にしゃべりかけたそうですよ。伯爵様もあっけに取られちまって、黙ったままげじげじ眉の下からあの子をじっと見て話を聞くしかなかった、ってミスター・トマスが言ってましたよ。それでね、ミセス・ベイツ、これはミスター・トマスの見立てなんですけどね、伯爵様はあんな悪人でも心の中じゃひそかに気をよくして、孫息子を自慢に思ってるらしいですよ。だって、あなた、あれ以上に立派なお子はいませんよ。行儀作法も、妙にませたところはあるけど、あれ以上によくできたお子はいない、ってミスター・トマスが言ってましたからね」

そこへもってきて、ヒギンズの話である。モーダント牧師が自宅での夕食の席でその話をし、その話を聞いた召使いたちが調理場でその話をし、そこから話が野火のように広がった。

市の立った日に町へ出たヒギンズは、行く先々で質問を受けた。ニューウィックもあちこちでいろいろ聞かれ、二、三人の相手に「フォントルロイ」と署名された書き付けを披露した。

そんなわけで、農家のおかみさん連中はお茶の席でも買い物先でもこの話題で盛りあがり、ああでもないこうでもないと、この件をしゃべりつくして満喫したのだった。そして日曜日になり、農家のおかみさんたちは教会まで歩いてやってきた。あるいは、夫が手綱を取るおんぼろ馬車に乗ってやってきた者もいた。夫たちも、いずれ自分たちの地主になる幼いフォントルロイ卿をちょいと見ておこうと思ったのだろう。

ドリンコート伯爵はめったに教会へ足を運ぶ人種ではなかったが、この最初の日曜日には教会へ行ってみようという気を起こした。伯爵家専用の広々とした信者席にフォントルロイ卿をともなって姿を見せるのも悪くないかもしれない、という考えが気まぐれに心に浮かんだのだった。

その日の朝、教会の周囲ではたくさんの人が歩きまわり、教会に続く小道にもたくさんの人がたむろしていた。門のあたりにも、入口のポーチにも、人が三々五々集まり、伯爵がほんとうにやってくるかどうか、さかんに会話がとびかっていた。そのさなかに、信者のおかみさんが声をあげた。

「おや！　あの人がご母堂さんに違いないよ。ほれ、あの若くてべっぴんな人」

その声を聞いた人たちがいっせいにふりむき、教会に続く道をやってくる黒いドレスのほっそりした女性に注目した。ヴェールを上げているので、色白の可憐な顔が見え、小ぶりな未亡人用の帽子の下で金髪が子供の髪のように柔らかくカールしているのも見えた。

セドリックの母親は、周囲にいる人たちのことは意識していなかった。セドリックのことを考えていたのである。コート・ロッジへ訪ねてきたセドリック。新しいポニーに大喜びしていたセドリック。前日には、なんとコート・ロッジまで自分でポニーに乗ってやってきた。背筋をすっと伸ばして馬にまたがり、それはもう自慢げでうれしそうだった。しかし、すぐに、母親は自分が村人たちから注目されていることに気づき、自分が教会へやってきたことでちょっとした騒ぎが起きているのを見てとった。そのことに最初に気づいたのは、赤いケープをはおった老女が自分に向かって膝を折っておじぎをしたからだった。すると、別の女性も同じように膝を折るおじぎをして、「奥様に神様のお恵みがありますように！」と言った。そして、セドリックの母親が進んでいく先々で、男たちが帽子を取って挨拶をした。少しのあいだ、母親はいったい何なのか理解できなかったが、やがて、これは自分がフォントルロイ卿の母親だから人々が頭を下げてくれるのだと気づき、恥ずかしそうに顔を赤らめて笑顔でおじぎを返し、「神様のお恵みを」と言ってくれた老女に優しい声で「ありがとうございます」と応じた。それまでずっと人であふれる都会の喧騒の中で暮らしてきた人間にとっては、この素朴な礼儀作法はとても目新しく感じられ、最初のうちは少し気恥ずかしく感じたが、そういうしぐさが表す親しげで温かい気持ちがうれしく、心に染みた。セドリックの母親が石造りのポーチを通って教会にはいろうとしたちょうどそのとき、皆が待ちかまえていたことが起こった。みごとな馬たちにひかせ、制服に身を包んだ背の高い従僕たちが手綱を取るお城の馬車が、角を曲がって緑の小道にはいってきたのだ。

「来たぞ！」見物していた人から人へ、さざめきが広がった。

馬車が止まり、トマスが降りて扉を開けると、黒いベルベットのスーツを着た小さな男の子が美しい金髪を波打たせながら馬車から飛び降りた。

男も、女も、子供も、興味津々の眼差しで男の子を見つめた。

素朴な礼儀作法がとても目新しく感じられた。

「大尉そっくりだ！」セドリックの父親をおぼえている見物人たちがつぶやいた。

「まるで大尉の生き写しだ！」

トマスの手を借りて老伯爵が馬車から降りるあいだ、セドリックは陽だまりに立って老伯爵を見上げていた。その顔には、このうえない愛慕の情が浮かんで見えた。そして、自分が役に立てそうな状況になると、セドリックはすかさず手を伸ばし、まるで身長が二メートル以上もある大男のようなつもりで祖父に肩を貸そうとした。見守る人々の目には、ほかの者たちに対してどうであれ、ドリンコート伯爵が孫息子にはまったく恐怖を植えつけていないことがはっきりとわかった。

「ぼくによりかかって」というフォントルロイ卿の声が聞こえた。「みんな、おじいさまに会えて、とってもうれしそうですね！　みんな、おじいさまのことをよく知っているみたいですね！」

「帽子を取りなさい、フォントルロイ」伯爵が言った。「皆がおまえに頭を下げている」

「ぼくに⁉」フォントルロイ卿はさっと帽子を取って金色に輝く髪を見せ、四方八方に向かっていっぺんにおじぎをしようとして困惑ぎみの目を向けた。

「神様のお恵みがありますように！」先ほどセドリックの母親に声をかけた赤いケープの老女が、膝を折っておじぎをした。「フォントルロイ様、ばんざい！」

「ありがとうございます」フォントルロイ卿が答え、伯爵と連れだって教会へはいっていった。赤いクッションを張ってカーテンで四角く仕切った伯爵家専用の信者席へ向かうあいだも、二人は注目の的だった。席に着いたフォントルロイ卿は、うれしいことを二つ発見した。ひとつは、教会内の自分の席から見える場所に母親がすわっていて、こちらへほほえみかけてくれたこと。もうひとつは、信者席の端っこの壁に石のレリーフがあり、風変わりな人物が二人ひざまずいている絵が見えたこと。二人の人物は柱の形をした台を左右からはさむようにひざまずいていて、台の上には祈禱書が二冊置かれ、二人の人物がお祈りをするように両手を合わせていて、着ている服はずいぶん古くて妙なかっこうだった。絵の下の銘板には何やら文字が彫ってあって、読みにくいスペリングが並んでいた。

「初代ドリンコオト伯爵グレゴリイ・アアサア、ヲヨビ妻女アリソン・ヒルデガルド、ココニ眠ル」[1]

「小さい声なら、しゃべってもいい？」好奇心をがまんできず、フォントルロイ卿が話しかけた。

「何だ？」祖父の伯爵が答えた。

「あの人たち、誰なの？」

「おまえの祖先だ」伯爵が答えた。「何百年も昔の人たちだ」

フォントルロイ卿は石に彫られた人物をうやうやしく見つめながら「きっと、ぼくがスペリングを間違えるのは、この人たちに似たんだね」と言った。そのうちに、礼拝が始まった。賛美歌が流れると、フォントルロイ卿は立ちあがり、母親のほうを見てにっこりと笑いかけた。セドリックは音楽が大好きで、母親と二人でよく歌を歌っていたので、ほかの信者たちと声を合わせて、小鳥がさえずるような澄んだかわ

1　原文は、次のとおり。"Here lyeth ye bodye of Gregorye Arthure Fyrst Earle of Dorincourt Allsoe of Alisone Hildegarde hys wyfe."

いらしい高い声で賛美歌を歌った。フォントルロイ卿は夢中になって歌った。老伯爵もまた、カーテンをめぐらした信者席の端にすわって孫息子の歌う姿を眺めながら、しばし我を忘れていた。フォントルロイ卿は大きな賛美歌集を両手で開いて持ち、楽しそうに顔を少しあおむけて、子供らしくせいいっぱい声をはりあげて歌っている。賛美歌を歌うセドリックの上にステンドグラスを通して金色の光が斜めに長くさしかけ、流れ落ちる金髪を明るく照らした。礼拝堂の向かい側からこの光景を見たセドリックの母親は心が震え、胸に祈りの言葉がわきあがった。この子の魂がいついつまでも汚れなく幸福でありますように……。この子の身に訪れた予期せぬ大きな幸運が不正や邪悪なものをもたらしませんように……。このところ、セドリックの母親の優しい心には、そこはかとない不安な思いがあれこれ去来するようになっていた。

「ああ、セディ！」前日の夜、お城へ帰る息子におやすみを言おうとしてかがみこんだ母親の口から、こんな言葉がもれた。「ああ、わたくしの大切なセディ。あなたのために、お母さまは賢い教えをたくさん話してあげられる人になりたいわ！　とにかく、いい子でいてね、セディ。そして、何よりも、勇敢であること。何よりも、優しくて、いつも誠実でいること。そうすれば、生きているかぎり誰かを傷つけることはないわ。そして、たくさんの人の力になることができて、あなたが生まれてきたおかげで、この大きな世界が前よりもっといいところになるかもしれないの。それこそが何よりすばらしいことなのよ、セディ。その人が生きたおかげでこの世界が前より少しいいところになる――それこそ、何よりもすばらしいことなの。ほんの少しだけでもね、最愛のセディ」

お城にもどったあと、フォントルロイ卿は母親から聞いたことを祖父に話した。

「その言葉を聞いたとき、ぼく、おじいさまのことを思ったの」話のしめくくりに、フォントルロイ卿が言った。「それでお母さまに言ったの、この世界もおじいさまが生きたおかげで少しよくなったんだと思う、って。だから、ぼくもおじいさまみたいになれるように、がんばってみようと思う、って」

「お母さんは何と言った?」老伯爵がちょっと不安げな顔で聞いた。

「そのとおりですよ、って言ったよ。ぼくたちはいつも人のいいところを見てお手本にしなくちゃいけない、って」

教会の家族席に引かれたカーテンのあいだから通路をはさんだ反対側の席へ目をやりながら、おそらく、老伯爵はこの会話を思い出していたのだろう。伯爵は何度も人々の頭ごしに一人きりですわっている息子の妻に視線を向け、勘当されたまま死んでいった息子が愛した女性の美しい横顔を眺め、自分の傍らにいる子供とそっくりの目もとを見つめた。しかし、その胸に去来する思いがいかなるものだったのか、あいかわらず頑迷で非情な思いだったのか、それともいくらか怒りが和らいでいたのか、それは誰にもわからないことだった。

伯爵とフォントルロイ卿が教会から出てきたとき、礼拝に出席していた村人たちの多くが二人を見ようと教会の外に立って待っていた。二人が門の近くまで来たとき、手に帽子を持ったまま立っていた男が一歩前に歩み出たものの、その場で躊躇した。中年の農夫で、やつれた顔をしていた。

「おう、ヒギンズか」伯爵が声をかけた。

フォントルロイ卿は、さっとふりかえって男の顔を見た。

「ああ、ぼくは手紙を書いただけです」フォントルロイ卿が口を開いた。
「決めたのは、おじいさまです」

「ああ！　あなたがヒギンズさんですか？」フォントルロイ卿が声をあげた。

「そうだ」伯爵がぶっきらぼうな口調で言った。「新しい地主の顔を見に来たのだろう」

「はい、さようです」農夫の日焼けした顔が赤くなった。「ニューウィックさんから聞きました。お若いフォントルロイ様がわしのためにご親切に口をきいてくだすった、と。おさしつかえなければ、ひとことお礼を申し上げたいと思いまして」

無邪気な心で自分の窮地を救ってくれた人物がこんなに小さな男の子だったと知って、ヒギンズはいささか驚いたことだろう。そこに立って自分を見上げている姿は、この子よりはるかに恵まれぬ境遇にあるわが子たちとさほど変わらないのに、と。フォントルロイ卿当人は、自分の立場の重要性を少しも理解しているようには見受けられなかった。

「このたびは、まことにありがとうございました」ヒギンズが言った。「まことにもって、その……」

「ああ、ぼくは手紙を書いただけです」フォントルロイ卿が口を開いた。「決めたのは、おじいさまです。でも、おじいさまがいつもみんなに親切なのは、ヒギンズさんもご存じですよね。奥さんはもう良くなられたのですか?」

ヒギンズは少し面食らったような表情を見せた。伯爵が慈悲の心あふれる人格者として描写されたことに、少なからず驚いたのだ。

「はい……その、さようで」ヒギンズは言葉に詰まった。「困りごとが消えたおかげで、家内は良うなりましたです。心配ごとが原因でからだを壊したもんで」

「それはよかったですね」フォントルロイ卿が言った。「おじいさまは、ヒギンズさんのお子さんたちが猩紅熱にかかったと聞いて、すごく心を痛めていました。ぼくも同じです。おじいさまにも子供がいましたから。ぼくはおじいさまの子供の子供なんですよ」

ヒギンズはひどく狼狽しながら、とりあえず伯爵の顔は見ないほうが安全だし賢明だろう、と考えをめぐらした。伯爵が息子たちとは年に二回くらいしか顔を合わせないほど愛情の薄い父親だったことは世間がよく知るところだったし、子供たちが病気になると、医者や看護婦と関わるのはわずらわしいと言ってさっさとロンドンへ逃げ出してしまうような父親だったことも、誰もが知っていた。それゆえ、傍らでげじげじ眉の下から瞳をきらめかせながら会話を見守っていた伯爵本人も、自分がよその子供の猩紅熱を気にかけたなどと言われて、少々冷や汗をかく思いだったに違いない。

「そういうことだ、ヒギンズ」伯爵はいかめしい笑みを浮かべながら、会話を引き取った。「おまえたちは、皆、わしを誤解していたわけだ。フォントルロイ卿はわしのことをわかっておる。わしの人となりについて確かなことを知りたいなら、フォントルロイ卿に聞いてみることだな。フォントルロイ、馬車に乗りなさい」

フォントルロイ卿が馬車に飛び乗り、馬車は緑の小道を去っていった。馬車が角を曲がって街道に出たあとも、伯爵のいかめしい笑顔は消えなかった。

第8章　乗馬の稽古

ドリンコート伯爵がいかめしいながらも笑みを浮かべる場面は、日ごとに増えていった。実際、孫息子のことをよく知るようになるにつれて、しょっちゅう笑みが浮かぶようになったので、その笑顔からいかめしさが消える瞬間さえ見うけられるようになった。たしかに、フォントルロイ卿がやってくるまで、老伯爵は孤独な毎日にも、痛風の痛みにも、七〇歳という齢にも飽き飽きするばかりの日々を送っていた。長年のあいだ興奮と享楽に満ちた暮らしを送ってきた伯爵にとって、どんなに立派な書斎であろうと部屋の中に一人でひきこもり、片足を痛風用の足のせ台に置き、主人の顔など見たくもないと思いながら縮みあがっている従僕に向かって激怒してどなりちらす以外に気晴らしさえない毎日は、とうてい楽しいものとは言えなかった。頭のいい老伯爵は、自分が召使いたちから嫌われていることぐらい百も承知だった。訪ねてくる者たちも、なかには伯爵の鋭く皮肉な舌鋒が誰彼かまわず血祭りにあげるのをおもしろがる輩もいるにはいたが、いずれにしても訪問者が自分を慕ってやってくるのではないことは、わかっていた。からだが壮健だったあいだは、伯爵はあちこちへ旅して遊び、本心ではそんなことなど楽しくもなかったのだが、それでもそういう日々を楽しんでいるふりをしてきた。しかし、からだが衰えてくると、伯爵は何もかもに倦み、ドリンコート城に引きこもって、痛風と新聞と本だけを友として暮らすようになった。とはいえ、日がな一日本を読んで過ごすわけにもいかない。それで、伯爵は、本人の言葉を借りるならば、ますます「飽き飽きする」ようになった。長い夜も長い昼もうとましく、伯爵は以前にもまして凶暴で怒りっぽくなった。そこへフォントルロイ卿がやってきたのだ。初めて孫息子と顔を合わせた日、セドリックにとっては幸運なことに、老伯爵は初っ端から心に秘めていたプライドを満足させることができた。もしセドリックがもっと不細工な子供だったら、老伯爵はそれだけで孫息子に幻滅してしまい、外見よりもっと優れているセドリックの資質には目を向けようとしなかったかもしれない。しかし、老伯爵はセドリックの美しさや物怖じしない性格をドリンコート家の血筋ゆえだと勝手に決めこみ、ドリンコート家の格式に恥じないものだと思った。そしてさらに、セドリックが口をきくと、子供だけに自分の新しい立場が何を意味するのかまるで理解していないものの、いかにも育ちのいいようすだったので、老伯爵は孫息子をますます気に入り、なんだか愉快な気分さえしてきたのだった。あわれなヒギンズに恩を施してやる権限をこの子供の手に預けたのは、いわば気晴らしのような思いつきだった。老伯爵自身はあわれなヒギンズのことなど塵ほども気にかけていなかったが、このことで孫息子が村人たちの噂になり、子供のうちから小作人たちに好かれる存在になるのは悪くないと思ったのである。そしてさらに、セドリックをともなって教会に姿を見せたところ村人たちがおおいに興奮し興味を示すのを見たときも、伯爵は満足した。孫息子の美しさを村人たちが何と噂するか、伯爵は承知していた。引き締まって力強く健やかなからだ。立ち姿の美しさ。整った顔だち。輝く金髪。村の連中がセドリックを「どこから見ても立派な伯爵様だ」と言うであろうこと。実際、一人の女が連れに向かってそう言ったのを、伯爵は耳にしていた。ドリンコート伯爵は尊大な老人で、家名が誇りであり、家の格式が誇りであり、それゆえついにドリンコート伯爵家にふさわしい跡継ぎができたことを世間に知らしめてやりたいと思ったのだった。

セドリックが新しいポニーに初めて乗った朝、老伯爵はきわめて上機嫌で、痛風のことすら忘れかけているほどだった。馬丁が連れてきたみごとなポニーはつややかな茶色の首を弓なりにそらして美しい顔で朝日を仰ぎ、老伯爵は書斎の開いた窓辺にすわってフォントルロイ卿の初めての乗馬レッスンを見守った。セドリックは臆病なそぶりを見せるだろうかと思いながら、伯爵は注目していた。ポニーといってもそれほど小ぶりな馬ではなかったし、初めて馬に乗る子供たちが怖がるのを伯爵は何度も見ていたからだ。

フォントルロイ卿は大喜びで馬にまたがった。それまで一度もポニーに乗ったことのないフォントルロイ卿は、意欲満々だった。馬丁のウィルキンズがポニーの手綱を取り、書斎の窓の前を行ったり来たりして馬を歩かせた。

「なかなか肝のすわったお子だ、若様は」乗馬レッスンのあとで厩舎にもどったウィルキンズは、満面の笑みを浮かべて言った。「怖がりもせずに、すっと乗ったよ。大きな子だって、なんとか馬に乗ったとしても、あんなに背筋をピンと伸ばしちゃまたがれないもんだ。若様は『ウィルキンズ、ぼく、背中ちゃんとまっすぐに伸びてる？　サーカスの人たちは、みんな、背中をまっすぐ伸ばして乗るんだよ』って言うんだ。俺は『だいじょうぶです、矢のように真んまっすぐですよ！』って言ってやった。そしたら、若様はうれしくってたまらないって顔で笑って、『よかった。ウィルキンズ、ぼくの背中が丸くなってたら言ってね！』って言うんだよ」

しかし、背筋をぴんと伸ばして馬にまたがり、常歩でウィルキンズに手綱を引いてもらうだけでは、心から満足というわけにはいかなかった。しばらくすると、フォントルロイ卿は窓から見ている祖父に話しかけた。

「おじいさま、ぼく、一人で乗っちゃだめ？　もっと速く走っちゃだめ？　五番街の子は速歩や駈歩で乗ってたよ！」

「速歩や駈歩ができると思うのか？」伯爵が言った。

「やってみたいの」フォントルロイ卿が答えた。

老伯爵はウィルキンズに合図を送った。ウィルキンズは心得ましたとばかりに自分の馬を引いてきてそれにまたがり、フォントルロイ卿のポニーの引き手綱を取った。

「よし、速歩をやらせてみろ」伯爵が言った。

そこからの数分間は、幼い騎手にとってはなかなかの興奮に満ちた体験となった。セドリックは速歩は常歩のように簡単ではないこと、ポニーの速歩が速くなればなるほど乗りこなすのが難しいこと、を思い知った。

「ず、ずいぶん、ゆ、揺れるね」セドリックがウィルキンズに言った。「ウィ、ウィルキンズも、ゆ、揺れてる？」

「いいえ」ウィルキンズが答えた。「そのうち慣れますよ。鐙の上で踏んばって、立ち上がるようにしてごらんなさい」

「さ、さっきか、から、ず、ずっとふ、踏んばってるんだけど」フォントルロイ卿が言った。

セドリックは、ポニーの上で突き上げられたりすとんと落とされたりしながら悪戦苦闘していた。息が切れ、顔が赤く上気していたけれども、全力でがんばって背筋をまっすぐ伸ばしてポニーにまたがっていた。老伯爵は、窓からそのようすを見ていた。木々に隠れて姿が見えなくなっていたフォントルロイ卿とウィルキンズが数分後に声の届くところまでもどってきたとき、フォントルロイ卿は帽子が脱げ、頬が真っ赤になり、唇をきつくかみしめていたが、それでも男らしく速歩でポニーを駆けさせていた。

「待て！」伯爵が声をかけた。「帽子はどうした？」

ウィルキンズが自分の帽子に手を触れて、いかにも愉快そうな口ぶりで答えた。

「脱げてしまいました。拾おうとしましたが、馬を止めるな、とおっしゃるので」

「怖いもの知らずだな」老伯爵がそっけない調子で言った。

「まったくです！」ウィルキンズが大声で答えた。「怖がるって言葉の意味をご存じないのかと思うくらいで。前にもいろんなお宅で若様に乗馬を教えたことはありますけども、こちらの若様くらい熱心にがんばられるお子は見たことがありませんや」

「疲れたか？」老伯爵がフォントルロイ卿に声をかけた。「もう降りたいか？」

「思ったより揺れるんですね」若きフォントルロイ卿は率直に認めた。「それに、少しは疲れるけど、降りたくはありません。馬に乗れるようになりたいんです。一息ついたら、帽子を拾いにもどります」

この世でいちばん気のきいた人間が、乗馬レッスンを見物中の祖父を喜ばせる方法を指南したとしても、このときのセドリックの応対以上のことは教えられなかっただろう。ポニーが並木道に向かってふたたび速歩で駆けていくのを見送りながら、老伯爵の険しい顔にかすかな赤みがさし、げじげじ眉の下で光っている目には、伯爵がもう二度と抱くことはないだろうと思っていた喜悦の表情があらわれた。老伯爵はすわったまま、ふたたび馬たちの蹄の音がもどってくるのを今か今かと待っていた。しばらくしてもどってきたフォントルロイ卿は、さっきより一段と速く馬を走らせていた。あいかわらず帽子をかぶっておらず、帽子はウィルキンズが持っていた。フォントルロイ卿はさっきよりもっと赤く頬を上気させ、髪を後方になびかせて、かなり速い駈歩でもどってきた。

「見て！」伯爵の前でポニーを止めると、フォントルロイ卿は息を切らしながら言った。「ぼく、か、駈歩ができたよ。五番街の子みたいにうまくはないけど、でも駈歩ができたし、馬から落ちなかったよ！」

それ以来、フォントルロイ卿とウィルキンズとポニーは大の仲良しになった。二人が街道や緑の小道を馬で軽快に駆け抜ける姿を村人たちが目にしない日はほとんどないと言っていいくらいだった。田舎家に住む子供たちは戸口へ走り出て、みごとな茶色のポニーに背筋をぴんと伸ばしてまたがる勇ましい若様の姿を眺めた。フォントルロイ卿は帽子をさっと取り、その帽子を子供たちに向かって振りながら、「やあ！　おはよう！」と、いささか貴族らしくない元気いっぱいの声で挨拶するのだが、それがまたいかにも親しげで好ましかった。ときには、馬を止めて子供たちと話をす

「やあ！　おはよう！」

ることもあった。あるとき、城にもどってきたウィルキンズがおもしろい話を皆に聞かせた。村の学校のそばでフォントルロイ卿がどうしてもポニーから降りて歩くと言って聞かなかった、というのである。足の悪い少年がとぼとぼ歩いているのを見て、自分のポニーに乗せて家まで送ると言いだしたのだという。

「まいったね」厩舎でウィルキンズが事の次第を語った。「何と言ったって、聞きゃしないんだ！　俺が馬を降りるんじゃダメだって言うんだよ、大きな馬じゃそのガキが怖がるかもしれないから、ってさ。そんでもって、こう言うんだ、『ウィルキンズ、あの子は足が悪いんだよ。ぼくは足が悪くない。それに、あの子と話もしたいし』——ってなわけで、そのガキをポニーに乗せてさ、うちの若様は両手をポケットにつっこんだ格好で、帽子をあみだにかぶって、ポニーと並んでてくてく歩いてさ。口笛まじりに、そりゃのんきなものよ！　そんで、そのガキの家まで来たら、母親が何事かと大あわてで飛び出してきたところへ、若様がさっと帽子を取って、『息子さんを家までお連れしました』なんて言ったんだ。『足が痛そうでしたから。その杖だけじゃ、体重をかけるのに足りないと思いますよ。ぼく、おじいさまにお願いして、松葉杖を一組作ってもらうようにしますよ』ってね。母親はびっくり仰天しちまって。無理もないやね！　俺だって、下手したら吹き出しそうだったさ！」

ウィルキンズはひやひやしていたが、その話を聞いた老伯爵は怒りはせず、それどころか呵呵と笑い、フォントルロイ卿を呼びよせて一部始終をあらためて話させたあとで、また声をあげて笑った。そして実際に、それから数日後、ドリンコート伯爵家の馬車が緑の小道にやってきて、足の悪い子の住む小さな家の前に止まり、フォントルロイ卿が馬車から飛び降りて、松葉杖を鉄砲のように肩にかついで家の戸口へ向かい、ミセス・ハートル（足の悪い子の名前は「ハートル」だった）に丈夫で軽い新品の松葉杖一組を進呈したのだった。「これは、ぼくのおじいさまからの贈り物です。息子さんに使ってもらってください。足が良くなるといいですね」

「ぼくね、おじいさまからの贈り物です、って言ったの」馬車にもどったセドリックは、老伯爵にそう説明した。「おじいさまから言われたわけじゃないけれど、たぶん言い忘れたんだろうと思って。いけなかった？」

それを聞いた老伯爵はまた笑い声をあげ、いけなかったとは言わなかった。実際、二人の関係はますます親しみを増しており、老伯爵の慈悲の心や徳の高さに対するフォントルロイ卿の信頼は日ごとに大きくなっていった。セドリックは、自分の祖父が誰よりも愛すべき寛大な老人である、と一点の疑いもなく信じていた。セドリック自身も、望むことがあれば口にしたとたんにかなえてもらえたし、さまざまな贈り物や楽しみが惜しみなく与えられたので、ときどき自分自身の所有物の多さに自分でさえ当惑するほどだった。あきらかに、セドリックには望むものがすべて与えられ、したいことがすべて許されるようだった。こんな待遇は、小さい子にはとうてい望ましいとはいいがたいものだが、セドリックは驚くほど健全に対処した。おそらく、セドリックの性格の良さをもってしても、コート・ロッジで母親と過ごす時間がなかったとしたら、こうした待遇が少しは不健全な影響を及ぼしたかもしれない。母親はつねに細かいところまで心をくだき、セドリックを優しく見守っていた。二人はしばしば長時間にわたって話しこみ、お城にもどるセドリックはいつも頬にキスをしてもらい、心に留めておける簡潔で素朴な言葉を胸に抱いて帰ってくるのだった。

じつは、幼いフォントルロイ卿をたいへん困惑させていることが一つあった。

'I've brought your son home, ma'am,' ses he, 'because his leg hurt him'

「息子さんを家までお連れしました。足が痛そうでしたから」

フォントルロイ卿はその不可解な問題について、周囲が思いも及ばないほど頻繁に考えていた。母親でさえ、当人がどれほど頻繁にそのことを気にしているか知らなかったし、老伯爵にいたっては、長いあいだ、そんなことは想像さえしていなかった。しかし、鋭い観察眼を持つ子供は、なぜ自分の母親と祖父が絶対に会おうとしないのか、不思議に思わずにはいられなかった。二人が一度も顔を合わせないことに、セドリックは気づいていた。ドリンコート伯爵家の馬車がコート・ロッジに着いても、伯爵はぜったいに馬車から降りないし、たまに教会へ行っても、いつもフォントルロイ卿が一人だけ残って教会のポーチで母親と言葉を交わしたり、そのまま母親といっしょにコート・ロッジに帰ったりするのだった。にもかかわらず、お城の温室からは毎日コート・ロッジに花と果物が届けられていた。そうこうするうちに、伯爵のある行為が、セドリックの目から見て祖父を完璧な存在の頂に押し上げることになった。それは、初めての日曜日にエロル夫人が教会からお付きもなしに一人で家まで歩いて帰ったことを知った伯爵が、その直後に見せたある気遣いだった。教会へ行った日曜日から一週間ばかりたったある日のこと、セドリックが母親のもとを訪ねようとすると、玄関で待っていたのは血気盛んな二頭の馬をつないだ大きな馬車ではなく、小ぶりで美しいブルーム型の馬車で[1]、美しい鹿毛[2]の馬が一頭つないであった。

「その馬車は、おまえからお母さんへのプレゼントだ」伯爵がぶっきらぼうな口調で言った。「あちこちへ歩いて行くわけにもいかんだろうからな。馬車が必要だ。馬車の世話は、御者が万事心得ている。いいか、おまえからの、、、プレゼントだからな」

フォントルロイ卿は、うれしさにほとんど言葉も出なかった。コート・ロッジに着くまで、うれしさをこらえきれないくらいだった。母親は庭に出てバラの花を切っていた。セドリックは小さな馬車から飛び降りて、母親のもとへ飛んでいった。

「〈最愛のきみ〉！　信じられる？　これ、お母さまの馬車なんだよ！　おじいさまがね、これはぼくからのプレゼントなんだ、って言ったの。お母さま専用の馬車なんだよ。どこにでも乗っていけるんだよ！」

セドリックがあまりうれしそうにしているので、母親はなんと応じたものか困ってしまった。自分を敵視する姿勢を改めようとしない老伯爵からの贈り物だとはいえ、これを拒絶してセドリックの喜びに水をさすのもかわいそうな気がした。母親は息子にせがまれてバラや庭道具を持ったまま馬車に乗りこみ、あたりをひと回りすることになった。そのあいだじゅう、セドリックは祖父がどんなにいい人でどんなに愛すべき人かをしゃべりつづけていた。そのおしゃべりがあまりに無邪気なので、母親も思わずつられて笑ってしまい、息子を抱き寄せてキスをし、息子が老伯爵のいいところだけしか見ないことをありがたく思った。なにしろ、友人さえほとんどいないような伯爵なのである。

その次の日、フォントルロイ卿はホッブズさんに手紙を書いた。それはかなり長い手紙で、下書きができたところで、フォントルロイ卿は間違いを直してもらうために手紙を祖父のところへ持ってきた。

「スペリングがよくわからないの」フォントルロイ卿は言った。「間違ってるところ

1　御者席が外についている二ないし四人乗りの一頭立て四輪箱馬車。
2　赤褐色。

を教えてくれたら、ぼく、ちゃんと書き直します」

それは、こんな手紙だった。

しんあいなるホッブズさんえ　おじいさまの話を聞いてくださいおじいさまはさい高にいい伯しゃくです伯しゃくがぼう君だというのはまちがいですおじいさまはぜんぜんぼう君ではありませんホッブズさんがおじいさまと知りあいだったらいいのにきっといい友だちになると思いますおじいさまは足がつーふーでとってもつらいのにとってもがまんづよいですぼくはまい日どんどんおじいさまが好きになりますせかい中のみんなにしんせつにする伯しゃくだからだれだって好きになるにきまっていますホッブズさんがおじいさまとおしゃべりできたらいいのにおじいさまは何でも知っています何でも聞いたらおしえてくれますでもやきゅうはしたことがないですおじいさまはぼくにポニーとにぐるまをくれてお母さまにきれいな馬車をくれてぼくはおへやが3つあってありとあらゆるおもちゃがあるからホッブズさんきっとびっくりするよお城もりょう地もホッブズさんならきっ

と気に入ると思いますものすごく大きいお城だからまいごになるかもしれないってウィルキンズが言いましたウィルキンズはぼくの馬丁ですウィルキンズの話だとお城の地下に地下ろうがあるそうですりょう地は何もかもとってもきれいだからきっとびっくりすると思いますすごく大きな木がいっぱいあるしシカやウサギや鳥がしげみをとびまわっていますおじいさまはすごくお金もちだけどホッブズさんが思ってた伯しゃくみたいにいつもじまんしたりいばったりしませんぼくはおじいさまといる時間がたのしいです村の人たちはみんなとってもれいぎ正しくてしんせつでぼうしをとってあいさつするし女の人はひざをまげておじぎするし神さまのおめぐみがありますようにと言ってくれることもありますいまはポニーにのれるようになったけど、はじめははやあしにするとすごくゆれましたおじいさまは気のどくな人がやちんをはらえなくても家にいていいことにしてあげてミセス・メロンがびょうきの子どもたちにワインや何かをもっていってあげましたホッブズさんに会いたいですあと〈さいあいのきみ〉がお城にいたらいいのにと思いますでも〈さいあいのきみ〉にすごく会いたくてたまらないときじゃなけれ

ばとってもたのしいですそれにおじいさまが大好きですみんなおじいさまが大好きですおへんじまってます

あなたのあいする旧友

セドリック・エロル

ついしん　地下ろうにはだれもはいっていませんおじいさまはだれも地下ろうに入れてこらしめたことはないです

ついしん　おじいさまはとってもいい伯しゃくなのでホッブズさんを思い出しますおじいさまはみんなの人気ものです

「お母さんがそんなに恋しいか？」手紙を読みおわった伯爵が尋ねた。

「はい」フォントルロイ卿が答えた。「いつも恋しいです」

フォントルロイ卿は伯爵の前に立ち、片方の手を伯爵の膝に置いて、祖父の顔を見上げた。

「おじいさまは〈最愛のきみ〉が恋しくないんでしょう?」

「わしはおまえのお母さんを知らんからな」そっけない口調で老伯爵が答えた。

「わかっています」フォントルロイ卿が言った。「そこのところが、どうしてかな、と思うんだけど。お母さまは、おじいさまに何も質問してはいけません、って言うの。だから……だから、ぼく、何も質問しないよ。だけど、ときどき、どうしても考えちゃうの。そうすると、よくわからなくなっちゃう。だけど、ぼく、質問はしないよ。お母さまがとっても恋しいときは、窓の外を見るの。毎晩、木のあいだからぼくに見えるように、お母さまが明かりを灯しておいてくれるから。ずいぶん遠くだけど、暗くなったらすぐにお母さまが窓辺に明かりを灯してくれるの。遠くでちかちか光る明かりを見たら、何て言ってるかわかるんだよ」

「何と言っておるのだ?」老伯爵が尋ねた。

「あのね、『おやすみなさい、夜のあいだ神様がお守りくださいますように!』って言うの。いっしょに住んでたときにお母さまがいつも言ってくれたみたいに。毎晩、お母さまはそう言うの。それで、朝になると、『きょう一日、神様のお恵みがありますように！』って言ってくれるの。だからね、ぼく、いつも守られてるの――」

「そうか」伯爵がそっけなく言った。そしてげじげじ眉を引っぱりながら孫息子をいつまでもじっと見つめていたので、フォントルロイ卿は、おじいさまは何を考えているのだろう、と不思議に思った。

第9章　貧農たちの小屋

　じつのところ、ドリンコート伯爵は最近、それまでついぞ考えてもみなかったことを考えるようになっており、それはいずれも大なり小なり孫息子に関係することであった。ドリンコート伯爵の性格の中でもプライドは何より大きな地位を占めるものであり、セドリックはその伯爵のプライドをことごとく満足させる存在だった。このプライドをきっかけにして、伯爵は人生に新しい関心事を見出すようになった。跡継ぎを世間に見せてまわる楽しみに目ざめたのである。世間の人々は、ドリンコート伯爵が息子たちにどれほど幻滅させられてきたかを知っていた。したがって、伯爵としては、この新しいフォントルロイ卿を見せびらかすことには勝利の快感があった。新しいフォントルロイ卿は、どこに出しても恥ずかしくない出来だった。老伯爵は、この子に次期伯爵としての力や輝かしい地位をじゅうぶんに認識してほしいと思っていた。そして、世間に対しても、それをしっかり見せつけたいと思っていた。老伯爵はフォントルロイ卿の将来を見すえてさまざまな計画を思い描くようになった。

　老伯爵の胸には、ときに人知れず抱く思いがあった。自分のこれまでの人生がもう少しましなものであったらよかったのに、と。そして、この純粋で子供らしい心の持ち主が知ったとしたら縮みあがるような過去の乱行がもっと少なければよかったのに、と。自分の祖父が長年のあいだ「人でなしのドリンコート伯爵」と呼ばれてきたことをフォントルロイ卿が何かの偶然で知ってしまったとしたら、その美しく無邪気な顔がどんな表情に変わるだろうかと思うと、楽しくはなかったし、少しばかり不安にさえなった。フォントルロイ卿には知られたくないと思った。この新しい関心事が芽生えたおかげで、ときどき、伯爵は痛風のことを忘れて過ごすようになった。少したつと、主治医は予想もしなかったほど伯爵の体調が改善しているのを見て、驚いた。おそらく、遅々として進まない退屈な時間から解放されたおかげで、そして痛みや病気のほかに考えることができたおかげで、伯爵の体調は良くなったのだろう。

ある晴れた朝、村の人たちは小さなフォントルロイ卿がウィルキンズ以外の人と連れだってポニーに乗っているのを見て、目をみはった。新しい連れは、大きくて強壮な灰色の馬にまたがったドリンコート伯爵その人だったのである。じつをいうと、これを言い出したのはフォントルロイ卿だった。その日もポニーに乗って出かけようとしたところで、フォントルロイ卿は残念そうな表情で祖父にこう言ったのである。

「おじいさまもいっしょに行けたらいいのに。ぼく、出かけるとき、淋しいの。おじいさまが一人ぼっちでこんな大きなお城に残ってるから。おじいさまも馬に乗れたらいいのにね」

数分後、厩舎は上を下への大騒ぎになっていた。伯爵がお乗りになるのでセリム号に鞍を置くように、との命令が伝わったのである。その日以降、セリム号はほとんど毎日のように鞍をつけられることになった。そして、ワシのように険しくハンサムな顔だちの大柄な白髪の老伯爵が大きな灰色の馬にまたがり、その傍らに茶色のポニーにまたがった小さなフォントルロイ卿が並んで馬を駆る姿が、村人たちの見慣れた光景となった。二人で馬を並べ、緑の小道や美しい田舎道を行くうちに、老伯爵と孫息子の関係はますます親しいものになっていった。馬で遠出をするあいだ、老伯爵は〈最愛のきみ〉の人となりや暮らしぶりについてたくさんの話を聞いた。大きな馬と並べてポニーを進めながら、フォントルロイ卿は楽しそうにおしゃべりを続けた。フォントルロイ卿はほんとうに明るい性格で、これ以上に楽しい連れはなかった。おしゃべりをするのは、ほとんどいつもフォントルロイ卿のほうで、老伯爵はたいてい黙ったまま孫息子のおしゃべりに耳を傾け、楽しそうに上気した幼い顔を見守っていた。ときどき、老伯爵が孫息子にポニーをギャロップさせるよ

村人たちの見慣れた光景となった。

うけしかけることもあり、馬上で背筋を伸ばしたまま勇敢に全力疾走で遠ざかっていく孫息子の後ろ姿を見守る老伯爵の目は誇らしさと喜びに輝いていた。そして、全力疾走したフォントルロイ卿は、帽子を振りまわし大声で笑いながらもどってくるたびに、祖父の存在をいっそう親しく感じるのだった。

遠乗りのあいだに老伯爵が知るようになったのは、亡き息子の妻が日々を無為に過ごしてはいないという事実だった。いくらもしないうちに、貧しい村人たちのあいだでエロル夫人がよく知られていることがわかってきた。どこかの家に病人が出たり、死人が出たり、どこかの家族が困窮していたりすると、たいていその家の前に小さなブルーム型の馬車が止まっているのだった。

「おじいさま、知ってる?」あるとき、フォントルロイ卿が言った。「村の人たちはみんな、お母さまに会うと『神様のお恵みがありますように!』って言うし、子供たちも喜ぶんだよ。縫い物を教えてもらいにお母さまの家に通ってくる人たちもいるんだって。お母さまはね、いまはとってもお金持ちになった気がするから、気の毒な人たちの力になりたいと思うんだって」

自分の跡を継ぐことになるフォントルロイ卿の母親が美しく若々しい容貌であり、まるで公爵夫人といってもいいような気品を備えた女性であることを知って、老伯爵はまんざらでもなかった。そして、ある意味、エロル夫人が貧しい村人たちに人気があり慕われていることも、おもしろくないわけではなかった。それでもなお、母親が息子の心の中でどれほど大きな存在であるかを見せられ、孫息子がどれほど強い愛情を母親に抱いているかを見せつけられるたびに、老伯爵はねたましさに身を灼かれるような気がするのだった。伯爵は何事においても並ぶべきもののない一番の存在でいたかったのだ。

その同じ日の朝、伯爵はヒースの丘の一段と高くなったところで馬を止め、足もとにはるかかなたまで続く美しい土地を乗馬むちで指し示して、言った。

「この土地はすべてわしの所有なのだ。わかるか？」伯爵はフォントルロイ卿に言った。

「そうなの？」フォントルロイ卿が答えた。「一人の人間がこんなに広い土地を持っているなんて、すごいなあ！　それに、なんて美しいの！」

かに多くのものが」

「ぼくのものに⁉」フォントルロイ卿は畏敬の念に打たれたように声をあげた。「いつ？」

「わしが死んだときだ」祖父が答えた。

「だったら、ぼく、ほしくない」フォントルロイ卿が言った。「おじいさまにずっと生きていてほしいもの」

「うれしいことを言ってくれる」老伯爵はそっけない口調で答えた。「だが、いずれは、すべておまえのものになる。いつの日か、おまえはドリンコート伯爵になるのだ」

フォントルロイ卿は、馬にまたがったまま、少しのあいだあたりの景色をじっと見つめていた。広大なヒースの丘。緑豊かな農地。美しい森。小道にそって並ぶ小作人たちの小屋。絵に描いたような村。そして木々のむこうにそびえる灰色の堂々たるお城の塔。フォントルロイ卿は小さく奇妙なため息をついた。

「何を考えている？」伯爵が尋ねた。

「自分がなんて小さいんだろう、って考えてたんです」フォントルロイ卿が答えた。

「あと、〈最愛のきみ〉から言われたことも」

「なんと言われたのだ？」

「すごくお金持ちなのは、たぶん、そんなに楽なことではないかもしれない、って。いつもたくさんのものに恵まれている人は、ほかの人たちがそれほど恵まれていないってことを忘れちゃうかもしれないから、って。お金持ちの人はいつも気をつけて忘れないようにしなくちゃいけない、って。ぼく、おじいさまがどんなにいい人なのか、って話をしたの。そしたら、お母さまは、それはすばらしいことね、伯爵というのはとても大きな力を持っている人だから、って言ってたよ。そういう人が、もし、自分の楽しみのことしか考えなくて、自分の領地に住んでる人たちのことをちっとも考えなかったら、問題がたくさん起こるかもしれない、伯爵なら助けてあげられるかもしれないのに、って。すごくたくさんの人が住んでるから、たいへんでしょうね、って。それでね、ぼく、あそこに並んでるたくさんの家を見て、思ったの。ぼくげられるのかしら、って。おじいさまは、どうやって気づいてあげるの？」

小作人についての伯爵の関心事といったら、誰がきちんきちんと小作料を納めているかということと、小作料の払えない者たちを追い出すことくらいだったから、これはなかなかきびしい質問だった。「わしのかわりにニューウィックが見ていてくれることになっている」伯爵はそう答えて、灰色の立派な口ひげをしごきながら、ちょっと困ったような顔で小さな質問者を見つめた。「さあ、もう帰ろう。おまえが伯爵になったら、わしよりもいい伯爵になるよう心がけることだな！」

家まで馬を進めるあいだ、老伯爵は言葉少なだった。これまでの人生でだれひとり愛したことのなかった自分がこの小さな子供をどんどん好きになっていくのが自分でも信じられない気持ちだったが、それはまぎれもない事実だった。はじめのうち、伯爵はセドリックの美しさや物怖じしない性格を気に入り自慢に思っていただけだった。しかし、いまの自分の気持ちには、自慢に思う以外の何かがあった。ときどき、老伯爵は一人きりでいかめしい顔にそっけない笑みを浮かべて考えるのだった。

セドリックを自分のそばに置くことがどんなに楽しみか、セドリックの声を聞くことがどんなに楽しみか、そして、この小さな孫息子からよく思われることを自分がひそかにどれほど望んでいるか、と。

「わしはもう老いぼれて、あの子を溺愛する以外に考えることがないのかもしれんな」と思ったりもするが、それだけではないことは自分でもわかっていた。真実を認めるならば、おそらく、これほどまでにあの子が魅力的なのは――自分の来し方を思うと柄でもないが――フォントルロイ卿の率直さ、誠実さ、優しさ、相手を信頼しきって邪悪なことなど夢にも疑わない愛情の深さなど、自分とはまるきり無縁な美点に魅かれているのだと思わざるをえなかった。

ヒースの丘に遠出をしてからほんの一週間ばかり過ぎたころ、母親のところからもどったフォントルロイ卿が書斎に来て、何やら思い悩んでいる表情を見せた。初めて伯爵と顔を合わせた晩にすわった背もたれの高い椅子にちょこんとおさまり、暖炉で燠になった薪をじっと見つめている。老伯爵は、こんどは何だろうと思いながら、黙ってフォントルロイ卿を見守っていた。セドリックが心に何か抱いていることは、間違いない。そのうちようやく、セドリックが顔を上げた。「ニューウィックは村の人たちのことをぜんぶ知っているの？」セドリックが聞いた。

「それがニューウィックの仕事だが。何かおろそかになっていたか？」伯爵が言った。矛盾しているように映るかもしれないが、小さなフォントルロイ卿が小作人たちに興味を持つことは、老伯爵にとって何より楽しく、また自分のありようを見直すきっかけにもなることだった。伯爵自身は小作人には何の関心も抱いたことがなかったが、巻き毛のかわいらしい頭の中で、子供なりに遊びや楽しみごともいろいろあろうに、フォントルロイ卿がそのような妙にまじめなことも考えているのだと思うと、老伯爵はむしろうれしかった。

「〈最愛のきみ〉が見てきたんです」フォントルロイ卿が老伯爵を見上げ、ぞっとしたように大きな目を見開いて言った。「村のいちばんむこう側の端っこで、家がごちゃごちゃにくっついてて、倒れそうなんだって。ほとんど息もできないくらい臭いんだって。みんなすごく貧乏で、何もかもひどいことになっているんだって！　熱を出す人もしょっちゅういて、子供たちがしょっちゅう死ぬんだって。そんなふうにして暮らしてるから、みんな悪い人になっちゃうんだって。すごく貧乏でみじめだから！　マイケルとブリジットより、もっとひどいんだって！　雨が降ると屋根から漏るんだって！〈最愛のきみ〉はそこに住んでいる気の毒な女の人のお世話に行ってきたんだけど、着ていった服をぜんぶ着替えるまでぼくに近くへ来ちゃだめって言ったんだよ。そのお話をしてくれたとき、〈最愛のきみ〉は涙を流してたの！」

フォントルロイ卿は自分も泣きそうになっていたが、なんとか笑顔を作ってみせた。

「きっとおじいさまは知らないんだよって、ぼく、お母さまに言ったの。ぼくがおじいさまに伝えてあげるよ、って」フォントルロイ卿は椅子から飛びおりて伯爵のそばへ来て、安楽椅子にもたれかかった。「おじいさまなら助けてあげられるでしょ、ヒギンズさんを助けてあげたみたいに。おじいさまは、いつも、みんなを助けてあげてるもの。きっとおじいさまなら助けてくれるって、ぼく、お母さまに言ったの。きっとニューウィックがおじいさまに言うのを忘れてたに違いない、って」

老伯爵は、自分の膝に置かれた小さな手を見下ろした。ニューウィックが報告を忘れたわけではなかった。実際、村の端にあるアールズ・コート[1]と呼ばれるその地区の劣悪な状況のことを、ニューウィックは何度も伯爵に報告していた。伯爵は何もかも知っていた。いまにも倒壊しそうなひどい状態のあばら屋のこと。流れない下水のこと。じめじめした壁のこと。割れた窓ガラスのこと。雨漏りする屋根のこと。そこに住む人々の貧しさも、蔓延する病気のことも、みじめな暮らしのことも、伯爵はぜんぶ聞いて知っていた。モーダント牧師も、言葉を尽くして悲惨な状況を伯爵に伝えようとした。しかし、伯爵は激しい言葉で応酬し、痛風がひどいときには、アールズ・コートの連中などさっさとくたばって墓にはいってしまえばいいのだ、とまで言い放った。そうすれば、面倒なことは終わるのだ、と。けれども、自分の膝に置かれた小さな手に視線を落とし、そこから視線を上げて、誠実で熱心でまっすぐな目で訴えるフォントルロイ卿の顔を見ると、伯爵の胸にはアールズ・コートの窮状と自分自身の怠慢をいくらか恥じる気持ちが芽生えた。

「なんとな！　世の中の手本になるような小作人小屋をわしに建てさせようというのか？」伯爵はセドリックの手に自分の手を重ねて、小さな手をさすった。

「あんなひどい小屋は、壊さなくちゃだめです」フォントルロイ卿は一所懸命に訴えた。「〈最愛のきみ〉がそう言っていました。ねえ、あした行って、小屋を壊してもらいましょうよ。みんな、おじいさまを見たら、喜びますよ！　助けにきてくれた、って！」フォントルロイ卿の紅潮した顔の中で瞳が星のように輝いていた。

老伯爵は立ち上がり、孫息子の肩に手を置いた。「外に出て、テラスを少し歩こう」伯爵はくすりと笑いながら言った。「歩きながら、もういちどよく話をしよう」

1　伯爵の邸宅、あるいは伯爵家の中庭、というような意味。

広い石造りのテラスを散歩するあいだ、伯爵はまた二、三回ほど笑った。二人は、天気のいい日はほぼ毎日のようにこのテラスを散歩していた。散歩のあいだじゅう、伯爵は考えごとをしているようだったが、けっして機嫌が悪いようには見えず、あいかわらず小さな連れの肩に手を添えていた。

第10章　最悪の知らせ

小さな村は、ヒースの丘から見れば絵のように美しいが、そこに住む貧しい人々を助けて回っていたエロル夫人は、悲しい現場をたくさん見聞きしていた。遠くから見た風景とは裏腹に、近くで見ると、村は絵に描いたような美しさばかりではなかった。安らかで勤勉な暮らしがあるべきところに見出されるのは、怠惰と貧困と無知だった。しばらくするうちに、エロル夫人はアールボロがイギリスのその地方では最悪の村と言われていることを知った。モーダント牧師はこの村でどれほど困難や落胆を味わってきたかをエロル夫人に話して聞かせ、エロル夫人自身も幾多の事実を自らの目で実際に見た。小作農の土地を管理する差配人には伯爵のご機嫌取りばかりが選ばれていて、貧しい小作人たちの劣悪で惨めな暮らしには知らぬ顔を決めこんでいた。それゆえ、手当てすべき多くのことが放置され、事態はますます悪化するばかりだった。

アールズ・コートときたら、家々は崩壊しかかり、人々は惨めでなげやりで病気がちで、伯爵領の恥というべき地区であった。初めてこの地区を訪れたとき、エロル夫人はからだの震えが止まらなかった。見苦しさや不潔さや欠乏は、町よりも田舎のほうがひどいように見受けられた。まるで、田舎なら捨て置かれたままでも仕方ないと思われているようだった。善悪も教えられず、誰からも手をかけてもらえず、汚らしくほったらかされたまま育つ子供たちの姿を見て、エロル夫人は自分の息子のことを思った。セドリックは立派なお城で暮らし、王子様のように守られかしずかれ、望めば何でもかなえられ、贅沢で安楽で美しいものばかりの中で育っている。

そんな光景を見ているうちに、賢い母親の胸に、ある大胆な考えが浮かんだ。母親には、周囲の人たちと同じように、だんだんとわかってきたことがあった——セドリックが伯爵に気に入られたのはたいへん幸運なことで、セドリックが望めばかなえられないことはほとんどない、という事実だ。

「伯爵はあの子には何でも与えてくださいます」母親はモーダント牧師に言った。「セドリックのどんな気まぐれでも、かなえてくださるのです。ならば、それを人々のために使うことはできないでしょうか？　わたくし、なんとかそうなるようにやってみますわ」

セドリックの親切で子供らしい心の動きを、母親はわかっていた。そこで、母親はセドリックにアールズ・コートのありさまを話して聞かせた。きっとこの子は伯爵に話すに違いない、そうしたら何か良い結果につながるかもしれない、と考えたのだ。

そして、人々の目には不思議に映ったものの、母親のたくらみはたしかに良い結果をもたらした。

老伯爵を動かす何よりも大きな力は、孫息子が祖父を信頼しきっているという点にあった。セドリックは、どんなときでも、自分の祖父が正しく寛大な行動を取ると信じていた。だから、老伯爵としても、自分が寛大な心など持ち合わせないことや、良かろうが悪かろうがとにかく自分の我を通す性格であることを孫息子に明かす気にはなれなかったのだ。老伯爵にとって、さながら全人類の救い主であるかのような賞賛の眼差しを向けられたり高潔な魂を称えられることなど、それまでの人生では味わったこともない経験だったので、愛情あふれる孫息子の茶色の瞳を真正面から見つめて「わしは乱暴で自分勝手な人でなしの年寄りだ。これまでの人生で寛大なことなど一度たりともしたことはないし、アールズ・コートや貧しい連中がどうなろうと知ったことではないわい」というようなセリフ——あるいは、それに類すること——を口にするのはいささか気が引けた。実際、老伯爵は金髪の長い巻き毛を揺らす孫息子を溺愛するようになり、たまには善人の伯爵を演じるのも悪くはないかと思いはじめていた。そんなわけで、自分の心変わりに苦笑しながらも、ドリンコート伯爵は少し考えたのちにニューウィックを呼びつけてアールズ・コートについて長いあいだ話しこみ、ぼろぼろのあばら屋を取り壊して新しい小屋を建てることに決めたのだった。

「フォントルロイ卿がどうしてもと言うのでな」伯爵はそっけない口調で言った。「そうしたほうが資産価値が上がると言うんだ。小作人たちにも、今回のことはフォントルロイ卿の思いつきだと言ってやれ」そう言って、老伯爵は孫息子を見下ろした。フォントルロイ卿は暖炉の前の敷物に寝そべってドゥーガルと遊んでいる。この超大型犬はフォントルロイ卿にすっかりなついて、どこへでもついて歩くようになり、フォントルロイ卿が歩くときはその後ろに重々しい足取りで従い、フォントルロイ卿が馬や馬車に乗るときはそのあとを長い足で悠々と走ってついてくるのだった。

もちろん、村人たちにも町の人たちにもアールズ・コートの建て直しの話は伝わった。はじめのうち、多くの住民はそんな話など信じなかった。しかし、まとまった数の職人たちがやってきて、ぐらぐらになったぼろ家を引き倒しはじめると、人々は今回もまた若様が善行を施してくれたのだと理解し、フォントルロイ卿の無邪気な進言のおかげでアールズ・コートの恥はようやく取り除かれることになったのだった。村や町がフォントルロイ卿の噂でもちきりになり、いたるところでフォントルロイ卿を称える声があがり、大きくなったらさぞ立派な伯爵になるだろうという会話が交わされていることを知ったら、セドリックはどんなに驚いたことだろう！ しかし、セドリック自身はそんなこととは夢にも知らず、広い領地ではしゃぎまわり、ウサギを穴に追いこんだり、木陰の草むらに寝ころんだりして、子供らしい無邪気で楽しい日々を送っていた。あるいは、書斎で敷物の上に寝ころんで本を読み、その話を老伯爵に聞かせ、さらにまたその話を母親に聞かせることもあったし、ディックやホッブズさんに長い手紙を書くこともあった。ディックとホッブズさんからは、いかにも二人らしい返事が届いた。あるいはまた、老伯爵と二人で馬に乗って出かけることもあったし、ウィルキンズを従えて馬を駆ることもあった。市の立つ町を馬で通りかかると、人々がセドリックをふりかえって見た。帽子を取って挨拶する人々の顔はとても晴れ晴れとしていた。しかし、それは祖父のドリンコート伯爵がいっしょにいるからに違いないと、セドリックは思っていた。

「みんな、おじいさまのことが大好きなのね」セドリックは明るい笑顔で老伯爵を見上げた。「見た？ みんな、おじいさまに会うと、すごくうれしそうな顔をするよ。ぼくも、いつか、おじいさまみたいに好かれる人になりたいな。おじいさまみたいに誰からも好かれるって、きっといい気分でしょうね」セドリックは、村人たちからこんなに敬愛されている伯爵の孫であることを誇りに思うのだった。

アールズ・コートの小屋が建て替えられているあいだ、セドリックは祖父といっしょに馬でたびたび現場を訪れた。フォントルロイ卿は何事にも興味津々で、ポニーから降りて職人たちに声をかけ、建築だのレンガ積みだのについてあれこれ質問し、アメリカのことを話して聞かせた。そんな会話を二、三回くりかえすと、現場から帰る道々、フォントルロイ卿は老伯爵にレンガの作り方を説明できるほど詳しくなっているのだった。

「ぼく、前からああいうことを知りたかったんだ」フォントルロイ卿は言った。「だって、この先、何があるかわからないでしょ？」

フォントルロイ卿が帰っていったあと、職人たちはその話でひとしきり盛りあがり、風変わりで無邪気な子供の物言いを思い出しては笑いあった。しかし、職人たちは皆フォントルロイ卿のことを気に入っていた。現場にやってきては、両手をポケットにつっこみ、巻き毛の頭に帽子をあみだにかぶって、小さな顔を熱心に上気させてあれこれ話しかけるフォントルロイ卿は、職人たちにかわいがられていた。「あんな子は、ちょっといねえな」職人たちはそんなふうに言いあった。「なかなかおもしろいことを言う。悪い血は引いてねえみたいだな」職人たちは家に帰り、おかみさんたちにフォントルロイ卿の話をした。すると、おかみさんたちがたがいに情報を交換しあい、そのうちに小さなフォントルロイ卿の話は村じゅうの話題になり、村人たちの誰もが知る話になった。やがて、人々は、あの「人でなしの伯爵」にもようやく愛情を注ぐ対象ができたようだ、かたくなで辛辣な老人の心を温めるものがようやく見つかったようだ、と噂するようになった。

しかし、老伯爵の心がどれほど温められていたか、どれほど日ごとに老伯爵が孫息子への愛情を深めていたか、実際のところ、誰もわかってはいなかった。老伯爵にとって、フォントルロイ卿は自分を信頼してくれるただ一人の人間だった。老伯爵は、フォントルロイ卿が一人前の若者に育つ日を楽しみにするようになった。老力強さと美しさに恵まれた若者。洋々たる前途のある若者。大人になっても優しい心根と誰とでも友だちになってしまう人なつこさを失わない若者。あの子が大きくなったら何をするだろう、天賦の資質をどのように使うだろう、と老伯爵は期待をふくらませた。小さなフォントルロイ卿が暖炉の前に寝そべって難しそうな本を読みふけり、その金髪の頭が光に照らされてつやつやと輝いているのを見守る老伯爵の目には、きらめきが宿り、頰には赤みがさしていた。

「あの子には不可能なことはない」伯爵はそうつぶやくのだった。「あの子にできないことは何ひとつない！」

セドリックに対する気持ちを、伯爵は誰にも話さなかった。他人にセドリックのことを話すときは、いつもいかめしい笑みを浮かべるのがせいぜいだった。しかしフォントルロイ卿自身は、祖父が自分を愛してくれていること、自分をいつもそばに置きたがっていることを、敏感に察していた。書斎にいるときは、安楽椅子のすぐそばに。テーブルに着いているときは、自分の向かい側に。馬を駆るときや馬車に乗るとき、あるいは夕方に広いテラスを散歩するときには、自分のすぐ傍らに。

「おじいさま、おぼえてる？」敷物の上に寝そべって本を読んでいたセドリックが、老伯爵を見上げて言ったことがあった。「初めて会った日の夜、おじいさまとぼくが仲良しになれるって言ったこと？　おじいさまとぼくみたいに仲良しの話し相手はいないでしょう？　そう思わない？」

「たしかに、わしらは仲がいいな」老伯爵が答えた。「こっちへおいで」

フォントルロイ卿はさっと立ち上がって祖父のそばへ行った。

「おまえ、何かほしいものはあるか？」老伯爵が尋ねた。「まだ持っていないものがあるか？」

フォントルロイ卿の茶色の瞳がせつなげな表情でじっと老伯爵の目を見つめた。

「ひとつだけ、あります」

「何だ？」

フォントルロイ卿は少しのあいだ黙っていた。それまでずっと自分の中で考えに考えていたことがあったのだ。

「何なのだ？」老伯爵が重ねて聞いた。

フォントルロイ卿が答えた。

「〈最愛のきみ〉です」

老伯爵はちょっと顔をしかめた。

「だが、ほとんど毎日のように会っているだろう。それでは足りないのか？」

「前はいつでも会えました」フォントルロイ卿が言った。「夜寝るときには〈最愛のきみ〉がキスしてくれたし、朝になって目がさめたらいつも〈最愛のきみ〉がいたし、会えるときまで待たなくてもいつでもいろんなお話ができたし」

老人の瞳と子供の瞳が少しのあいだ黙ったまま見つめあった。老伯爵が眉根を寄せた。

「おまえはぜったいに母親を忘れることはないのか？」

「ないです」フォントルロイ卿が答えた。「ぜったいに。お母さまもぼくのことはぜったいに忘れないし。おじいさまのことだって、ぼく、忘れないよ、もしいっしょに住んでなくても。いっしょに住めなくなったら、ぼく、おじいさまのこと、もっと思い出すと思うの」

「ほう……」老伯爵はなおもフォントルロイ卿を見つめたあと、つぶやいた。「それはそうかもしれんな！」

フォントルロイ卿の口からこれほどにも母親を慕う言葉を聞いた老伯爵の胸を嫉妬のうずきが刺し、その痛みは以前よりずっと強く感じられた。それは、老伯爵のフォントルロイ卿に対する愛情が深まったゆえだった。

しかし、まもなく、これよりもっと痛烈に胸を刺すできごとが起こり、当面のあいだ老伯爵は三男の妻に対する憎悪すらも忘れかけることになった。それは、奇妙な驚くべき形で起こった。

ある晩、アールズ・コートの小作人小屋が完成する直前のこと、ドリンコート城で盛大な晩餐会が開かれた。お城では、そのような晩餐会はもう長いあいだ開かれていなかった。晩餐会の数日前になって、伯爵のただ一人の妹であるレディ・ロリデイルが夫君のハリー・ロリデイル卿とともにドリンコート城へやってきた。そのことで村じゅう大騒ぎになり、ミセス・ディブルの店のドアベルはふたたび鳴りやむ暇がなくなったほどだった。というのは、レディ・ロリデイルがドリンコート城を訪れたのは結婚したあとただの一度きりで、それは三五年も前のことだった、ということが村人たちのあいだでは周知の事実だったからである。レディ・ロリデイルは威厳あふれる老貴婦人で、巻き毛の銀髪に、えくぼのできるバラ色の頰をしていた。性格のとてもまっすぐな人で、世間と同じく兄の行状に対しては批判的だった。レディ・ロリデイルは気が強く、自分の考えを遠慮なく口にする人だったので、兄であるドリンコート伯爵と若いころ何度か激しく衝突し、そのあとはほとんど兄と顔を合わせることはなくなっていた。

反目しあって過ごした歳月のあいだ、レディ・ロリデイルは兄について不快な話をたくさん耳にした。伯爵が妻をないがしろにし、哀れな伯爵夫人が死去したことも聞いていた。伯爵が子供たちにまるで無関心であることも聞いていた。上の二人の息子はできそこないで人でなしで何ひとつ見るべきものがなく、伯爵家の恥としか言いようがないことも知っていた。この二人の息子、ベヴィスとモーリスには、レディ・ロリデイルは一度も会ったことがなかったが、あるとき一度だけ、一八歳くらいの長身でりりしく顔だちの美しい青年がロリデイル・パークを訪ねてきたことがあった。その青年はレディ・ロリデイルの甥セドリック・エロルであると名乗り、近くを通りかかったので母親から聞いたことのあるコンスタンシア叔母に会ってみたいと思って立ち寄ったのだと話した。心根の優しいレディ・ロリデイルはこの若者をすっかり気に入り、一週間も屋敷に泊めて歓待し、あれこれ世話を焼いて、それはそれはかわいがった。三男のセドリック・エロルは実に気だてがよく快活ではつらつとした若者だったので、この子が帰っていったあとも、レディ・ロリデイルはまたたびたび会いたいものだと思っていたが、その思いがかなうことは二度となかった。三男がドリンコート城にもどったとき、伯爵は非常に機嫌をそこね、二度とロリデイル・パークに行くことは許さん、と息子に言い渡したのだ。しかし、その後もセドリック・エロルはレディ・ロリデイルのお気に入りで、アメリカでいささか早まった結婚をしたのではないかと気をもんではいたが、それでも、この青年が父親から勘当されてどこでどう暮らしているのかさえよくわからなくなってしまった経緯を聞いて、レディ・ロリデイルは激怒した。やがて、風の便りにセドリック・エロルが亡くなったらしいと聞こえてきたと思ったら、そのあと伯爵の長男ベヴィスが落馬事故で亡くなり、次男モーリスが熱病にかかってローマで亡くなった。そして、それから時をおかずして、アメリカで見つかった子供がフォントルロイ卿として英国にもどされることになったという話が伝わった。

「たぶん、息子たちと同じように潰されてしまうでしょうよ」レディ・ロリデイルは夫君に言った。「母親がよほどしっかりとした考えを持ってその子を導いてやらないと――」

しかし、セドリックの母親が息子と引き離されたことを聞いて、レディ・ロリデイルは憤りのあまり言葉を失った。

「とんでもない話だわ、ハリー！　そんな年の子供が母親から引き離されて、兄みたいな老人の相手をさせられるなんて！　兄はその子に情け容赦なくきつく当たるか、そうでなければ、その子が手に負えなくなるほど甘やかすに違いないわ。わたくしが兄に手紙を書いてなんとかなるなら――」

「無駄だよ、コンスタンシア」サー・ハリーが言った。

「そうね、わかっているわ」レディ・ロリデイルが答えた。「ドリンコート伯爵のことは、いやというほどわかっている……でも、これはあんまりだわ」

小さなフォントルロイ卿の噂を聞いたのは、貧しい人々や農民たちだけではなかった。ほかの人たちも、フォントルロイ卿の話を知っていた。皆がフォントルロイ卿の話で盛りあがり、さまざまなことが話題になった。幼いフォントルロイ卿の美しさ。人なつこい性格。祖父である伯爵に対する影響力がどんどん大きくなっていること。フォントルロイ卿の噂は地方貴族たちの耳にも届き、州を越えてイギリス各地で聞かれるようになった。人々は夕食の席でフォントルロイ卿を話題にし、貴婦人たちはフォントルロイ卿の若き母親に同情し、その子ははたして噂どおりの美しさなのかと語りあい、ドリンコート伯爵とその所業を知る男たちは幼いフォントルロイ卿が伯爵を善人と信じこんでいるという話を肴にしておおいに笑いあった。ある日アールボロにやってきたアッシュオウ・ホールの当主サー・トマス・アッシュは、孫息子と連れだって馬に乗るドリンコート伯爵と出会い、馬を止めて伯爵と握手を交わし、すっかり顔色がよくなって痛風も治りつつある伯爵にお祝いを述べた。そして、あとになってそのときのことをこんなふうに語った。「あのじいさんときたら、そりゃもう喜色満面でね。それも無理はない。あの孫息子ほど顔だちがきれいで上等な子供は、見たことがない！　背筋をピンと伸ばしてポニーにまたがる姿は、若き騎兵そのものだったよ！」

そんなわけで、若きフォントルロイ卿の噂はレディ・ロリデイルの耳にも届いた。ヒギンズの話も、足の不自由な子供の話も。アールズ・コートのぼろ小屋の話も、そのほかのいろいろな話も。レディ・ロリデイルはその子に会ってみたいと思うようになった。そして、どうしたら会えるだろうかと思案しはじめていたところへ、なんと驚いたことに、兄からロリデイル夫妻をドリンコート城へ招待する手紙が届いたのだった。

「信じられないわ！」レディ・ロリデイルが声をあげた。「その子が奇跡を起こしているという話は聞いていたけれど、どうやらそのとおりらしいわね。噂では、兄はその子に夢中で、片時も離れていたくないそうじゃないの。その子をずいぶん自慢に思っているみたいね！　ほんとうのところ、今回もわたくしたちにその子を見せたいと思ったんじゃないのかしら？」レディ・ロリデイルは即座に招待に応じる返事を出した。

レディ・ロリデイルが夫君のサー・ハリーとともにドリンコート城に到着したのは、午後の遅い時刻だった。レディ・ロリデイルは兄と顔を合わせる前にまず自分の部屋へ向かい、晩餐用のドレスに着替えたあと、客間に向かった。客間の暖炉のそばにドリンコート伯爵が立っていた。とても背が高く、堂々たる姿だ。そして、伯爵の傍らに、贅沢なレースでできたヴァンダイク・カラー[1]のついた黒いベルベットのスーツを着た小さな男の子が立っていた。利発そうな丸顔はよく整った顔だちで、美しい純真な茶色の瞳で客人を見上げたので、レディ・ロリデイルは思わず歓びと驚きの声をあげそうになった。

握手を交わしながら、レディ・ロリデイルは子供のころ以来使ったことのない本名で伯爵に話しかけた。

「まあ、モリニュー！　この子なの？」

「そうだ、コンスタンシア」伯爵が答えた。「この子だ。フォントルロイ、こちらはおまえの大叔母にあたるレディ・ロリデイルだ」

「はじめまして、大叔母さま」フォントルロイ卿が挨拶した。

レディ・ロリデイルはフォントルロイ卿の背中に手をそえて、仰向いた顔を数秒のあいだ見つめたあと、優しくキスをした。

「わたくしはコンスタンシア叔母さまよ。わたくし、あなたの亡くなったお父さまが大好きだったの。あなたはお父さまにとてもよく似ているわ」

「お父さまと似ているって言われると、うれしいです」フォントルロイ卿が答えた。「だって、みんなお父さまのことが好きだったみたいだから。〈最愛のきみ〉がお父さまを大好きだったのと同じで……」そして、ひと呼吸おいたあと、フォントルロイ卿は「……コンスタンシア叔母さま」と付け加えた。

レディ・ロリデイルはうれしそうに腰をかがめてフォントルロイ卿にまたキスをして、たちまち二人は大の仲良しになった。

---

1 幅広の大きくて平らな襟。

「ねえ、モリニュー」あとで、レディ・ロリデイルは伯爵にそっと話しかけた。「すばらしいじゃないの！」

「まあ、そうだな」伯爵はそっけない口調で答えた。「なかなかいい子だ。あれとわしはおおいに馬が合う。あれはわしのことをたいそう心の優しいとびきりの慈善家だと信じておるようだ。正直に言うがね、コンスタンシア——言わなくてもどうせおまえには見破られるだろうからな——わしはどうやら大甘のじいさまになりそうだ」

「あの子の母親はお兄さまのことをどう思っているの？」いつもの歯に衣着せぬ口調でレディ・ロリデイルが尋ねた。

「聞いてみたことがない」伯爵はそう答えながら、ちょっと顔をしかめた。

「そうなの」レディ・ロリデイルが言った。「モリニュー、このさいはじめから率直に言わせてもらうけど、お兄さまのやり方には賛成しかねるわ。わたくし、できるだけ早い機会にエロル夫人に会いに行こうと思っています。ですから、わたくしと喧嘩なさる気なら、いますぐそうおっしゃって。わたくしの聞くかぎりでは、あの子があんなにいい子なのは何もかも母親のおかげに違いないと思います。お兄さまの領地

「あの子の母親はお兄さまのことをどう思っているの？」

の貧しい小作人たちがもうすでにあの子の母親を崇拝するようになっているという話がロリデイル・パークまで聞こえてきたわ」

「小作人どもはフォントルロイ卿を崇拝しておるのだ」老伯爵はセドリックのほうにあごをしゃくりながら言った。「エロル夫人は、なかなかの美人だ。あの子が器量よしなのは、たしかに母親のおかげもあるだろう。お望みなら、会いに行くといい。わしとしては、とにかく、あの母親にコート・ロッジにとどまっておってもらいたいだけだ。おまえからも、あの母親に会いに行けだのなんだの言われたくはない」伯爵はそう言って、また少し眉をしかめた。

「でもね、以前ほど憎悪している感じではなくなっていたわ。それははっきり伝わってきたわね」あとで、レディ・ロリデイルはサー・ハリーにそう話した。「それに、兄もずいぶん変わったわ。信じられないかもしれないけれど、ハリー、兄は人間らしくなってきているように、わたくしには見えるわ。それもこれも、あの無邪気で愛情いっぱいの子供を愛するようになったがゆえの変化にほかならないでしょうね。あの子、ほんとうにお兄さまのことを愛しているみたい。お兄さまの安楽椅子にあんなふうによりかかって、お兄さまの膝にくっついて。お兄さまの息子たちだったら、トラに擦り寄るも同然だと思ったでしょうに」

そのすぐ翌日、レディ・ロリデイルはエロル夫人を訪ねた。そして、もどってきたあと、兄にこう話した。

「モリニュー、あんなすてきな方には会ったことがないわ！　あの方、銀の鈴を鳴らすような声でお話しなさるのよ。フォントルロイ卿がいい子に育ったのは、あのお母さまのおかげね。あの方が子供に与えたのは、美しさだけではないわ。お兄さまも、ぜひ、あの方をお城に招いて教育しなおしてもらったほうがよろしいんじゃなくて？　わたくし、あの方をロリデイルにお招きしようと思うの」

「子供を置いては行かんだろう」伯爵が答えた。

「じゃあ、子供のほうもご招待しなくちゃね」レディ・ロリデイルが笑いながら言った。

しかし、伯爵がフォントルロイ卿を手放さないだろうということは、レディ・ロリデイルにもわかっていた。伯爵とフォントルロイ卿がどれほど親密な絆を育てているかを、レディ・ロリデイルも日ごとに目のあたりにすることになった。プライドが高くいかめしい老伯爵の野心も希望も愛情も、すべてがフォントルロイ卿を中心にして回り、温かく無邪気な性格のフォントルロイ卿がこれ以上ない信頼と誠実さをもって老伯爵の愛情に応えているのが見て取れた。

今回の大晩餐会の最大の目的が孫息子であり跡継ぎであるフォントルロイ卿を世間にお披露目したいという伯爵のひそかなる願望にあることも、レディ・ロリデイルは見抜いていた。これほど人々に噂され話題になっているフォントルロイ卿であるが、実際には噂よりもはるかによくできた子供であることを世間に見せつけてやりたい、と伯爵はひそかに考えていたのだった。

「ベヴィスとモーリスは、親の顔をさんざんにつぶしたから」レディ・ロリデイルは夫君に話した。「そのことを知らない人はいないわ。兄は二人の子供たちを憎んでいたものよ。今回は兄も大いばりできるわね」おそらく、晩餐会への出席を決めた人々は誰もが小さなフォントルロイ卿に好奇心を抱き、晩餐会でお披露目があるだろうかと思いながらドリンコート城へやってきたに違いない。

そして、はたせるかな、大晩餐会の席でフォントルロイ卿はお披露目されることになった。

「あの子は行儀がいい」老伯爵は言った。「邪魔にはならんだろう。子供なんぞはだいたいが馬鹿か辟易するかのどちらかだが――うちの息子たちは、その両方だった――あの子は何か聞かれればちゃんと答えられるし、話しかけられなければおとなしく黙っていることができる。大人の邪魔になるような真似はしない」

しかし、フォントルロイ卿が黙ったまま過ごすことはなかった。誰もがフォントルロイ卿に声をかけたがったのだ。じっさい、大人たちはフォントルロイ卿に話をさせたくてうずうずしていた。貴婦人たちはフォントルロイ卿をちやほやしてあれこれ質問ぜめにし、紳士たちも、大西洋を渡る汽船の上でそうだったように、フォントルロイ卿にいろいろ質問をしたりジョークを投げかけたりした。大人の質問に答えると、ときどき皆が声をあげて笑うのだが、フォントルロイ卿にはどうしてなのかよくわからないときが多かった。しかし、自分が大真面目で答えているときに大人がおもしろそうに聞いているという状況には慣れていたので、あまり気にはしなかった。フォントルロイ卿は晩餐会をおおいに楽しんだ。煌々と照らしだされた大広間、あちこちに飾りつけられた花々、楽しげな紳士たち、すばらしく美しいドレスに身を包み髪や首にキラキラ光る飾りをつけた貴婦人たち。その中に一人、若い貴婦人がいた。大人たちの話からすると、その貴婦人はロンドンでの「社交シーズン」を終えてきたばかりらしかった。その貴婦人があまりに魅力的だったので、セドリックはついその人ばかりを見つめてしまった。その若い貴婦人はすらりと背が高く、気高く美しい顔をきりりと上げ、とても柔らかそうな黒髪に紫色のパンジーのような色の大きな瞳をしていて、頬やくちびるはバラのように紅がさしていた。そして美しい白いドレスを着こなし、首に真珠のネックレスをつけていた。ただひとつ、この若き貴婦人については不思議なことがあった。彼女を取り囲むようにたくさんの紳士たちが立ち、皆なんとか彼女のお気に入りになりたいと思っているようなのだ。フォントルロイ卿はこの若き貴婦人は王女様のような人なのかしらと思った。その人のことが気になって、気になって、フォントルロイ卿は知らず知らずのうちにだんだんその人に近づいていき、とうとうその人がふりむいてフォントルロイ卿に声をかけた。

「こちらへおいでなさいな、フォントルロイ卿」若き貴婦人がほほえんで言った。「なぜそんなにわたくしを見つめていらっしゃるのか、教えてくださいな」

「あなたのことを、なんて美しい人なのだろうと思っていたのです」若きフォントルロイ卿は答えた。

すると、その場にいた紳士たちがいっせいに大笑いし、若き貴婦人も少し笑って、バラ色の頰をいっそう赤らめた。

「ああ、フォントルロイ卿」と、なかでもいちばん大笑いしていた紳士が言った。「いまのうちですぞ！　もっと大きくなったら、そんな大胆なことは言えなくなりますからな」

「だって、そう言わずにはいられないんだもの」フォントルロイ卿がかわいらしい口調で言った。「おじさまは、言わずにいられるのですか？　この人が美しいと思わないの？」

「おじさんたちはね、思っても口に出すわけにはいかないんだよ」そう紳士が答え、ほかの紳士たちがさらに大笑いした。

しかし、若く美しい貴婦人は——ミス・ヴィヴィアン・ハーバートという名前だった——手を伸ばしてセドリックを自分のそばに抱き寄せ、またいちだんと美しい表情で言った。

「フォントルロイ卿は、思ったままをお口になさってよろしいのよ。わたくし、とてもうれしゅうございますわ。フォントルロイ卿はきっと本心をお口になさったのだと思いますもの」そして、ミス・ヴィヴィアンはフォントルロイ卿の頬にキスをした。

「ぼく、これまで会ったことのあるどんな人よりも、あなたのほうがきれいだと思います」フォントルロイ卿は無邪気なうっとりした眼差しでミス・ヴィヴィアンを見つめて言った。「〈最愛のきみ〉だけは別ですけど。もちろん、〈最愛のきみ〉みたいにきれいな人なんて、考えられません。ぼく、〈最愛のきみ〉は世界でいちばんきれいな人だと思うんです」

「ええ、そうでしょうとも」ミス・ヴィヴィアン・ハーバートはそう言って笑い、またフォントルロイ卿の頰にキスをした。

その晩、ほとんどずっと、ミス・ヴィヴィアンはフォントルロイ卿を放さなかった。二人は陽気な紳士たちに囲まれて過ごした。気がついてみれば、フォントルロイ卿は周囲の紳士たちにアメリカのこと、共和党大会のこと、ホッブズさんのこと、ディックのことをしゃべっていた。そして最後に、ディックにもらったお別れの品をポケットから自慢げに取り出して見せた。赤い絹のハンカチである。

「今夜は、これをポケットに入れてきたんです。パーティーだから」フォントルロイ卿は言った。「パーティーでこれを身につけていたら、ディックが喜ぶだろうと思って」

真っ赤な地に派手な模様のついた大きなハンカチはいささか場違いに見えたけれども、フォントルロイ卿の目には真剣な愛情あふれる光が宿り、それを見た周囲の人々は大笑いを思いとどまった。

「ぼくね、これが好きなんです。だって、ディックはぼくの友だちだから」フォントルロイ卿が言った。

フォントルロイ卿に話しかける人はたくさんいたが、老伯爵が言ったとおり、フォントルロイ卿が大人たちの邪魔になるようなことはなかった。ほかの人たちが話しているときは、フォントルロイ卿はおとなしく聞いていたから、この子供の存在をうっとうしく思う人はいなかった。何度かフォントルロイ卿が祖父のそばへ行って椅子の脇に立ち、あるいは近くの足のせ台に腰をおろして、心酔した眼差しで祖父を見つめながら一言一言を聞き取ろうとする姿を見て、遠慮がちにほほえむ人たちもいた。一度など、フォントルロイ卿が椅子にぴったりくっついて立ったので、かわいらしい頬が老伯爵の肩に触れる形になり、その姿を見守る人たちのほほえみに気づいた伯爵が自分でも頬をゆるめる場面もあった。自分とフォントルロイ卿の姿を眺めている人たちが何を考えているか、老伯爵にはわかっていた。どうせフォントルロイ卿も世間なみに老伯爵を嫌っているのだろうと思っていた人々に対して、自分とフォントルロイ卿の親密さを見せつけてやれたことを、伯爵はひそかにおもしろがっていた。

その日の午後は、ハヴィシャム氏も来ることになっていた。しかし、奇妙なことに、ハヴィシャム氏の到着が遅れていた。ドリンコート城に出入りするようになって以来、何年もの長きにわたって、このようなことはいまだかつて一度もなかった。晩餐会の招待客たちが立ち上がってテーブルの用意された正餐室へ移動しようという段になって、ようやくハヴィシャム氏が到着した。近づいてきたハヴィシャム弁護士を見て、ドリンコート伯爵は驚いた表情になった。ハヴィシャム氏は、慌てているか、でなければ、ひどく動揺しているように見えたのである。老弁護士のにこりともしない鋭い顔が、まぎれもなく青ざめていた。

「厄介なことになりまして」ハヴィシャム氏は小声で伯爵に言った。「その……とんでもないことが……」

約束の時間に遅れたこともさりながら、これほどまでに動揺するというのは、老練なこの弁護士には考えられないことだった。しかし、ハヴィシャム氏が取り乱しているのは明らかだった。晩餐会の席でもハヴィシャム氏はほとんど料理を口にせず、二度か三度、話しかけられたときには、何かほかごとを考えていたかのように驚いた顔を見せた。デザートが出され、フォントルロイ卿が正餐室へはいってくると、ハヴィシャム氏は何度も神経質で不安そうな眼差しをフォントルロイ卿に向けた。フォントルロイ卿もその視線に気づいて、何ごとなのだろうかといぶかった。フォントルロイ卿とハヴィシャム氏は仲良しで、いつもならほほえみを交わす場面だったからだ。しかし、その晩、老弁護士はほほえむことを忘れてしまったように見えた。

実際のところ、ハヴィシャム氏は、その日のうちに老伯爵の耳に入れなければならない不可解で不愉快な知らせのこと以外は考えられなくなっていたのだった。それは伯爵にとって甚大なショックであり、すべてを根底から変えてしまうであろう知らせだった。壮麗な広間に集まったきらびやかな人たち――何よりも老伯爵の椅子のそばにはべる金髪の男児を見たくてやってきたに違いない人たち――を眺めるにつけ、また、誇り高き伯爵とその傍らで笑っている小さなフォントルロイ卿の姿を眺めるにつけ、めったなことでは慌てない老練な弁護士であるにもかかわらず、ハヴィシャム氏はどうしようもないほどの動揺を抑えられなかった。これからあの二人に伝えなければならない知らせは、どれほど痛恨の極みだろう！

延々と続くすばらしい晩餐がどうやって終わったのか、ハヴィシャム氏はよくおぼえていなかった。まるで夢遊病者のように上の空で宴席にすわり、そのあいだ、何度かドリンコート伯爵がけげんな目で自分を見ていることには気づいていた。

しかし、長い晩餐会もようやく終わり、紳士たちが応接室に移動して淑女たちに合流した。[2] 応接室では、フォントルロイ卿がミス・ヴィヴィアン・ハーバート——先のロンドン社交シーズンの名花——と並んでソファにすわっていた。二人は何かの写真を眺めていたようで、応接室のドアが開いたとき、ちょうどフォントルロイ卿がミス・ヴィヴィアンにお礼を言っているところだった。

「とっても優しくしてくれて、ほんとうにありがとう！」フォントルロイ卿はそう言っていた。「ぼく、パーティーは初めてだったの。とっても楽しかったです！」

フォントルロイ卿はこのうえなく楽しい時間を過ごし、紳士たちがふたたびミス・ハーバートのまわりに集まって会話を始めたころには、笑い声のまじる会話につ

2　食事のあと、男性が正餐室にとどまって煙草や酒をたしなんでいるあいだ、女性たちは応接室にひきとる習慣があった。（『図説イングランドのお屋敷　～カントリー・ハウス～』トレヴァー・ヨーク著、村上リコ訳、マール社）

いていこうとするものの、まぶたがだんだん重くなってきた。そして二度、三度とまぶたが閉じそうになり、そこへミス・ハーバートの低く美しい笑い声が聞こえるとハッとして目を開けるのだが、二秒ほどでまた目が閉じてしまう。ぜったいに眠るものかと思っていたにもかかわらず、背中に大きな黄色いサテンのクッションが当たっていたので、それに頭をもたせかけると、やがてとうとうフォントルロイ卿のまぶたは閉じてしまった。そのあとずいぶん時間がたったような気がして、誰かが頰にそっとキスしてくれたのを感じたときにも、目をちゃんと開けることができなかった。キスしてくれたのはミス・ヴィヴィアン・ハーバートで、帰りぎわにフォントルロイ卿にそっと声をかけたのだった。

「おやすみなさい、フォントルロイ卿。ぐっすりおやすみあそばせ」

フォントルロイ卿はうっすらと目を開けて、寝ぼけまなこで「おやすみ……よかった……お目にかかれて……とってもきれい……」とつぶやいたのだが、翌朝にはそんなことはおぼえていなかった。ただ周囲で紳士たちがまた笑い声をあげ、どうして笑うのだろうと思ったことをおぼろげに思い出せるだけだった。

最後の客が帰るとすぐに、暖炉のそばにいたハヴィシャム氏がソファのところへやってきて、眠っている子供を見下ろした。幼いフォントルロイ卿は、気持ちよさそうに眠っていた。組んだ足の片方がソファから落ちかかり、片腕を無造作に頭の上へ投げだし、穏やかに眠っている顔は健康で幸せな子供らしくほんのり上気していた。金髪の髪が黄色いサテンのクッションの上で乱れて波打っている。絵のようにかわいらしい寝姿だった。

ハヴィシャム氏はフォントルロイ卿の寝姿を眺めながら、片手できれいにひげをそったあごをさすっていたが、その顔には悩み疲れた色が浮かんでいた。

「いったい何なのだ、ハヴィシャム？」背後から伯爵がとげとげしい口調で声をかけた。「何かがあったのは、見ればわかる。とんでもないこととは、何なのだ？」

ハヴィシャム氏は依然としてあごをさすりながら、ふりむいた。

「悪い知らせです」ハヴィシャム氏が答えた。「まずいことになりました。最悪の知らせです。こんなことをお伝えしなくてはならないのは、残念です」

晩餐会の最中から、ハヴィシャム氏のようすを見て、すでに伯爵は不安を感じていた。そして、不安なとき、伯爵はいつも怒りっぽくなった。

「なぜ、そんな目でその子を見る！」伯爵はいらいらして叫んだ。「来たときから、ずっとそうだ。まるで……とにかく、ハヴィシャム、なぜおまえはそんな目でその子を見るのだ、不吉な鳥のような目でその子を見下ろして！　そのニュースとやらが、フォントルロイ卿とどんな関係があるというのだ？」

「伯爵」ハヴィシャム氏が口を開いた。「単刀直入に申し上げます。わたしがお伝えする知らせは、ずばりフォントルロイ卿に関係することなのです。この知らせがほんとうだとすれば、わたしたちの目の前で眠っているこの子はフォントルロイ卿ではなく、単にエロル大尉の息子さんということになります。そして、真正なるフォントルロイ卿は伯爵のご長男ベヴィス様のご子息で、いま現在はロンドンの下宿屋に滞在中です」

伯爵は両手に青すじが立つほどの力で椅子の肘掛けを握りしめた。額にも青すじが立っている。怒り狂った老人の顔は、ほとんど土気色になっていた。

「どういうことだ！」伯爵が声をあげた。「正気とは思えん！　誰の作り話だ？」

「作り話だとすれば、じつに巧妙にできた話です」ハヴィシャム氏が答えた。「けさ、ある女性がわたしの事務所を訪ねてきました。その女性の話によれば、ご子息のベヴィス様がその女性と六年前にロンドンで結婚されたのだそうです。結婚証明書を見せてもらいました。結婚して一年後に二人は仲違いをして、ベヴィス様は金をやってその女性と手を切ったのだそうです。その女性には五歳になる息子がいるという話です。その女性はアメリカ人の下層階級で、無学な女です。最近まで、自分の息子にどういった権利があるのかよくわかっていなかったそうで。弁護士に相談しにいったところ、その子が本来ならばフォントルロイ卿を名乗るべき立場にあって、ドリンコート伯爵の地位を継ぐべき者だということが判明したのだそうです。その女は、もちろん、息子の権利を認めよと申し立てております」

黄色いサテンのクッションの上で巻き毛の頭が動いた。半開きの口から、眠りをむさぼる子供の穏やかなため息が長々と漏れ、男児が寝返りを打ったが、寝苦しそうなそぶりや不安なようすはこれっぽっちも見受けられなかった。たったいま自分がフォントルロイ卿の地位を騙るペテン師になりさがったこと、ドリンコート伯爵の地位を継ぐ者ではなくなったことなど、心地よい眠りとはまるで別の世界の物語であるような寝姿だった。寝返りを打って顔が横を向いたぶん、深刻な表情で孫の寝姿を見守る老伯爵の目にバラ色の頬がいっそうよく見えるようになった。老伯爵の整ったいかめしい顔は青ざめ、苦々しい笑みが顔に貼りついたように固まっていた。

「そんな話など信じるものかと言いたいところだが……」伯爵が口を開いた。「下卑た筋の悪い話だけに、ベヴィスのやつがやらかしそうなことだとも思えてくる。いかにもベヴィスのやつらしい。あいつは昔から一家の面汚しだった。昔からできそこないで、嘘つきで、人でなしで悪趣味なクズだった――わしの息子にして跡継ぎのフォントルロイ卿ベヴィスとは、そういうやつだった。相手の女は無学で下品な人間だと言ったな？」

「さようです。自分の名前さえ満足に書けるかどうか」老弁護士が答えた。「教養のかけらもなく、金銭欲丸出しです。とにかく金、金、金、です。下品なりにきれいな顔だちではありますが――」

気難しい老弁護士はそこで言葉を切り、身震いするようなしぐさを見せた。ドリンコート伯爵は額にどす黒い青すじを立て、さらに冷や汗までかいていた。老伯爵はハンカチを取り出して汗を拭った。顔に貼りついた笑みがますます苦々しくひきつった。

「それなのに、わしは、もう一人の女のほうを拒絶した——この子の母親を」（そう言って、伯爵はソファで寝ている子供を指さした。）「わしはこの子の母親を認めなかった。自分の名前くらいは書けるまともな女なのに。これはわしに対する天罰だな」

伯爵はいきなり立ち上がり、部屋の中を行ったり来たり歩きはじめた。激しい言葉や辛辣な言葉が次から次へと飛び出した。怒りと憎悪と痛恨の思いで、伯爵の全身は嵐の暴風にいたぶられる立木のようにもみくちゃにされていた。その激しさは見ているだけで恐ろしくなるような勢いだったが、それでも、憤怒の頂点にあってさえ、伯爵は黄色いサテンのクッションの上で眠っている孫息子の存在を忘れてはいないようで、その子が目をさますほど大きな声は一度も出さなかったことに、ハヴィシャム氏は気づいていた。

「ありうることだ」伯爵は言った。「あの二人は、生まれたときからこの家の面汚しだった！　二人とも、わしは大嫌いだった。むこうも、わしのことが大嫌いだったがな！　なかでもベヴィスは最悪だった。しかし、わしはまだこんな話は信じないぞ！　最後まで争ってやる。それにしても、ベヴィスらしい。あいつのやりそうなことだ！」

そのあと、ふたたび伯爵は怒り狂い、女についてあれこれ質問し、主張の根拠について質問し、部屋の中をいらいらと歩きまわり、怒りを抑えようとするあまり顔色が白くなり、それから紫色になった。

知らせるべきことをすべて話し、最悪の事態を説明したあと、ハヴィシャム氏は心配そうに伯爵のようすを見守った。伯爵はがっくりと気落ちし、憔悴し、別人のようになってしまった。激怒するのが伯爵のからだによくないのはもちろんだが、今回は激怒以外の感情もからんでいるだけに、もっと深刻だった。

とうとう伯爵は足取りをゆるめてソファのほうへもどり、寝ている子のそばに

"Good-night, little Lord Fauntleroy," she said. "Sleep well."

「おやすみなさい、フォントルロイ卿。ぐっすりおやすみあそばせ」

立った。

「わしがいつか子供をかわいがるようになるだろうなどと言われたら、とてもそんなことは信じなかっただろう」伯爵のかすれた声は低く、震えていた。「子供なんぞ、かわいいと思ったことはなかった。とくに、自分の子供たちは。だが、わしはこの子がかわいい。この子もわしのことを好いていてくれる」伯爵は苦々しい笑みを浮かべた。「わしは人から好かれるような人間ではない。昔からそうだった。だが、この子は

わしを好いてくれる。わしを怖がったりしたことは一度もない。いつもわしを信頼してくれる。わしよりも立派な伯爵になっただろうに。間違いなく。ドリンコート伯爵家の誉になっただろうに」

老伯爵は腰をかがめ、一分ほどのあいだ、幸せそうに眠っている子供の顔を見つめていた。げじげじ眉をしかめて怒りに燃える表情だったが、なぜか怒り狂っているようには見えなかった。伯爵は手を伸ばして子供の額に落ちかかった金色の髪をかきあげてやり、それからふりむいて呼び鈴を鳴らした。

いちばん大柄な従僕が姿を見せると、老伯爵はソファを指差して言った。

「その子を」――伯爵の声が少し裏返った――「フォントルロイ卿を、部屋へ運んでやってくれ」

第11章　アメリカでの心配

セドリックがアメリカを離れてドリンコート城へ行ってフォントルロイ卿になり、長年にわたって楽しい時間を共有してきた幼い友と自分とのあいだに大西洋というものが横たわっていることに気づいたとき、ホッブズさんはすっかりしょげてしまった。事実、ホッブズさんは目先のきく男でもなければ、頭のいい男でもなかった。というより、頭の回転が遅く不器用な人間で、知人友人も多くなかった。楽しみを見つけようという気力もとぼしく、実際、娯楽はほとんど知らず、新聞を読んだり商売の勘定をつけたりして過ごすだけだった。店の勘定をつけるのもホップズさんにとっては簡単なことではなく、勘定を合わせるのに長い時間がかかることも少なくなかった。以前は、左右五本ずつの指と石盤と石筆を使って上手に計算することをおぼえた小さなセドリックが店の勘定合わせを手伝うこともあった。それに、セドリックは話を聞くのがとても上手で、新聞に書いてあることに興味があり、ホップズさんと二人で長い時間おしゃべりを楽しみ、独立革命のこと、イギリス軍のこと、選挙のこと、共和党のことなどいろいろ話しあう習慣だったので、セドリックのいなくなったあとホップズさんが店先にぽっかり大きな穴が空いたような気分になったのも無理からぬことであった。はじめのうち、ホップズさんはセドリックが遠くへ行ってしまったことが実感できず、そのうちもどってくるだろうと思っていた。新聞を読んでいて、ふと顔を上げれば、白いスーツに赤い靴下をはいて麦わら帽をあみだにかぶった小さなセドリックが店の入口に立っていて、元気な声で「ホップズさん、こんにちは！　きょうは暑いねえ」と話しかけてくる――そんな気がしていた。しかし、日々が過ぎ、思い描いた再会の場面が訪れないのを悟ると、ホッブズさんはすっかり気落ちして、落ち着かなくなった。新聞を読んでも、前ほどおもしろく思えなかった。ホッブズさんは読み終えた新聞を膝の上に置き、そのまま長いこと背の高い丸椅子を見つめて過ごした。丸椅子の長い脚には、ところどころに傷がついていて、それを見るとホッブズさんは心がふさいでしまうのだった。丸椅子の傷は、将来のドリンコート伯爵が椅子の脚をかかとで蹴とばしながらおしゃべりしていたときにつけたものだった。若き伯爵といえども、すわっている椅子の脚を蹴とばしたりするものらしかった。高貴な血筋や名高い家系をもってしても、そういう癖は防ぎようのないものらしい。丸椅子の傷を眺めたあと、ホッブズさんは金時計を取り出して蓋を開け、刻まれた文字を見つめる。「旧友フォントルロイ卿より、ホッブズ氏へ。これを見て、ぼくを想って」。しばらく金時計を見つめたあと、ホッブズさんはパチンと音をたてて蓋を閉め、ため息をついて立ち上がり、店の戸口まで出ていって、そこにたたずむ。ジャガイモの箱とリンゴの樽のあいだに。そして、通りを見わたすのだ。夜には、店を閉めたあと、パイプに火をつけて歩道をのろのろと歩いていき、セドリックが住んでいた家の前で立ち止まる。家には「貸家」の看板がかかっていた。ホッブズさんは家の前まで行って、窓を見上げ、首を振って、ひとしきり盛大にパイプを吹かし、それからまた悲しげな足取りで店にもどるのだった。

こんなことが二、三週間も続いたあと、ホッブズさんの頭に新しいアイデアが浮かんだ。もともと頭の回転が遅くて生気に乏しい人間なので、ホッブズさんが新しいアイデアを思いつくにはいつも長い時間がかかった。それにだいたい、ホッブズさんは新しいアイデアよりもそれまでどおりの古いやり方のほうを好むタイプだった。しかし、二、三週間がたち、そのあいだ事態が好転するどころかだんだん悪くなっていく一方だったので、さしものホッブズさんも少しずつ慎重に新しい計画を考えはじめた。そうだ、ディックに会いに行こう……。結論に至るまでにものすごくたくさんパイプを吹かしたが、ともかく結論は出た。そうだ、ディックに会いに行こう……。ディックのことなら、何でもわかっている。セドリックからいろいろ聞いていたからだ。ディックといろんな思い出話をすれば少しは気も晴れるだろう、とホッブズさんは思った。

そんなわけで、ある日、ディックが客の靴を一所懸命に磨いているところへ、肉のだぶついた顔にはげ頭のずんぐりした男がやってきて歩道に足を止め、靴磨きの看板を二、三分もじっくりと見つめた。看板には、こんな文句が書いてあった。

　　靴磨き　ディック・ティプトン親方
　　天下一品の仕上がり

男がいつまでも看板を見つめているのにディックが気づき、客の靴を仕上げたところで声をかけた。

「だんな、靴、磨きますか?」

背の低い男はのろのろと近づいてきて、足のせ台に足を置いた。

「ああ、頼もうか」

ディックが靴磨きにとりかかると、ずんぐりした男はディックを見て看板に目をやり、看板を見てディックに視線をもどした。
「この看板、どこで手に入れたんだ?」
「友だちがくれたんっす」ディックが答えた。「ちっこい子だけど、この店の構えを
ぜんぶ、その子がくれたんっす。あんないいやつ、いないっすよ。いまはイギリスへ
行っちまいましたけどね。ナントカ卿ってやつになるとか言って」
「何卿だったかな……、ええと、何卿って言ったか……」ホッブズさんがのろのろ
と言葉を探した。「フォントルロイ卿、だったか。ドリンコート伯爵になる、と
言っておったかな?」
ディックは靴ブラシを落っことしそうになった。
「あれっ、だんな! あの子を知ってるんすか?」
「生まれたときから知っとるさ」ホッブズさんが額の汗を拭きながら答えた。「あの
子が生まれたときからの知り合いだ。そう、生まれたときからのな」
ホッブズさんはひどくどぎまぎしながらポケットに入れていた上等の金時計を取
り出し、蓋を開けてケースの内側をディックに見せた。

「『これを見て、ぼくを想って』」ホッブズさんはケースに刻まれた文章を読んで聞かせた。「別れるときに記念にもらったんだ。『ぼくのこと、忘れないでね』なんて言ってよ。忘れるはずないじゃないか」ホッブズさんは首を振りながら続けた。「金時計なんかくれなくたって。二度と会えなくたって。あんなにいい相棒は、誰だって忘れるはずがない」

「おいらも、あんないいやつは見たことないっす」ディックが言った。「それに、あいつの根性ときたら。あんな根性のあるチビは、いないっすよ。おいら、あいつのこと、いっぱい思い出しちまって。いい友だちだったし。会った最初っから相棒みたいなもんだったから、あいつとおいらは。おいら、あいつのボールを駅馬車の下から拾ってやったんすよ。それを、あいつ、ずっとおぼえててくれて。お袋さんや乳母に連れられてここを通りかかるたんびに、でっかい声で『やあ、ディック！』って言ってくれて。まるで身長が一八〇センチもあろうかって一丁前の男みたいに。こーんなちっこくて、まだ女の子の服着せられてた時分から。いっつも明るくて、こっちがいろいろあってへこんでるときなんか、あいつと話すと気分がマシになったもんっす」

「そうだな」ホッブズさんが言った。「あんないい子を伯爵にしちまうなんて、もったいない。雑貨商なら、ピカイチになれたのに——乾物屋でも。ったくよう、ピカイチになれたのに！」ホッブズさんは、残念でたまらないというように首を振った。

話がはずんで、いちどきには話しきれなかったので、翌日の夜、ディックがホッブズさんの店を訪ねて話をすることになった。ディックにとっては、うれしい誘いだった。ディックは小さいころからずっと街頭で寝起きする身だったが、不良ではなかったので、心の中ではいつももっとましな暮らしをしたいと望んでいた。靴磨きの親方になって自分で稼げるようになってからは、街の通りではなく屋根の下で寝られるようになったが、そうなってみると、いずれもう一段いい生活をしてみたいと思うようになった。だから、街角に店を構えて荷馬車まで所有しているしっかりした立派な人の家に招かれるなんて、ディックにとってはすごく大きなことだったのである。

「伯爵とかお城なんかのことで、何か知ってるか？」ホッブズさんが尋ねた。「もっと詳しいことをいろいろ知りたいんだ」

「『ペニー・ストーリー・ガゼット』[1]にそういう人たちの話が載ってますよ」ディックが言った。「『王冠の犯罪、メイ伯爵夫人の復讐』とかいう記事。おもしろいっすよ。おいらの仲間でそういう新聞を取ってるやつがいるんです」

「うちへ来るときに持ってきてくれ」ホッブズさんが言った。「わしが代金を払うから。伯爵の話が載ってるやつなら何でもぜんぶ持ってきてくれ。伯爵のがなかったら、侯爵でも公爵でもいい。あの子はコウシャクってなことは一度も言わなんだがな。冠の話もちっとはしたんだが、わしはそういうもんを見たことがなくてな。ここらあたりの店には置いてないらしい」

「もしかしたら、ティファニー[2]あたりならあるかもしんないすけど」ディックが言った。「見ても、おいらにゃわかんねえかもな」

ホッブズさんは、自分だって見てもわからないかもしれない、ということは言わず、

1　ペニーは一セント。安売りの新聞。実在の名前ではないらしい。
2　アメリカの宝飾店。一八三七年創業。

ただ重々しく首を振るだけにしておいた。

「ここらじゃ、そういうものは引き合いがないんだろうよ」それで、その話はおしまいになった。

こうして、二人は親しく付き合うようになった。ディックが店を訪ねてきた夜、ホッブズさんはおおいに歓待した。ホッブズさんはディックをリンゴ樽のわきにあるドアに寄せかけた椅子にすわらせ、ディックが腰をおちつけると、パイプを持った手をリンゴのほうへしゃくって、「いいだけ食べな」と声をかけた。

それからホッブズさんはゴシップ記事の載った新聞に目を落とし、そのあと二人で新聞を読んでイギリスの貴族社会について話しあった。ホッブズさんはさかんにパイプを吹かし、何度も首を振った。いちばん盛大に首を振ったのは、脚に傷跡のある背の高い丸椅子を指さして、こう言ったときだった。

「これがあの子の蹴った跡だ」ホッブズさんは厳粛な口ぶりで言った。「あの子の蹴った跡だ。わしはここにすわって、何時間もこれを見ておるんだよ。この世はいいこともありゃ、悪いこともある。あの子はそこにすわって、箱にはいったクラッカーを頬ばっとった。樽からリンゴを取って食っちゃ、芯を外の通りに投げとった。それがどうだ、いまじゃお城に住むフォントルロイ卿さ。だから、こいつはフォントルロイ卿が蹴った跡だ。いつかは伯爵様が蹴った跡にならあね。ときどき、口から言葉が出ちまうよ、『いやはや、おったまげたな』ってな」

ディックを相手にひとしきり思い出話をすると、ホッブズさんはずいぶん心が安らいだようだった。ディックが帰る前に、二人は店の奥の小部屋で夕食を共にした。クラッカーと、チーズと、イワシの缶詰と、店から取ってきたいろいろな缶詰と。そして、ホッブズさんが厳粛な面持ちでジンジャーエールを二びん開け、それを二つのグラスに注いで、乾杯した。

「あの子に乾杯！」ホッブズさんがグラスを高く掲げた。「伯爵だか侯爵だか知らんが、連中の目にもの見せてやるがいい！」

その夜をきっかけに二人はしょっちゅう顔を合わせるようになり、ホッブズさんは以前より心が安まり、わびしさが薄れた。ホッブズさんとディックは『ペニー・ストーリー・ガゼット』を読み、それ以外にもあれやこれや興味をそそるものを読み、貴族や上流階級のことに詳しくなって、蔑みの対象にされた貴族の人たちが聞いたらさぞ驚くに違いないような知識をいろいろ仕入れた。ある日、ホッブズさんは下町の本屋へ出かけた。ほかでもない、ディックと二人で読む本を手に入れようと思ったのである。ホッブズさんは店のカウンターによりかかり、店員に声をかけた。

「伯爵のことを書いてある本が欲しいんだが」

「何ですって⁉」店員が聞きかえした。

「伯爵のことを書いた本だよ」雑貨屋の店主はくりかえした。

「申し訳ございませんが」店員が奇妙な顔をして言った。「そのような本はございません」

「ない？」ホッブズさんは不安げな顔になった。「じゃあ、侯爵でもいい。公爵でもいいんだが」

「そのような本は、心当たりがございませんねえ」店員が答えた。

ホッブズさんは困ってしまい、床を見つめたあと、顔を上げた。

「女の伯爵の本もないのかね？」ホッブズさんは聞いた。

「すみません」店員が笑みを浮かべて答えた。

「いやはや、おったまげたな！」ホッブズさんが声をあげた。

ホッブズさんが書店から出ようとしていたところに、店員が声をかけて呼びもどし、貴族が主人公の話ならばございますがいかがでしょう、と言った。ホッブズさんは、それでもいいと答えた。伯爵について書かれた専門書がないのならば。というわけで、店員はホッブズさんにハリソン・エインズワースという人が書いた『ロンドン塔』という本を売った。ホッブズさんはその本を持って家に帰った。

ディックが訪ねてきた日、二人はその本を読みはじめた。わくわくする話で、舞台は「血まみれメアリー」の異名を取るイギリス女王メアリー一世[3]の治世だった。メアリー一世がしょっちゅう人の首をちょん切ったり、拷問にかけたり、火あぶりにしたりしていたのを読んで、ホッブズさんはひどく興奮した。ホッブズさんはくわえていたパイプを口から離し、ディックを見つめて、ついには赤いハンカチで眉の上の汗

3　在位一五五三年～五八年。新教徒を迫害した。

ホッブズさんはひどく興奮した。

を拭わなければならなかった。

「えらいことだ、あの子が危ない！」ホッブズさんは言った。「あの子が危ないぞ！　玉座に陣取っておる女どもがそんなことを命令できるなら、いまこのときにだって、あの子の身に何が起こっとるか知れたもんじゃない。たいへんだ、あの子が危ない！　ああいう女を怒らせたら、誰だって命が危ないぞ！」

「でもさあ」ディックは、自分も少し心配顔になりながら、反論した。「こいつは、いまあの国を牛耳ってる女とは違うんじゃないんすか？　いまの親玉はヴィクトリー[4]とかって名前で、この本に出てくるのはメアリーって名前っすよ？」

「そりゃそうだな」ホッブズさんが、あいかわらず額の汗を拭いながら言った。「たしかに、そうだ。それに、新聞にゃ拷問台だの、親指をねじで締める責め具だの、火あぶりだのの話は出ておらんし。だけど、それでも、むこうでそういうへんてこな連中といっしょにおるんじゃ、あの子が危ないんじゃないか。だってよ、聞くところ

4　ヴィクトリア女王。

じゃ、連中は七月四日も祝わないって話じゃないか」

何日ものあいだ、ホッブズさんは心にひそかな不安を抱いたまま過ごしていた。しかし、そこへフォントルロイ卿からの手紙が届き、それを自分一人で何度も読みかえし、ディックにも何度も読んで聞かせ、同じころにディックが受け取った手紙も読ませてもらって、ようやくホッブズさんも心が落ち着いた。

二人とも、フォントルロイ卿から届いた手紙をおおいに楽しんだ。何度も何度も読みかえし、二人で手紙の話をし、一言一句まで味わった。そして、何日もかけて返事を書き、受け取った手紙と同じくらい何度も自分たちが書いた手紙を読みかえして楽しんだ。

ディックにとって、手紙を書くのは容易いことではなかった。読み書きは、兄といっしょに暮らしていたころ、夜学に二、三カ月通って習っただけだった。しかし、もともと頭のいい少年だったので、わずかな教育期間でできるだけのことを学び、それ以降は新聞に出ている言葉を手本にしてちびたチョークで歩道や壁や塀に字を書いて言葉をおぼえた。ディックは自分のそれまでの人生のことや兄のことをぜんぶホッブズさんに話した。母親が死んだあと、兄が、まだ小さかったディックの面倒をよく見てくれたこと。父親は母親よりだいぶん前に亡くなったこと。ディックの兄はベンという名前で、ディックが大きくなって新聞を売ったり使い走りができるようになるまで、できるかぎりのことをして育ててくれた。二人はいっしょに暮らし、そのうちにベンは苦労しながら店の売り子として一人前にやっていけるようになった。

「そしたら、だよ」ディックがいまいましそうに声を荒らげた。「へんな女と結婚しやがってさ！ すっかりのぼせあがって、頭がバカになっちまったんすよ！ その女と結婚して、よその家の奥の二部屋を間借りして所帯を持ったんすけど、その女ってのがとんでもねえ女で。凶暴なオオヤマネコっすよ。怒らせると何でもかんでもぶっ壊すんだ。そんでもって、四六時中怒りまくってやがるときた。そんでまた、子供がその女とそっくりでさ。昼も夜もギャンギャン泣きやがる！ そいつの子守りをさせられたのが、おいらなんすよ。そんで、子供が泣くと、その女がおいらにものを

5 アメリカ合衆国の独立記念日。

投げつける。いちどなんか、おいらに皿を投げつけたんだけど、そいつが赤ん坊に当たっちまってさ、あごのとこが切れたんだ。医者の話じゃ、一生傷が残るだろう、って。たいした母親だよ！　頭どうかしてるぜ！　けど、ベンとおいらと子供と三人のときは、楽しかったな。ベンの稼ぎが悪いって女が怒るもんで、とうとうベンは友だちと二人で西部へ行って、牧場を始めることにしたんっす。で、ベンが出てって一週間もしねえうちに、ある晩、おいらが新聞売りから帰ってきたら、住んでた部屋に鍵がかかってて、中はもぬけの殻。家主のおばさんが言うにゃ、ミナは出ていった、って。トンズラこきやがったんだ。聞いた話じゃ、海を渡って、同じように赤ん坊のいるどっかのうちで乳母になったとか。それっきり、音沙汰なし。ベンのとこにも。おいらだったら、未練なんかこれっぽっちもないけどな。ベンも同じだったと思うけど。でも、はじめのうちは、ずいぶん未練たらたらだったな。惚れた弱みってやつだね。ま、なかなかの美人だったからな。きれいな服着て、怒ってねえときはね。でっかい黒い目して、黒い髪が膝まであって、そいつを腕みてえな太さに編んで頭にぐるぐる巻きつけてた。そんでもって、目力が半端じゃなかった。イタリア系の血がまじってるって話っす。母親だか父親だかが、そっちのほうの人だったらしい。それで、変わった顔してたんだな。それにしても、あの女は食わせもんだった。間違いない!」

ディックはよくホッブズさんにミナのことや兄のベンの話をした。ベンは西部へ行ってからディックに一度か二度ばかり手紙をよこしただけだった。

その後もベンは運に恵まれず、あちらこちらと渡り歩いたが、ようやくカリフォルニアの牧場に腰を落ち着けて、ディックがホッブズさんと知りあったときにはカリフォルニアで働いていた。

「あの女のせいで、ベンは腑抜けみたいになっちまって」ある日、ディックが言った。「おいら、ときどき、兄貴のことがかわいそうになる……」

二人は店の戸口のところに並んですわり、ホッブズさんはパイプにタバコの葉を詰めていた。

「結婚なんぞしなけりゃよかったんだ」まじめくさった顔でそう言って、ホッブズさんはマッチを取りに立ち上がった。「女なんぞ、何の役に立つのか、わしにはさっぱりわからんよ」

マッチを箱から取り出したときに、ホッブズさんは手を止めて、カウンターの上を見た。

「おや！　手紙が来とるじゃないか！　さっきは気がつかんかったが。わしの知らんうちに郵便配達が置いていったのかな。それとも、上に新聞が重なっちまって気がつかんかったのか」

ホッブズさんは手紙を取り上げて、しげしげと眺めた。

「あの子からだ！」ホッブズさんが声をあげた。「誰からかと思ったら！」

ホッブズさんはパイプのことをすっかり忘れ、大興奮で椅子のところまでもどってきてポケットナイフを取り出し、手紙の封を切った。

「こんどはどんな知らせかな？」

ホッブズさんは便箋を広げて読みはじめた。

ドリンコート城にて

しんあいなるホッブズさま

ぼく大急ぎでこの手紙をかいていますちょっとへんなことをお知らせしようと思ってきっと聞いたらびっくりすると思います、しんあいなるお友だちのホッブズさん。ぜんぶまちがいでぼくはフォントルロイきょうじゃなくて伯しゃくにもなりませんぼくの死んだべびすおじさまとけっこんしてた女の人がいてその人には小さい男の子がいてその子がフォントルロイきょうですイギリスではそういうきまりになっているから伯しゃくのいちばん上の男の子のむすこが伯しゃくになります、もしほかのみんなが死んでたらつまりお父さまもおじいさまも死んでたらってことですぼくのおじいさまは死んでないけどべびすおじさまは死んでてだからそのむすこがフォントルロイきょうでぼくはフォントルロイきょうじゃないのぼくのお父さまはいちばん下の子どもだからそれでぼくの名まえはニューヨークにいたときみたいにセドリック・エロルで何もかもはそのもう一人の男の子のものになりますはじめポニーとにぐるまもその子にあげなくちゃだめかと思ったけどそんなことしなくていいとおじいさまが言いましたおじいさまはすごくがっかりでその女の人がきらいみたいだけど〈最愛のきみ〉とぼくが伯しゃくになれなくてがっかりしてると思ってるみたいですぼくはじめに思ってたより今のほうが伯しゃくになりたいですなぜかとゆうとここはきれいなお城だしみんなのことがとってもすきだしお金がたくさんあったらいろんなことができるからぼくは今お金もちじゃありませんなぜかとゆうとぼくのお父さまはすえっ子だからあまりお金もちじゃないからですぼくは〈最愛のきみ〉のめんどうを見れるようにしごとをおぼえようと思いますそれでウィルキンズに馬のせわのしかたをおそわっていますたぶん馬丁かぎょしゃならなれるんじゃないかな。女の人は男の子をつれてお城に来ておじいさまとハヴィシャムさんが女の人と話しました女の人はおこってたと思います大きな声で言ってたからぼくのおじいさまもおこっていましたおじいさまがおこるとこを見たのははじめてですみんな頭がおかしくならないといいんだけどホッブズさんとディックにはすぐに知らせようと思いました気になるだろうから今のところこれだけですあいをこめて

あなたの旧友　セドリック・エロル

（フォントルロイきょうではありません）

ホッブズさんはどっかりと椅子にすわりこんでしまい、手紙が膝の上に落ち、ペンナイフは床に落ち、封筒も床に落ちた。

「いや、こりゃ……ぶったまげたわい！」

ホッブズさんは呆然としてしまって、びっくりしたときの決まり文句まで変わってしまった。いつもは「いやはや、おったまげたな」と言うのが口癖なのだが、今回は「いや、こりゃ、ぶったまげたわい」と言ったのだ。おそらく、ほんとうにたまげてしまったのだろう。真相はわからないが。

「あーあ、これで何もかもおじゃんっすね」ディックが言った。

「おじゃんだと！」ホッブズさんが言った。「わしの考えじゃ、これはイギリスの貴族どもが仕組んだ話だと思う。あの子から権利を奪うために。あの子がアメリカ人だから。連中は、独立戦争からこっち、ずっとわしらを恨んでやがるんだ。そんで、あの子を相手に腹いせしようとしとるんだろう。言っただろうが、あの子が危ないって。ほら見たこっちゃない！　おそらく、むこうは国をあげてあの子から正当な権利をむしり取ろうとしとるんだろうよ」

ホッブズさんは、すっかり取り乱していた。もともと、セドリックの身に起こった変化については危惧していたのだが、最近はそれでも多少は納得するようになって、セドリックから手紙が届いてからは若き友人の大出世にひそかな誇りを感じたりもしていたところだった。伯爵というものに対してはあまり好意的ではなかったが、アメリカにおいても金は無いよりあったほうがいいものだし、伝え聞くような富と威光がセドリックの地位について回るものなら、それを失うのは痛手に違いないと考えた。

「連中はあの子から奪い取ろうとしておるんだ！」ホッブズさんは言った。「そうに違いない。金のある者があの

子を守ってやらにゃならん」

ホッブズさんはディックを夜ずいぶん遅くまで引きとめてこのことを話しこみ、帰っていくディックを通りの角まで送っていって、帰りに空き家になった家の前でしばらく足を止めて「貸家」の看板を見つめ、波立つ心を抱えたままパイプを吹かしたのだった。

第12章　相続を争う母子

ドリンコート城での晩餐会からわずか数日後には、およそ新聞というものに目を通す習慣のあるイギリス人なら誰もがドリンコート城で起こった現実とは思えぬような話を知っていた。詳細がわかってくるとこんなおもしろい話はなかった。まず最初に、フォントルロイ卿となるためにアメリカからイギリスへ連れてこられた小さな男の子がいた。とてもいい子で、顔だちも美しく、またたく間に人々の人気者になった。それから、老伯爵。アメリカから連れてこられた男の子の祖父で、跡継ぎの男の子をそれはそれは誇りに思っていた。そして、故エロル大尉との結婚をいまだに許してもらえていない若くて美しい母親。さらに、故フォントルロイ卿ベヴィスの奇妙な結婚の話。ベヴィスの妻だと名乗る怪しい女の出現。この女についてはほとんど何もわからず、降ってわいたように息子を連れて現れ、その子が本来のフォントルロイ卿であって権利を認めてもらわなければならない、と申し立てた。これらのことが逐一人々の口の端にのぼり、活字になり、たいへんなセンセーションを巻き起こした。さらにそこへ、ドリンコート伯爵がこれに納得せずたぶん法に訴えて対抗することになるだろう、という噂が聞こえてきた。そうなれば、裁判がおおいに見ものである。

アールボロのある州では、いまだかつて人々がこんなに興奮する事件が起こったことはなかった。市の立つ日には、人があちこちで集まっては立ち話に興じ、これからどうなるのだろうと噂しあった。農家のおかみさんたちは、お茶に招いたり招かれたりした席で自分があれこれ耳にした情報を交換しあい、想像した内容を披露しあい、ほかの人たちの頭の中まで想像しては、あることないこと噂しあった。伯爵が激怒した話、伯爵が新しいフォントルロイ卿をぜったいに認めないと息巻いているという話、自分がフォントルロイ卿であると申し立てている男児の母親を伯爵がひどく嫌っている話など、おもしろおかしい秘話が人の口から口へと伝わった。言うまでもなく、いちばんの情報源はミセス・ディブルで、この小間物屋の店主はあちこちで引っぱりだこだった。

「厄介なことになったね」ミセス・ディブルは言った。「あたしの見るところじゃね、奥さん、あんなに若くて優しい母親を子供と引き離した罰が当たったんだと思うよ。伯爵様はあの子のことをあんだけ気に入って、あんなに望みをかけて、あんなに誇りにしてたから、こんなことになって半狂乱さ。それにね、この新しく出てきた女ってのがレディとはとてもじゃないけど呼べない代物でさ、これまでのフォントルロイ卿の母さまとは大違いさ。こんどの女ってのは厚かましい真っ黒な目をした女でね、ミスター・トマスに言わせると、制服を着てるれっきとした使用人なら誰だってこんな女に命令されるほど落ちぶれてたまるか、って思うような女なんだとさ。あんな女を城に入れるくらいなら自分は出ていくって、ミスター・トマスはそう言ってたよ。それに、その女の連れてる男の子ってのが、最初の子とは比べようもないくらいお粗末なんだとさ。これからどうなるのか、どうおさまるのか、見当もつかないね。あたしだって、ジェーンから話を聞いたときには、羽根でなでられただけで倒れそうなくらいびっくり仰天したんだからね」

実際、ドリンコート城の中でも、いたるところで騒ぎになっていた。書斎では伯爵とハヴィシャム氏が話しこんでいたし、使用人部屋ではミスター・トマスや執事やそのほかの男女の召使いたちが一日じゅう噂話に興じていたし、厩舎ではウィルキンズがひどく落ちこんだ顔で仕事をこなし、茶色のポニーをいつもよりずっと念入りに手入れしてやりながら、悲しげな口調で御者に向かって、「あんなに自然に馬を乗りこなす若様はこれまで教えたことがないし、あんなに勇気のある若様も見たことがない。あの若様のお供をするのは楽しかったなあ」とこぼしていた。

しかし、こんな騒動の中で、一人だけ落ち着いている人物がいた。それは、このたびの一件でフォントルロイ卿ではなくなったとされている小さなフォントルロイ卿だった。初めて事態の説明を聞いたとき、たしかに、セドリックもいくぶんかは心配や困惑を感じた。でも、それは大きな野望が潰えたせいで落胆したというわけではなかった。

何が起こったのかを伯爵が説明しているあいだ、セドリックは丸椅子にすわり、興味のある話に耳を傾けるときいつもするように片方の膝を両手で抱いたかっこうで聞いていた。話が終わったとき、セドリックは深刻な顔つきをしていた。「なんか、とってもへんな感じ」セドリックは言った。「なんか……へんな感じがするの」

伯爵は黙ったままセドリックを見ていた。伯爵自身も、言葉にならぬ感情を味わっていた。これまでの人生で感じたことがないような妙な気分だった。そして、いつもあんなに幸せそうな表情を浮かべているセドリックの小さな顔に思い悩んだ影がさしているのを見て、伯爵はなおいっそう言うに言われぬ懊悩に襲われるのだった。

「〈最愛のきみ〉のおうちも取りあげられちゃうの？　馬車も？」セドリックは心配そうに震える声で尋ねた。

「いや！」伯爵がきっぱりと言った。ずいぶん大きな声だった。「何も取りあげさせはしない」

「ああ！　そうなの？」セドリックがあきらかに安堵した声になった。

そして、セドリックは祖父の顔を見上げた。せつない表情の瞳がとても大きく、うるんだような光を宿していた。

「その……もう一人の子……」セドリックは震える声で尋ねた。「その子……こんどは、その子がおじいさまのだいじな子になるの……？　ぼくがだいじな子だったみたいに……？」

「違う！」伯爵が答えた。あまりに激しく大きな声だったので、セドリックがびくっとした。

「違うの？」セドリックは驚いて声をあげた。「違うの？　ぼく……」

いきなりセドリックが丸椅子から立ち上がった。

「ぼく、ずっとおじいさまのだいじな子でいられるの？　伯爵にならなくても？」セドリックは聞いた。「いままでみたいに、だいじな子でいられるの？」上気した幼い顔に、真剣な表情が浮かんでいた。

老伯爵は、万感を込めた目つきでセドリックを頭のてっぺんから足の先まで見つめた。長く伸びたげじげじ眉を寄せ、その眉の下で奥まった瞳に形容しがたい奇妙な光を浮かべて。

「もちろんだとも！」そう答えた老伯爵の声は、信じられないことに、これまた形容しがたい声になっていた。少し震えて裏返ったようなしゃがれ声で、ふだんの伯爵の声とは似ても似つかぬ声だったが、伯爵は前よりいっそう断固とした口調で言い切った。「もちろん、わしが生きておるかぎり、おまえはわしのだいじな子だ。いや、ほんとうのところ、わしにとって、だいじな子はおまえ以外には誰ひとりいなかったような気さえする」

セドリックの顔が髪の生えぎわまで真っ赤になった。安心したのとうれしいのとで、顔に赤みがさしたのだ。セドリックは両手をポケットに深くつっこんで、老伯爵の目をまっすぐ見つめた。

「ほんとう？　だったら、ぼく、伯爵のことなんか、どうでもいいや。ぼく、自分が伯爵になるかどうかなんて、どうでもいいの。ぼくね、その……ぼく……伯爵になる子がおじいさまのだいじな子になるんだと思ってて、それだと、ぼくはなれないと思ったの。それで、とってもへんな感じがしちゃったの」

伯爵はセドリックの肩に手を置いて、セドリックを引き寄せた。

「わしが守っているかぎり、おまえから何も取りあげさせはしない」伯爵は大きく息を吸いこんで、言った。「いまの段階では、まだ、あの者たちがおまえから何かを取りあげることになるとは考えていない。おまえこそは伯爵の地位を継ぐ人間だ。いまでも、わしはそう思っておる。何が起ころうとも、わしがおまえに与えられるものはすべておまえのものだ。すべて！」

老伯爵の決然とした表情と口調は、子供に向かって話をしているというより、自分自身に向かって決意表明しているように聞こえた。実際、そうだったのかもしれない。

それまで、セドリックに対する愛着や誇りが自分の中でどれほど深いものに育っていたか、老伯爵はわかっていなかった。セドリックの優れた能力や性格の良さや目鼻だちの美しさを、いまほどはっきりと意識したこともなかった。もともと頑固な性格の老伯爵にとって、自分がこれほどまでに愛着を抱いたものを諦めるなど、不可能なこと――いや不可能以上にありえないことに思われた。なんとしてもこの子を全力で守り抜く、と伯爵は心に決めた。

ハヴィシャム氏の事務所を訪れてから数日後、自らを「レディ・フォントルロイ」であると名乗る女が子供を連れてドリンコート城にやってきたが、入口で追い返された。従僕から、伯爵は面会しないとおっしゃっておられる、お話は伯爵の弁護士がうかがう、と断られたのである。女にそう言い渡したのは、従僕のトマスだった。このあと、使用人部屋にもどったトマスは、訪ねてきた女についての私見を得々と開陳した。「願わくば、だ」と、トマスは言った。「高貴なお屋敷にこれだけ長くお勤めしてきたからには、一目見りゃレディかどうかの見分けぐらいはつくと言わせてもらいたいね。あれがレディだって言うんなら、俺には女を見る目がないってことよ」

「そこへいくと、コート・ロッジにお住まいの方は」と、トマスはちょっと偉そうに言った。「メリケン人だろうと、メリケン人でなかろうと、あれはちゃんとしたレディだ。誰だって一目でわからぁね。初めてコート・ロッジにうかがったときに、おれはヘンリーにそう言ったもんさ」

女は馬車に乗って帰っていった。そこそこ美人なのに品のない顔は、なかば怯えたように見え、なかば怒り狂っているようにも見えた。ハヴィシャム氏は、その女と面談した際に見抜いていた。その女は怒りっぽく、下品で横柄な態度だが、自分で演じたがっているほど利口でもなければ肝がすわっているわけでもなかった。ときには、自分で仕掛けた話にもかかわらず、身がすくんでしまっているように見えることもあった。こんな抵抗にあうとは思っていなかったようだ。

「見るからに下卑た人物です」ハヴィシャム氏はエロル夫人に言った。「教養はないし、何の取り柄もなさそうですし、わたくしどものような人間と対等に接した経験もなさそうで、身の処し方もわかっていないようです。お城に行ってみて、すっかり怖気づいたようで。激怒してはいましたが、怖気づいていましたね。伯爵は会わないとおっしゃったのですが、わたしはその女が泊まっているドリンコート・アームズへわたしといっしょに行ってごらんになるようお勧めしました。女は、伯爵が部屋にはいってくるのを見て、顔面蒼白になりました。ま、すぐにどなり散らしはじめたのですけれどね。一気に脅しと要求をまくしたてましたよ」

実際には、伯爵はずかずかと部屋にはいっていき、堂々たる貴族の威容を見せつけて、げじげじ眉の下から女をにらみつけたまま一言も声をかけず黙って見下ろしていたのだった。伯爵は女を遠慮なくにらみつけ、まるで胸くその悪い奇天烈な物でも見るかのような目つきで女を頭のてっぺんから足の先までじろじろ眺めた。そして、女がしゃべり疲れるまで要求をしゃべらせておき、そのあいだ自身は一言も発せず、そのあと口を開いてこう言った。

「わしの長男の妻だと言うのだな。もしそれが真実であって、そちらの提示する証拠が十分ならば、法律上はそちらの勝ちになろう。その場合には、そちらの息子が

女がしゃべり疲れるまで要求をしゃべらせておいた。

フォントルロイ卿となる。この件は徹底的に調べさせてもらうから、そのつもりで。そちらの主張が相応と認められた場合には、それなりの対応をさせていただく。わしは死ぬまでそちらの顔など見たくないし、子供の顔も見たくない。残念ながら、わしの死後には、伯爵家にはそちらのような類がのさばることになろうが。まったく、ベヴィスが妻に選びそうな下品な女だ」

それだけ言うと、伯爵は女に背を向け、部屋にはいってきたときと同じように大股で部屋から出ていった。

それから何日もたたずして、ある日、エロル夫人宅に訪問者があった。小さな居間で書きものをしていたエロル夫人のもとに、メイドが興奮した面持ちで知らせにきた。若くて経験の浅いメイドは驚きのあまり目を丸くして、女主人を心配そうな顔で見つめた。

「伯爵様ご本人様がおいでです！」縮みあがったメイドが震える声で告げた。

エロル夫人が応接間へはいっていくと、たいへん背の高い堂々たる風貌の老人がトラの皮の敷物の上に立っていた。整った顔だちはいかめしく、わし鼻の横顔はりりしく、長く白い口ひげをたくわえ、頑固そうな表情をしている。

「エロル夫人かな?」老伯爵が言った。

「はい、そうでございます」

「わしはドリンコート伯爵だ」

老伯爵はそこでいったん口を閉じ、ほとんど無意識に、自分を見上げているエロル夫人の目をのぞきこんだ。その目は、ここ数カ月のあいだ毎日何度も自分を見上げていたあの大きくて愛情あふれるあどけない瞳にそっくりだった。老伯爵の胸に奇妙な感覚がわきあがった。

「あの子はおまえにそっくりだ」老伯爵は無愛想な口調で言った。

「よくそのように言われます」エロル夫人が答えた。「ですけれども、わたくしは、あの子が父親に似ていると言われるのも、うれしゅうございます」

レディ・ロリデイルが言っていたように、エロル夫人の声はとてもかわいらしく、身のこなしはたいへん控えめで上品だった。伯爵にとつぜん訪ねてこられても、少しもうろたえたようすはなかった。

「そうだな。せがれ……にも似ている」老伯爵はそう言って、立派な口ひげに手をやり、強くしごいた。「わしがなぜここへやってきたか、わかるか？」

「ハヴィシャムさんにお目にかかりまして――」エロル夫人が口を開いた。「――例の申し立ての件については、うかがっております」

「その話で来た。先方の主張をしっかり調べて、無効の申し立てをするつもりでおる。可能ならば。これだけは言っておく――あの子のことは、法の及ぶかぎりのことをして守るつもりだ。あの子の権利――」

エロル夫人の静かな声が伯爵の言葉をさえぎった。

「たとえ法によって与えられるものであっても、正当にあの子のものでなければ、それはいただくべきではないと存じます」

「残念ながら、法にはそこまでの力はない」伯爵が言った。「可能ならば、そうしたいところだが。例のけしからぬ女とその息子が――」

「その方も、わたくしがセドリックを大切に思うのと同じように、ご自分の息子さんを大切に思っていらっしゃるのだと存じますわ」小柄なエロル夫人が言った。「もしその方がご長男様の奥様ならば、わたくしの息子ではなく、その方の息子さんがフォントルロイ卿でございますわね」

セドリックと同じで、エロル夫人も老伯爵を少しも怖がらず、セドリックとそっくり同じ眼差しで老伯爵の目を見て話した。それまでずっと暴君としてふるまってきた老伯爵は、心ひそかにエロル夫人の対応を楽しんでいた。ふだん自分に対して異議を唱える者などほとんどいないので、この展開は目新しく、むしろ愉快だった。

「あの子がドリンコート伯爵なんぞにならぬほうがいいと思っておるのだろうな?」

老伯爵はわずかに顔をしかめてみせた。

エロル夫人の若くて色白な顔に朱がさした。

「ドリンコート伯爵になるというのは、たいへんなことです。そのことは、わかっております。ですけれども、何よりあの子に望みたいのは、父親と同じようにつねに勇敢で公正で誠実な人間であってほしい、ということです」

「祖父とはまるっきり逆の人間、ということだな。ん?」老伯爵が冷笑を含んだ声で言った。

「おじいさまのお人柄は、存じあげません」エロル夫人が答えた。「ですけれど、わたくしの息子はあなた様を信じ――」そこでエロル夫人はいったん言葉を切り、穏やかな眼差しで老伯爵を見てから、続けた。「セドリックは、おじいさまを愛しております」

「わしがおまえを城に迎えぬ理由を聞いたら、あの子はわしを愛したと思うか？」伯爵がぶっきらぼうに聞いた。

「いいえ、思いません」エロル夫人が答えた。「ですから、あの子には知らせないでおこうと思ったのです」

「ふむ」老伯爵がそっけない口調で言った。「そういうことを子供に黙っておく母親というのも、珍しいな」

伯爵はいきなり部屋の中をあっちへ行ったりこっちへ来たり歩きはじめ、立派な口ひげをますます乱暴にしごきはじめた。

「そうだ。あの子はわしを好いておる」老伯爵が言った。「わしもあの子がかわいい。これまで、わしは誰かをかわいいと思ったことなどなかった。しかし、わしはあの子がかわいい。あの子のことは、最初から気に入った。わしは年寄りで、人生に飽き飽きしておった。あの子はわしに生きがいを与えてくれた。わしはあの子を自慢に思っておる。いつかドリンコート伯爵家の頂点にあの子が立ってくれると思うと、満足だった」

老伯爵はもとの場所にもどってきて、エロル夫人の前に立った。

「情けない」老伯爵は言った。「まったく情けない気分だ！」

たしかに、そんな表情だった。老伯爵のプライドをもってしても、声の震えと両手の震えを止めることはできないようだった。少しのあいだ、伯爵の奥まった険しい目が涙ぐんだようにさえ見えた。「ここへ会いにきたのは、たぶん、あまりに情けない気分だったからだろう」老伯爵はエロル夫人をにらみつけるようにしながら言った。「わしはおまえを憎んでおった。ねたましく思っておった。だが、今回のみっともない一件があって、考えなおした。わしの長男べヴィスの妻だと主張するあの胸くそ悪い女を見たあとでは、おまえの顔を見れば少しは気分がましになるような気がした。わしはこれまで頑固で愚かな老人だった。おまえにもひどいことをしたと思う。おまえはあの子に似ておる。そして、あの子はわしの人生でいちばん大切なものだ。わしは情けない。ここへ来たのは、おまえがあの子に似ておるから、あの子がおまえを大切に思っておるから、そしてわしがあの子を大切に思っておるからだ。それだけだ。あの子に免じて、わしを悪く思わんでほしい」

老伯爵はほとんど乱暴に聞こえるほどのしゃがれ声で一息にそうしゃべったが、その姿があまりにうちひしがれて見えたので、エロル夫人は心を動かされた。エロル夫人は、そばにあった肘掛け椅子を少し前へ押し出した。

「どうぞ、おかけくださいませ」エロル夫人は優しく美しく同情のこもった口調で老伯爵に話しかけた。「ご心労続きで、とてもお疲れでしょう。おだいじになさらないと」

面と向かって異議を唱えられるのと同じく、こんなふうに優しく飾らない形で声をかけられいたわってもらう経験も、老伯爵にとっては初めてのことだった。またも「あの子」のことが思い出され、老伯爵はエロル夫人に勧められるままに腰をおろした。おそらく、落胆しみじめな思いを味わったことが、頑固な伯爵にはいい薬になったのだろう。こんなにもみじめな気分でなければ、あいかわらずエロル夫人を憎悪していたかもしれないところだったが、この瞬間、老伯爵はエロル夫人からいくばくかの慰めをもらったのだった。例の下品な「レディ・フォントルロイ」に比べれば、何だって好ましく見えただろう。しかも、目の前にいるエロル夫人はとても可憐な顔だちと声で、話し方も身のこなしも美しく上品だった。またたく間に、こうした影響力がそっと魔法のように働いて、老伯爵はそれまでの憂鬱な気分が少しずつ晴れ、エロル夫人と会話を続けた。

「何があろうと、あの子が困るようなことにはさせない」老伯爵は言った。「現在も、将来にわたっても、あの子のことは心配には及ばない」

帰りがけに、老伯爵は部屋を見わたした。

「この家は気に入っているか？」

「はい、とても」エロル夫人が答えた。

「なかなか気持ちのいい部屋だ。またこの件で話をしにきてもよろしいか？」

「いつでもおいでくださいませ」エロル夫人が答えた。

老伯爵（ろうはくしゃく）は家を出て馬車に乗（の）り、帰っていった。御者席（ぎょしゃせき）のトマスとヘンリーは、ことのなりゆきを見てあっけにとられるばかりだった。

"I am miserable" he said. "Miserable!"

「情けない」老伯爵は言った。「まったく情けない気分だ！」

第13章　ディックの救援

もちろん、フォントルロイ卿の話とドリンコート伯爵の苦境がイギリスの新聞で報じられると、間をおかずしてアメリカの新聞各紙もこれを報じるようになった。さらりと片付けるにはおもしろすぎる話題だったし、実際、さまざまな記事が紙面をにぎわした。ずいぶんといろいろな記事が出たので、新聞全紙を買い集めて比較してみるのもおもしろかったかもしれない。ホッブズさんはいろいろな記事を読みすぎて、わけがわからなくなってきた。ある記事では、ホッブズさんの友だちのセドリックがまだほんの乳飲み子として紹介されていた。かと思うと、別の記事では、セドリックはオクスフォード大学で学ぶ青年で、全科目で優等の成績をおさめ、とくにギリシア語の詩作においては目をみはる才能を発揮している、と書かれていた。また別の記事は、セドリックがたいへんな美貌の若い淑女と婚約していて、その淑女はさる公爵の娘だということになっていた。さらにまた、セドリックが結婚したばかりだと報じている記事もあった。実際、新聞に書かれていないのは、セドリックがもうじき八歳になろうとする男の子で、すらりとした足と巻き毛の持ち主である、ということぐらいだった。ある記事によれば、セドリックはドリンコート伯爵とは縁もゆかりもない子供ペテン師である、ニューヨークの街角で新聞を売りながらホームレス生活をしていたところを、伯爵の跡継ぎを探してアメリカへやってきた伯爵家の弁護士にセドリックの母親がつけこんだものだ、と書かれていた。それからこんどは、新たにフォントルロイ卿であると名乗り出た男児とその母親の話が報じられた。母親は素性の知れない流れ者だとする記事、いや女優だと書く記事、ときには美貌のスペイン人であると報じる記事もあった。ただし、どの記事でも、ドリンコート伯爵がこの母親に敵対しているという論調は共通していた。伯爵はなんとしてもこの女の子供を跡継ぎとは認めたくないと考えている、女が提示した書類に若干の怪しむべき点があるため今後に長い裁判が予想される、法廷闘争としては類を見ないおもしろさとなろう、と新聞各紙は書きたてた。ホッブズさんは頭がくらくらするまでいろいろな新聞を読みまくり、夜になるとディックとこの話を論じあった。二人はドリンコート伯爵という地位がどれほど重要なものか、伯爵がどれほど莫大な収入を得ているか、どれほどの土地屋敷を所有しているか、居城がどれほど壮麗な建物であるか、など、いろいろなことを知るようになった。そして、知れば知るほど、二人は気が気でなくなった。

「こりゃ、何とかせにゃならんぞ」ホッブズさんが言った。「あれだけのものを諦める手はない――伯爵であろうと、なかろうと」

しかし、実際には、二人ともセドリックに手紙を書いて変わらぬ友情と同情を伝える以外にできることはなかった。セドリックからの知らせが届くとすぐに、二人は手紙を書いた。そして、書いた手紙をおたがいに見せあって、読んだ。

ホッブズさんが読んだディックの手紙は、こんなふうに書いてあった。

しんあいなる友へ

手がみもらったホッブズさんにもとどいたまずいことになっちまっててえへんだなできるだけがんばれだれにもやられるな。しっかり見はってねえとおまえを食いもんにしようってれん中はいっぱいいるからな。でもとにかくおまえがおいらにしてくれたことはわすれてねえし他にどうしようもなけりゃこっち来ておいらとくんで仕ごとしようぜ。仕ごとはじゅんちょうだしおまえにわるいことするやつがいねえか見はっててやる　おまえをだまそうとする大人どもがいたらまずディック・ティプトンおや方があい手になってやる。とりあえずそんだけ

ディック

ディックが読んだホップズさんの手紙は、こんな文面だった。

拝啓　お便り拝受、ひどいことになった。これは誰かが仕組んだに違いないと思う。そいつらにはギュッと言わせてやらにゃならん。この手紙で二つのことを伝えます。この件は、わしが調べてみるから黙っておいで、わしが弁護士に会ってできるだけのことをするから　それでも最悪のことになって例の伯シャク連中が手におえなくなったときには、いずれ食料品店の共同経営もできるしこっちには家も友だちも待っとるからな

敬具

サイラス・ホップズ

「さて、と」ホップズさんが口を開いた。「あの子が伯爵になりそこなったとしても、おまえさんとわしとで、なんとかしてやれそうだな」

「そうさ」ディックが言った。「おいらはあいつの味方だ。なんたって、あいつはお

いらのとびっきりの贔屓なんだから」

そのまさに翌日、ディックの得意客はおおいに驚くことに遭遇した。その客は若い弁護士で、駆け出しの弁護士の例にもれず貧乏だったが、聡明で精力的な若者で、ウィットに富み、気立ての良い男だった。ディックの靴磨きスタンドのすぐ近くにみすぼらしい事務所を構え、毎朝ディックのところへ靴を磨いてもらいにやってきた。靴にはしょっちゅう穴が空いていたが、若い弁護士はいつもディックに親しい言葉をかけたりジョークを言ったりしていた。

その朝、靴磨きの台に足をのせた弁護士は、写真入りの新聞を手に持っていた。最新のニュースを取り上げる新聞で、話題の人物や事件の写真が載っていた。弁護士はちょうど新聞を読み終わり、靴が磨きあがったところで新聞をディックに渡した。

「ディック、この新聞あげるよ。デルモニコの店で朝めし食うときにでも読んだら？イギリスのお城の写真が載ってるよ。それから、イギリスの伯爵の義理の娘とかいう写真も。なかなかの美人だ。髪の毛がたっぷりあって。でも、なんか騒ぎを起こしてるらしいが。貴族とか上流階級とかの情報も仕入れといたほうがいいんじゃないか、ディック。手始めに、ドリンコート伯爵閣下とレディ・フォントルロイの話なんか、どうだい？　……よお！　どうした？」

　弁護士が言及した写真は新聞の一面を飾っていたのだが、ディックは目と口をぽかんと開けたまま、写真のうちの一枚を見つめていた。はしこそうな少年の顔が興奮のあまり蒼白になっている。

「どうしたんだい、ディック？」若い弁護士が声をかけた。「なんで固まってんの？」

　たしかに、ディックは大事件に遭遇したような顔をしていた。ディックが指さ

した写真には、「申立人の母親（レディ・フォントルロイ）」と説明がついていた。

写真は整った顔だちをした女性で、目が大きく、黒髪を太い三つ編みにして頭にぐるぐる巻きつけていた。

「あいつだ！」ディックが言った。「おいら、この女のこと、旦那よりずっとよく知ってるんです！」

若い弁護士は笑いだした。

「どこで会ったんだい、ディック？ ニューポート？[1] それとも、この前パリに行ったときにでも会ったのかい？」

ディックは笑うどころではなかった。靴など磨いている場合ではない、という勢いで靴ブラシや道具類を片付けはじめた。

「そうじゃなくて、おいら、この女を知ってるんだ！ けさはもう仕事はおしまいだ」

それから五分もたたないうちに、ディックはものすごい勢いで道を駆け抜け、街角のホッブズさんの店へ向かっていた。

新聞を握りしめたディックが店に駆けこんでくるのをカウンター越しに見たホッブズさんは、ひょっとして自分の目がおかしくなったんだろうかと思った。走りづめに走ってきたディックは息を切らしていた。実際、息が切れてしゃべれないので、とりあえず新聞をカウンターの上に放り出した。

「よお！」ホッブズさんが声をかけた。「よお！　そりゃ何だ？」

「見て！」ディックが息を切らしながら言った。「その写真の女！　その女！　そいつ、貴族なんかじゃねえよ、冗談じゃねえ！」ディックは痛烈な侮蔑をこめて吐き捨てた。「そいつはナントカ卿の奥方なんかじゃねえよ。ミナだよ、ぜったい間違いない――ミナだ！　どこで見かけたって、間違えるもんか。ベンだって同じさ。ベンに聞いてみりゃいい」

ホッブズさんは椅子にへなへなとすわりこんでしまった。

「やっぱり誰かが仕組んだ話だったか」ホッブズさんが言った。「そうだろうと思っ

1　アメリカのロードアイランド州の港湾都市。保養地、別荘地として有名。

たよ。あの子がメ、リ、ケ、ン人だから、こんなことしやがったんだ」

「あの女のしわざだ！」ディックが嫌悪もあらわに言った。「あの女だ。あの女がやりやがったんだ。いっつも悪事をたくらんでる女だったから。写真を見た瞬間、おいら、ピンときた。前に読んだ新聞に誰かの手紙が載ってて、そこに子供のことが書いてあって、その子はあごに傷があるって書いてあったのを思い出したんだ。その二つを突き合わしてみなよ、あの女と、あごの傷と！　その子がナントカ卿だなんて、大笑いもいいとこさ！　その子はベンの息子だ。ミナがおいらに皿を投げつけたときに当たってあごをけがしたベンの息子だよ」

ディック・ティプトン親方はもともと頭の切れる少年だったが、大都会の街角で日々の糧を稼ぐうちに、ますます知恵がよく回るようになった。目配り怠りなくつねに機転をきかせることをからだでおぼえたディックにとって、この瞬間の興奮と切迫した空気はさぞ胸の躍るものだったに違いない。この朝のホッブズさんの店先をセドリックがのぞいてみたとしたら、たとえその場で進行中の相談だの計画だのが自分とは別の男の子の運命を左右するものであったとしても、間違いなく興味津々で見守ったことだろう。

ホッブズさんは何とかしなければという思いに押しつぶされそうになり、ディックのほうは張り切ってやる気満々だった。ディックはベンにあてて手紙を書き、新聞に載っていた写真を切り抜いて手紙に同封した。一方のホッブズさんは、セドリックにあてて手紙を書き、さらに伯爵にあててもう一通手紙を書いた。手紙を書いている最中に、ディックの頭に新しい考えが浮かんだ。

「あのさ、おいらにこの新聞くれた人、弁護士なんすよ。どうすりゃいいか、その人に聞いてみたらどうかな。弁護士なら、そういうこと、わかると思うんだ」

ホッブズさんはこの提案とディックの実務能力におおいに感心した。

「そりゃそうだ！」ホッブズさんが返事した。「ここは弁護士先生の出番だ」

ホッブズさんは店番を代わりの人に頼み、そそくさと上着を着こんで、ディックと連れだってニューヨークの下町へ向かった。そして二人はハリソン弁護士の事務所を訪ね、驚く弁護士を前に、この現実離れした話の一部始終を説明した。

もしもハリソン弁護士が若い駆け出しの弁護士でなくて、新しいことに立ち向かう

ディックも的確で説得力のある説明のできる少年だった。

積極性に欠け、持て余すほどの時間がなかったならば、ホッブズさんとディックの話にそれほど簡単に関心を示してはくれなかったかもしれない。なにしろ、とほうもなく奇妙な話だったのだから。しかし、ハリソン弁護士はたまたま仕事がしたくてうずうずしていたし、たまたまディックと知り合いだったし、ディックもたまたま的確で説得力のある説明のできる少年だった。

「で、この件を徹底的に調べてもらうとして、おたくの手間賃は一時間あたりいくらだね？　勘定はこのわしが払う——サイラス・ホッブズ、ブランク通りの角にある高級食品雑貨店の店主だ」

「そうですねえ」ハリソン弁護士が言った。「思惑どおりに展開すれば、大きな案件になるでしょうね。フォントルロイ卿にとってはもちろんですが、わたしにとっても大きな仕事になるでしょう。いずれにせよ、調べてみるだけなら何の問題もありません。その子供さんについては、ちょっと怪しい点がありそうですね。子供の年齢について、その女性の話には矛盾があったようで、疑惑がもちあがっています。とりあえず手紙を送るべき相手は、ディックのお兄さんと、ドリンコート伯爵家のお抱え弁護士ですね」

そして実際、その日の日没までに二通の手紙が作成され、それぞれの宛先へ発送された。一通は、ニューヨークを出港して快速でイギリスへ向かう郵便船で。もう一通は、カリフォルニアへ向けて乗客と郵便物を運ぶ列車で。一通目の宛先は、T・ハヴィシャム弁護士。二通目の宛先は、ベンジャミン・ティプトン。

その晩、店を閉めたあと、ホッブズさんとディックは奥の小部屋に腰をおろし、夜遅くまで語りあった。

第14章　悪事の露顕

ほんの少しの時間でどれほど思いがけないことが起こるかを考えると、驚くばかりだ。ホッブズさんの店で背の高い丸椅子にすわって赤い靴下の足をぶらぶらさせていた小さな男の子の運命がすっかり変わってしまうのには、ほんの数分ばかりしかかからなかった。閑散とした通りでごく質素な生活を送っていた小さな男の子は、イギリスの貴族になり、伯爵の地位と莫大な財産を継ぐ身となった。そして、その男の子をイギリス貴族の地位から引きずりおろして無一文の小さなペテン師におとしめ、享受していた豪奢な生活を取り上げてしまうできごとが起こるのにも、ほんの数分ほどしかかからなかった。そしてまた驚くべきことに、状況が一挙に逆転して、失いかけていたものがすべてもとどおりにもどるのにも、さほどの時間はかからなかった。

さほど時間がかからなかったのは、なんといっても、「レディ・フォントルロイ」を自称していた女が悪事をたくらんだわりにはたいして利口でなかったからだ。結婚の経緯や子供のことをハヴィシャム氏から事細かに問い詰められると、女は一つ二つとしくじりを犯し、不審を招いた。そうなると女は冷静さを失って怒りだし、興奮と怒りのせいでさらに馬脚をあらわすことになった。女がしくじったのは、どれも子供に関することだった。女がフォントルロイ卿ベヴィスと結婚し、仲たがいしたあと手切金をもらって別れた経緯については、不審な点は見つからなかった。しかし、男の子がロンドンのとある場所で出生したという話については、ハヴィシャム氏の調査によって、嘘であることが判明した。そして、この暴露によって引き起こされた騒ぎの最中に、ニューヨークの若手弁護士から手紙が届き、ホッブズさんからも手紙が届いた。

手紙が届いた日の夜、書斎で今後の計画を練るハヴィシャム氏と伯爵の気分は、どれほど愉快だったことだろう！

「あの女と三回ほど面談したあと、これはかなり怪しいぞ、という感触を得たのです」ハヴィシャム氏が言った。「子供はどうやら女が主張するよりも年が行っているように見えましたし、女は子供の生年月日を言うときに言い間違いをして、そのあと、それを取りつくろおうとしました。きょう届いた手紙の内容も、わたしが抱いた不審のあれこれとぴったり符合します。いちばんいいのは、すぐに電報を打って、このティプトン兄弟を呼び寄せることでしょう。女には何も言わずにおいて。そして、不意打ちで女をこの兄弟と対面させるのです。女はそれほど用意周到な質ではありませんから、わたしの考えでは、きっと驚いて取り乱して、その場で正体をあらわすでしょう」

はたして、そのとおりになった。女は何も知らされず、ハヴィシャム氏は女と面談をくりかえすたびに申し立てを検証しているところだと話して、計画を気取られないようにしていた。女はいよいようまくいきそうだと思いはじめ、気が大きくなって、案の定、傲慢にふるまうようになっていった。

しかし、ある晴れた朝、〈ドリンコート・アームズ〉という名の宿屋の部屋であれこれと贅沢な将来を夢見ていた女のところへ、ハヴィシャム氏の来訪が告げられた。部屋にはいってきた弁護士のあとには、三人の男性が続いていた。一人は勘の鋭そうな目つきをした少年、もう一人は大柄な若い男、そして三人目はドリンコート伯爵だった。

女はさっと立ち上がり、恐怖の叫び声をあげた。取りつくろう間もなく声が出てしまったようだった。新しく顔を見せた二人の男たちは、この女にとって、何千マイルも遠くにいるはずの男たちだった。もっとも、それも二人のことを思い出したならばの話だったし、ここ何年かは思い出すことさえほとんどなかった。この二人には二度と会うことはあるまいと思っていたのだ。女の姿を見て、ディックはにやりと小さく笑った。

「よお、ミナ！」ディックが声をかけた。

大柄な若い男――ベンだった――は一分ほど立ちつくしたまま女を見ていた。

「この女性を知っていますか？」ハヴィシャム氏がディックとベンの顔を見くらべながら尋ねた。

「はい」ベンが答えた。「俺はその女を知ってるし、そっちも俺を知ってます」それだけ言うと、ベンは女に背を向けて窓辺へ行き、窓の外を見つめた。女の姿を目にするのも腹立たしいと思っているようなそぶりだったし、実際にそうだったのだ。みごとに裏をかかれて正体を暴露された女は完全に自制心を失い、激しく怒りだした。ベンとディックには見慣れた光景だった。激怒して口汚く悪態を吐きながら相手を脅しあげる女の姿を見て、ディックの笑いが一段と大きくなった。しかし、ベンのほうは、ふりむいて女を見ることはなかった。

「俺、どこの法廷にでも出て、こいつのこと証言できます」ベンがハヴィシャム氏に言った。「ほかにも証言する人間を一〇人やそこらは連れてこられます。こいつの父親は、まっとうな人間です。貧乏で落ちぶれてはいますが。こいつの母親は、こいつそっくりの女でした。母親は死にましたけど、父親のほうは生きてます。父親は正直な人間なんで、こいつのことを恥だと思ってます。父親に聞けば、こいつが何者か証言してくれるだろうし、こいつが俺と結婚したかどうかも証言してくれます」

ベンはそれだけ言うと、いきなり拳をぐっと握りしめて、女のほうに向きなおった。「子供はどこにいる？　あの子は俺が連れて帰る！　おまえなんかに用はない。俺も、あの子も！」

ベンが言いおわったちょうどそのとき、寝室に続くドアが細く開いて、おそらく大きな声を聞いて何事かと怪しんだのだろう、男の子が顔をのぞかせた。目鼻立ちが美しいとは言えないが、それなりにかわいい顔をした子で、誰の目にも父親のベンそっくりに見えた。男の子のあごには三角形の傷跡があった。

ベンは男の子に歩み寄って手を取った。ベンの手は震えていた。

「ああ、この子も誓って俺の子です」そう言って、ベンは男の子に話しかけた。「トム、俺はおまえの父ちゃんだ。おまえを連れにきた。帽子は？」

男の子は椅子の上に置かれた帽子を指さした。連れて行かれると聞いて、あきらかに喜んでいるように見えた。男の子は奇妙な経験ばかりしてきたせいか、見知らぬ人から父親だと名乗られても驚いていないようだった。数カ月前のこと、赤ん坊のころから住みなれた場所にいきなり女が現れて母親だと名乗ったときには、この子はずいぶん嫌がり、その境遇が変わると聞いて喜んだのだ。ベンは男の子の帽子を取り上げると、大股で戸口に向かった。

「俺にまた用があったら、連絡先はわかってますよね」ベンがハヴィシャム氏に言った。そしてそのまま男の子の手を引いて部屋から出ていき、女には一度も目をくれなかった。女は怒ってどなりちらしており、伯爵は貴族らしい鷲鼻に黙ってのせた眼鏡ごしに平然と女の姿を眺めていた。

「もう、およしなさい」ハヴィシャム氏が言った。「こんなことをしても、どうにもなりませんよ。暗いところに放りこまれたくなかったら、おとなしくしていただかないと」

ハヴィシャム氏の木で鼻をくくったような口ぶりに、おそらく女はこの場から身を

「トム、俺はおまえの父ちゃんだ。おまえを連れにきた」

引くのがいちばん安全だと悟ったのだろう。ハヴィシャム氏をぎろりと睨めつけたあと、女は小走りに脇をすりぬけて隣の部屋に逃げこみ、大きな音をたててドアを閉めた。

「これでもうあの女は面倒を起こさないと思いますよ」ハヴィシャム氏が言った。

そして、そのとおりになった。その晩のうちに女はドリンコート・アームズを離れ、ロンドン行きの列車に乗って去っていき、その後の消息は聞かれなかった。

女と面会した部屋を出た伯爵は、まっすぐ自分の馬車にもどった。

「コート・ロッジへ」伯爵がトマスに言った。

「コート・ロッジへ」トマスが御者席に登りながら御者に伝えた。「いいかい、これからが見ものだぞ」

馬車がコート・ロッジに着いたとき、セドリックは母親といっしょに客間にいた。

伯爵は取り次ぎも待たずに部屋へはいってきた。背が一インチほど高くなったように見え、顔もずいぶん若返って見えた。奥まった瞳がきらりと光った。

「フォントルロイ卿はいるかな?」

出迎えたエロル夫人の頰にさっと赤みがさした。

「フォントルロイ卿、ということになりましたの? ほんとうに?」

伯爵は手を差し出して、エロル夫人の手を握った。

「そうだ。フォントルロイ卿だ」

そして、伯爵はもう一方の手をセドリックの肩に置いた。

「フォントルロイ」伯爵は、いつものぶっきらぼうで尊大な口調だった。「母上に聞いてみなさい。いつから城でわしらといっしょに暮らすのか、と」

フォントルロイ卿が両腕を差し伸べて母親の首に抱きついた。

「ぼくたちといっしょに暮らすんだ! ずっとぼくたちといっしょに暮らすんだよ!」

伯爵がエロル夫人を見た。エロル夫人も伯爵を見た。

伯爵はいたって本気だった。一刻も早くこの件に決着をつけようと決めていた。跡継ぎの母親とそろそろ和解する潮時だと感じはじめていたのだ。

「ほんとうに、よろしいのでしょうか？」エロル夫人が穏やかな美しい笑顔で尋ねた。

「もちろんだ」伯爵がそっけない口調で答えた。「ずっと前から来てほしいと思っていた。ただ、それに気がついていなかっただけだ。城へ来てほしい」

第15章　八歳の誕生日

ベンは息子を連れてカリフォルニアの牧場へ帰っていったが、たいそう恵まれた境遇となってアメリカにもどることになった。というのは、帰る直前にハヴィシャム氏がベンと会って、まかり間違えばフォントルロイ卿になったかもしれない男児のために何かしてやりたいというドリンコート伯爵の意向を伝えたからだ。伯爵はアメリカの牧場に投資するのも悪くなかろうと考え、自分の名義で牧場を買って、破格の給料を払う条件でベンに牧場の経営を任せた。そうすれば、ベンの息子の将来のために経済的基盤を築いてやれるだろう、という心づかいだ。ベンはほとんど自分が所有するのと変わらない条件で牧場を経営できる恵まれた牧場主としてアメリカにもどり、いずれ牧場の所有権を買い取ろうとがんばって働き、実際に数年後には牧場を買い取った。息子のトムは牧場で働きながら育ち、父親を献身的に愛する好青年になった。親子は経済的にたいへん成功し、幸せに暮らした。ベンはよく、それまでの苦労をトムがぜんぶ帳消しにしてくれた、と言っていた。

ディックとホッブズさん——騒動の後始末を見届けるためにティプトン兄弟といっしょにイギリスに渡った——は、しばらくアメリカにはもどらなかった。ディックについては、はじめから、伯爵が生活の面倒をみてきちんとした教育を受けられるようにしてやることが決まっていた。ホッブズさんは、店を信頼できる代理人に任せてきたので、フォントルロイ卿の八歳の誕生日を祝う行事を見るまでイギリスに滞在することにした。誕生日を祝う行事には小作人が全員招待され、ドリンコート城の庭園でごちそうが供され、ダンスやゲームが催され、夜にはかがり火を燃やし花火が打ち上げられることになっていた。

「七月四日の独立記念日みたいだね！」フォントルロイ卿が言った。「ぼくの誕生日も四日だったらよかったのに。そしたら、両方いっしょにお祝いできたのにね」

じつのところ、はじめのうち、伯爵とホッブズさんの仲は、イギリス貴族が泣いて喜ぶほど親密にはならなかった。伯爵は食料品店の経営者という人種をほとんど知らなかったし、ホッブズさんのほうも親しい知り合いのなかに伯爵はあまりいなかったからである。そのせいで、二人がごくたまに顔を合わせる機会があっても、会話がはずまなかった。それに、ホッブズさんは、フォントルロイ卿が気をつかってあれこれ見せてくれた伯爵家の豪勢な暮らしぶりにすっかり気圧されてしまった感もあった。

そもそもはじめから、入口の門やライオンの石像や門から続く並木道を見ただけでも圧倒されていたのだが、そのうえにお城だのクジャクだの地下牢だの鎧かぶとだの大階段だの厩舎だの制服を着た使用人だのを見せられて、ホッブズさんはうろたえてしまった。とどめをさしたのは、たくさんの絵画が飾られたギャラリーだった。

「こりゃ美術館みたいなもんか？」広々としたギャラリーに案内されたとき、ホッブズさんはフォントルロイ卿に尋ねた。

「う……ううん……」フォントルロイ卿は自信なさそうに答えた。「美術館ではないと思うんだけど……。おじいさまが言ってたけど、これはぼくのおばあさまたちなんだって」

「なに、お、おばさんたちだって⁉」聞きまちがえたホッブズさんが驚きの声をあげた。「これ、みんな？　てことは、おまえの大伯父さんってのは、どえらくたくさんの子持ちだったんだなあ。みんな、その大伯父さんが食わせたのか？」

ホッブズさんは椅子にすわりこみ、かなり動揺した顔つきであたりを見まわしていたが、壁を飾っている肖像画の数々はどれもこれもが大伯父の子供というわけではないのだ、ということをフォントルロイ卿が四苦八苦しながら説明した。

結局、フォントルロイ卿は説明しきれなくなって家政婦長のミセス・メロンに援軍を頼み、肖像画のことを何でも知っているミセス・メロンがどの絵がいつ誰によって描かれたものかまで説明してくれた。そしてさらに、モデルとなった伯爵や伯爵夫人たちにまつわるロマンティックな物語まで聞かせてくれた。ようやく絵のことがわかったホッブズさんは、ミセス・メロンの話にすっかり夢中になり、肖像画を飾ってあるこのギャラリーが大のお気に入りになった。そして、宿を取っている村のドリンコート・アームズからたびたび城まで歩いてきては、三〇分ばかり肖像画を見てまわり、描かれている紳士淑女の姿を眺め、肖像画の中の紳士淑女から視線を浴びて、そのたびに感に堪えぬ面持ちで首を振るのだった。

「そんで、この人たちはみんな伯爵だったわけだ！」ホッブズさんは、そうつぶやくのだった。「それか、伯爵に近い地位にあったか！　そんでもって、あの子もいつかこういう伯爵の一人になって、全財産を受け継ぐわけか！」

ここだけの話、ホッブズさんは心配したほど伯爵という存在やその暮らしぶりに嫌悪の情を抱くことはなく、むしろ、お城だの先祖代々続く血筋だのをよく知るようになったせいで筋金入りの共和党びいきが多少ぐらついたのではないかと思われるふしさえあった。いずれにせよ、ある日、ホッブズさんは思いもよらない驚くべき感慨を口にした。

「わしもああいう人間の一人になっても、そう悪くはないな！」ホッブズさんにしてみれば、たいへんな譲歩である。

いよいよフォントルロイ卿の誕生日になり、盛大な祝宴が催された。フォントルロイ卿はその一日をおおいに楽しんだ。庭園には華やかな晴れ着に身を包んだ人々が大勢集まり、テントやお城のてっぺんからたくさんの小旗がついたロープが張られて、それはそれは美しい眺めだった。動ける村人は一人残らず祝宴にやってきた。皆、小さなフォントルロイ卿がこれまでどおりフォントルロイ卿でいられることになったのを喜んでいたし、フォントルロイ卿がいつかこの地の領主になることを心から喜んでいた。人々はフォントルロイ卿と慈愛に満ちた美しい母親の姿を一目見ようとやってきた。フォントルロイ卿の母親は、もうすでにたくさんの村人たちから慕われる存在になっていた。それに、間違いなく、村人たちはドリンコート伯爵に対しても以前より好感を抱くようになっていたし、親しみを感じるようになっていた。小さなフォントルロイ卿が伯爵を心から敬愛し信頼している姿を見たり、伯爵がフォントルロイ卿の母親との関係を修復し態度を改めた姿を見ていたからだ。それどころか、伯爵がフォントルロイ卿の母親にだんだん好意的になってきているという噂も聞かれたし、フォントルロイ卿とその母親に感化されればいずれ伯爵も行儀のいい老貴族になり、村人たちももっと幸せで裕福になるだろうという期待の声すら聞かれた。

木陰にも、テントの中にも、芝生の上にも、何十人何百人という村人たちが集まっていた。一張羅を着こんだ農夫たちや、ボンネットやショールで着飾った農家のおかみさんたち。恋人と連れだった村の娘たち。はしゃぎまわり追いかけっこをする子供たち。赤いマントをはおって噂話に花を咲かせる老女たち。城の中は、祝宴を見物し、伯爵に祝詞を述べ、エロル夫人に挨拶しようとやってきた紳士淑女たちで華やいでいた。レディ・ロリデイルと夫君のサー・ハリーも来ていたし、サー・

トマス・アッシュは娘たちを連れてきていた。もちろん、ハヴィシャム氏もいたし、美しいミス・ヴィヴィアン・ハーバートもとびきりすてきな白いドレスにレースのパラソルを持ち、取り巻きの紳士たちを大勢ひきつれて現れたが、群がる紳士たちをぜんぶ合わせたよりもフォントルロイ卿のほうがお気に入りのように見えた。フォントルロイ卿がミス・ハーバートの姿を見つけて駆け寄り、首に両腕を回して飛びつくと、ミス・ハーバートも両腕でフォントルロイ卿を抱き寄せ、かわいい弟にするように優しくキスをして、「まあ、フォントルロイ卿！　かわいらしい坊や！　お会いできて、うれしいわ！　とてもうれしいわ！」と言った。

そのあと、ミス・ヴィヴィアン・ハーバートはフォントルロイ卿といっしょに祝宴の会場を歩きまわり、フォントルロイ卿があれやこれや案内した。フォントルロイ卿はミス・ハーバートをホップブズさんとディックのところへ連れていき、「ミス・ハーバート、こちらはぼくのすごくすごく昔からのお友だちのホップブズさんです。そして、こちらもぼくのすごく昔からのお友だちのディックです」と二人を紹介し、「ぼく、この二人に、ミス・ハーバートがどんなに美人か教えてあげたんです。それ

「こちらはぼくのすごくすごく昔からのお友だちのホッブズさんです」

で、もしぼくの誕生日にミス・ハーバートが来てくれたら、ぜったい会ってね、って言ってたんです」と話した。ロンドン社交界の名花は二人と握手をし、足を止めて、たいそう優美な物腰で二人と話をした。アメリカのこと。海を渡った旅のこと。イギリスへ来てからの暮らしのこと。傍らに立って、うっとりとミス・ハーバートを見上げながら話を聞いているセドリックの頰が上気していた。ホッブズさんとディックがミス・ハーバートをとてもすてきだと思ってくれたことがうれしかったのだ。

「そうだなあ、あの人はおいらが見たことあるなかで、いちばんのべっぴんだな!」あとで、ディックがまじめくさった顔をして言った。「その……とにかく、すげえべっぴんだ。そこんとこだけは、間違いねえや!」

ミス・ヴィヴィアン・ハーバートが通りすぎると、誰もがその姿を目で追った。小さなフォントルロイ卿が通りすぎたときも、皆がその姿を目で追った。太陽は輝き、小旗は風にひるがえり、ゲームがおこなわれ、ダンスが始まり、祝宴は続いて、楽しい午後の時間が過ぎていき、フォントルロイ卿は輝くばかりの幸せそうな笑顔を浮かべていた。この世界が丸ごとすばらしいものに思われた。

フォントルロイ卿のほかにも、幸せに浸っている人物がいた。老伯爵である。ドリンコート伯爵は生涯を通じて大金持ちで高い身分にあったものの、心から幸せだと感じたことはあまりなかった。おそらく、それまでよりましな人間になったぶん、幸せを感じられるようになったのだろう。実際には、老伯爵はいきなり一晩でフォントルロイ卿が思っているような善人に生まれ変わったわけではなかった。しかし、少なくとも、老伯爵には愛情を注ぐ対象ができ、子供の純真で優しい心が考えついた善行を施す機会を重ねるにつれて慈善の歓びを知るようになり、そこから伯爵はだんだんと変わっていったのである。亡き息子の妻であるエロル夫人に対しても、伯爵は日ごとに好感を深めていった。たしかに、人々が噂するように、伯爵はエロル夫人のことを気に入りはじめていた。エロル夫人のかわいらしい声を聞き、可憐な顔を見ると、心がなごんだ。いつもの肘掛け椅子に腰を下ろし、エロル夫人を眺め、フォントルロイ卿に話しかけるエロル夫人の言葉を聞くのが伯爵の日課になった。それまでなじみのなかった愛情あふれる優しい言葉を耳にするうちに、ニューヨークの街の片隅で育ち、食料品店のおやじと仲良しだったり靴磨きの少年と友だちであったりしながら、こんなにいい子に育ったのはなぜなのか、伯爵にもわかってきた。セドリックは育ちがよく、男らしくて、運命の急転によってイギリスの伯爵家を継ぐ立場になり、イギリスの城に住むことになっても、どこに出しても恥ずかしくない子だった。

それは、結局のところ、とても単純な話なのだ。つまり、セドリックはいつも親切で優しい心づかいのもとで育てられ、いつも他人に親切であるように、他人を思いやるように、と教えられて育ったからなのだ。おそらく、それはほんの小さなことなのだろうが、何より大切なことだった。セドリックは、伯爵のこともお城のことも何も知らずに育った。高貴な地位や贅沢とはまるで無縁に育った。けれども、セドリックはいつも愛すべき子供だった。それは、セドリック自身がまっすぐで愛情に満ちた子供だったからだ。そして、それは王として生まれることとなんら変わらぬほどの幸せなのだ。

誕生日の祝宴で庭園に集まった人々のあいだを歩きまわり、知り合いと言葉を交わし、誰かに挨拶されればぺこりと頭を下げ、友だちのディックやホッブズさんをもてなし、母親やミス・ハーバートのそばに立って会話に耳を傾けるフォントルロイ卿の姿を見守りながら、ドリンコート伯爵の心は満ち足りていた。そして、領内の有力な小作人たちが着席して豪華な料理に舌鼓を打っているいちばん大きなテントにフォントルロイ卿をともなって顔を見せたとき、老伯爵の心はさらなる歓びに満たされることになった。

テントの中では、乾杯が続いていた。ドリンコート伯爵のために、以前よりはるかに真心の込もった乾杯がおこなわれたあと、次はフォントルロイ卿に乾杯しようという声があがった。フォントルロイ卿の人気を疑う声があったとしても、それはこの瞬間に完全に打ち消された。口々に乾杯を叫ぶ声がテント内にとどろき、グラスが打ち鳴らされ、拍手喝采が起こった。心優しい村人たちはフォントルロイ卿に対して熱烈な好意を抱くようになっており、城を出て祝宴のようすを見にきた貴族たちの視線もすっかり忘れて、はばかることなく乾杯の声をあげた。その押し寄せるような声の大きさに、おかみさんらしい風采の女たちが一人二人、テントの端で母親と老伯爵にはさまれてたたずむ小さなフォントルロイ卿に優しい眼差しを向け、そっと目頭を押さえながら、「かわいいフォントルロイ様に神様のお恵みがありますように！」と言いあった。

フォントルロイ卿は大喜びだった。満面の笑みを浮かべて立ち、おじぎをし、喜びで金色の髪の生えぎわまで顔を紅潮させていた。

「〈最愛のきみ〉、あれはみんながぼくのことを好きだからなの？」フォントルロイ卿が母親に聞いた。「〈最愛のきみ〉、そうなの？　ぼく、うれしいな！」

老伯爵がフォントルロイ卿の肩に手を置き、声をかけた。

「フォントルロイ、皆にお礼を言いなさい」

フォントルロイ卿は祖父の顔を見上げ、そして母親の顔を見上げた。

「ぼくが？」フォントルロイ卿は少し恥ずかしそうに言った。母親がにっこり笑い、ミス・ハーバートもにっこり笑い、二人そろってうなずいた。そこでフォントルロイ卿は一歩前に出た。人々が注目する。なんと美しく、無邪気な子供だろう！　そして、なんとりりしく、人を信じて疑わない表情だろう！　フォントルロイ卿は精一杯の声をはりあげて話しはじめた。子供らしい澄んだ声が響く。

「皆さん、ありがとうございます！　あの……皆さんがぼくの誕生日を楽しんでくれたら、うれしいです……ぼく、とっても楽しいから……ええと……ぼく、伯爵になるのがすごくうれしいです。最初はそうでもなかったけど、いまはうれしいです……それから、ぼく、この場所が大好きです。とっても美しいところだと思います……ええと……それから……ええと、ぼくが伯爵になるときには、おじいさまみたいないい伯爵になりたいと思います」

万雷の拍手の中、フォントルロイ卿は安堵のため息をつきながら後ろへ下がり、老伯爵の手の中に自分の手をすべりこませ、ぴったりと寄り添って、にっこり笑った。

これでお話は終わるのだが、おもしろいエピソードをひとつ付け加えておこう。ホッブズさんは上流階級の暮らしがすっかり気に入ってしまい、大切な友人フォントルロイ卿と別れてアメリカに帰る気になれなかったので、なんとニューヨークの街角にあった店を売り払い、イギリスのアールボロに住みついてしまった。ホッブズさんはアールボロの村で店を開き、その店がお城の御用達になって、おかげで商売は大繁盛だった。そして、ホッブズさんとドリンコート伯爵は結局それほど親しくはならなかったものの、信じられないことに、ホッブズさんは年を経るにつれて伯爵以上に貴族っぽくなっていき、毎朝かかさず王室関係のニュースに目を通し、イギリス貴族院の審議を見守るようになったのだった！ そんなふうにして一〇年ほどたったころ、イギリスで教育を終えてカリフォルニアで暮らす兄を訪ねていくことになったディックが、ホッブズさんにアメリカにもどりたくはないかと聞いた。食料品店の店主は、真顔で首を横に振った。

「むこうで暮らそうとは思わんよ。暮らすのは、無理だ。あの子のそばにおってやりたいし、見

守ってやらんとな。アメリカは若くて元気のいい連中にはもってこいの国だが、足りんところもある。むこうには先祖代々ってやつがないからな。それに、伯爵もおらんし！」

解説

安達まみ
（聖心女子大学教授）

雑誌の人気連載が文化現象に

『クマのプーさん』の作者A・A・ミルンの遺族に伝わる一枚の写真がある。一八八六年ごろ、ロンドンで撮影された。椅子に腰かけた父親を三人の幼い息子たちが神妙な面持ちで囲んでいる。ひとりは当時、四歳だったミルンだ。兄たちと同様、金髪の巻き毛を肩まで垂らし、レース襟つきの黒ベルベットの「フォントルロイ・スーツ」に身を包んでいる。子どもたちにこのいでたちで写真を撮らせることにしたのは、『小公子』に感銘を受けた母親だろう。

『小公子』が出版されるや、主人公の服装は一種の文化現象を生んだ。とりわけ幼い男の子をもつ母親たちから寄せられた支持は絶大だった。「フォントルロイ・スーツ」は作者バーネットのふたりの息子のよそゆき着であり、『セント・ニコラス』誌に掲載時のレジナルド・バーチの挿絵により普及した（本書の挿絵はイギリス、ウォーン社版のC・E・ブロックのもの。「フォントルロイ・スーツ」については本書一三〇頁等の挿絵を参照）。作品が大西洋の両側で舞台化されると、この衣装をまとった少女や少年の俳優が観客の涙をしぼり、流行に拍車をかけた。一八八二年のアメリカ講演旅行中にバーネット邸に立ち寄った、アイルランド出身の作家で稀代の伊達男オスカー・ワイルドの服装を、バーネットが息子の服装に取り入れたのかもしれない。

作者フランシス・ホジソン・バーネットは、一八四九年、イングランド、マンチェスターに生まれた。フランシス四歳のとき、シャンデリアなどの装飾器具を製造販売していた父親が急逝し、生活は一変する。母が商売をひき継ぐが、フランシス一六歳のとき、一家は母の親戚を頼って南北戦争終結後のテネシー州に移り住む。一八六八年、一九歳のフランシスは『ゴディズ・レイディズ・ブック』誌に投稿し、二編の物語が採用される。二〇歳で母を失ったフランシスは、家族を支えるために文字どおりペン一本で、以後つぎつぎとロマンティックな物語を書いた。

一八七二年、本格的な文芸誌『スクリブナーズ・マンスリー』での採用をきっかけに、あいついで作品がさまざまな雑誌に掲載される。一八七七年、最初の小説『ローリー家の娘』がアメリカとイギリスでほぼ同時に出版され、翌年、戯曲版がニューヨークで上演される。イングランド北部ランカシャーの炭鉱を舞台とし、社会正義とはなにかを問いかけ、人間らしい善意の尊さを説く意欲作として、出版当時、高く評価された。

やがてバーネットはワシントンDCに居を構え、文壇の名士と交流するまでになる。この時期に前述のワイルドの訪問があった。彼女のふたりの息子はのちに共和党の大統領に選出される隣人ジェイムズ・A・ガーフィールドのふたりの息子と仲良く遊び、物語のセドリックよろしく選挙運動にも関心を寄せていた。

子どものための小説『銀のスケート——ハンス・ブリンカーの物語』（一八六五年）の作者でバーネットの友人でもあるメアリー・メイプス・ドッジは、一八七三年、スクリブナー社の子ども向けの雑誌『セント・ニコラス』を創刊した。同誌は子どものための読み物といえば道徳的なものが多かった時代に、子どもに健全で良質な娯楽を提供することを使命としていた。ドッジは大人向きの読み物で頭角をあらわしたバーネットに声をかけ、寄稿を促した。ドッジの呼びかけに応えて、一八八〇年、バーネットは初めて短編「イディサの泥棒」を同誌に発表する。無垢な子どもと泥棒に入った男の交流というテーマは、『小公子』を予感させる。

バーネットの名前を、大西洋の両側に一躍知らしめた『小公子』(原題 *Little Lord Fauntleroy*)は、一八八五年一一月から一八八六年一〇月まで『セント・ニコラス』誌に連載された。のちにバーネットは次男ヴィヴィアンのために語った物語が発端だったと語っている。

『小公子』は連載最終月の一八八六年一〇月、単行本として、アメリカではスクリブナー社より、イギリスではウォーン社より出版され、翌年には四万三〇〇〇部を記録したとされる。一八八六年の全米ベストセラーリストには、ハガード『ソロモン王の洞窟』、トルストイ『戦争と平和』、『小公子』がトップ・スリーに入り、公共図書館による所蔵率で『小公子』が『ベン・ハー』(八三%)に次ぐ二位(七二%)となる。

小説版『小公子』出版の二年後、バーネット自身による戯曲版がアメリカとイギリスで上演される。一八八八年七月、『不思議の国のアリス』の著者ルイス・キャロルは少女イサ・ボウマンとロンドンで観劇した。イサはキャロルお気に入りの少女のひとりで、同年、オペレッタ版『不思議の国のアリス』に出演することになる。イサとキャロルが観たセドリック役は九歳のヴェラ・ベリンジャーだった。アメリカでは同年九月のボストン公演と一一月のニューヨーク公演において七歳のエルシー・レズリーがセドリックを演じる（ニューヨーク公演ではトミー・ラッセルとダブルキャスト）。こうして幼い少女（や少年）たちが愛らしく両性具有的な主人公のイメージを印象づける。戯曲版の人気が火付け役となり、トランプ、チョコレート、香水、そして前述のフォントルロイ・スーツといった関連の品々が脚光を浴びる。

バーネットは自分が大人向けの小説のヒロインに与えてきた特性を、少年の主人公セドリックにも与えることで、これまでと同じ読者層（大人の女性）の共感を得ようとしたのではないかという指摘もある。ベストセラーリストや公共図書館の貸出本の題名でも明らかだが、大人のための読み物と子どものための読み物とを隔てる境界が曖昧だった当時、『小公子』は大人と子どもの両方に人気があったようだ。

ふたつの世界をかろやかにつなぐ小さな子ども

『小公子』の構成は緻密である。一年間（一二回）の連載であるから、一八八五年一一月から基本的にひと月一章だが、全一五章のうち、八六年六月は八章と九章、九月は一二章と一三章、一〇月は一四章と一五章が一挙に掲載された。ほぼ各章にそれぞれ小さなクライマックスが用意され、その上、全体を通読すると大きなクライマックスから大団円へと展開するように仕組まれている。

第一章はいきなり(イン・メディアス・レス)始まって、読者の好奇心をかきたてる。ハヴィシャム氏の訪問がもたらすセドリックの運命の転変を予感させ、読者のサスペンスを宙づりにしたまま次章へ。その後、舞台はアメリカからイギリスに移り、第五章では、ドリンコート城でセドリックが伯爵と初めて対面し、伯爵の心に変化が生じる。前半でもっとも重要な章だ。

第一〇章は中盤のクライマックスである。セドリックの仲介で倒壊寸前の小作人の住居が建てなおされる。一方、お城の大晩餐会で伯爵がセドリックを社交界に後継者として紹介する。そこへ、ある女性が名乗りでて暗雲がたちこめる。第一四章ではアメリカの友人たちの活躍のおかげで伯爵家の安寧がとりもどされ、伯爵はこれまで遠ざけてきたセドリックの母親に心を許す。第一五章で領地の皆が晴れやかにセドリックの誕生日を寿ぐ。

この構成が示すように、本作のテーマは、美しく善良な子どもが周囲にひきおこす変化、およびアメリカ(新世界)とイギリス(旧世界)との交流であろう。主人公セドリックには、子どもらしい無邪気と、大人びた心遣いのできる賢明さが同居している。アメリカ人の母とイギリス人の父から継承した、象徴的にも現実的にもふたつの文化の混淆、ふたつの国の絆をみずから体現しつつ、両者を結びつける。

アメリカとイギリスの視点を具現し、両国の関係性を論じるのに適した人物像の構築は、作者と親交のあった、アメリカの作家でのちにイギリスに帰化したヘンリー・ジェイムズの「特技」にも通じる。イギリスのグラッドストーン首相が、『小公子』は「(イギリスとアメリカ)両国が互いに相手に友好的な感情をいだき、互いを理解する上で、よい効果をもたらすだろう」と述べたのも、出版当時のイギリスの識者の感慨をしのばせる。

アメリカ育ちのセドリックは、自分の意見を持ち、政治に興味を示し(食料品店店主ホッブズさんの受け売りなのはご愛敬)、気難しい老伯爵の前でも怖気づかない。また、彼の窮地を救うのはアメリカの友人ホッブズさんと靴磨きのディックである。さらに、彼の導き手である母親も倹(つま)しい暮らしぶりだが卑屈ではない、アメリカ的な美質の持ち主で、これらは従来の母親像や家族像へのおだやかな異議申し立てといってもよい。

セドリックの母親は、つねに控えめに息子を見守り、道徳的な支柱となる。物語の関心はセドリックが祖父ドリンコート伯爵に及ぼす影響にあるため、母親を端役とみなす解釈と、息子を隠れ蓑に自分の意思を実現していく真のヒロインとみなす解釈とがある。

セドリックの母親は息子を介して伯爵を善行へと導き、自身も息子との同居を許されるにいたる。女性の自己主張をくじく社会にあって、セドリックのおかげで、母親が利己的な印象を与えずに自己実現をめざしうるのだ。「女性」の優美な外見と「男性」の壮健な心身を併せもつ両性具有的なセドリックは、うら若い母親と老伯爵とを、また、貧しい者と富める者とをつなぎつつ行き来するうち、両者の関係性に変化をもたらす。

本作の特徴のひとつは、純粋で善良な少年が頑なな大人を変えていく点であり、主人公の成長を語るのではない点だろう。教訓物語の模範的な主人公は、運命の転変や試練にかかわらず、自身は本質において変わらない。本質的な徳が明らかになり、まわりのひとびとが感化されて変わっていく。聖人譚であれば、聖人たる子どもは生来的に無垢であり、自身に改宗の必要はなく、まわりを改宗させる。小さな聖人のセドリックは祖父の伯爵に道をあらためさせ、いわば改宗へと導く。

もうひとつの特徴は、この物語が典型的なおとぎ話の体裁をとっていることだ。米国ニューヨークの裏町の質素な家から、英国有数の広い領地と由緒正しいお屋敷へ。セドリックの運命は極端に変化するが、本人のアイデンティティは揺るがない。本人が意識していないにせよ、血統ゆえの正統な権利を回復し、生来の高貴さが社会的に認知され、本人にとっても周りにとっても顕在化するのである。

幼少期から教訓物語とおとぎ話に親しんで育ったバーネットは『小公子』と、その後の『小公女』を書くにあたり、このふたつのジャンルを巧みに混ぜて活用した。ロマンティシズムや逃避主義が主流の時代に合致していたといえよう。

現実にはバーネットは母をけなげに支える次男ヴィヴィアンを頼りにしており、小説のセドリックの人物造形をヴィヴィアンに基づいて描き、セドリックと母の関係を自分と息子との関係を念頭に描いた部分もあるだろう。自然な語り口の文体は、息子のために本作を書いたとする主張を裏づける。同時にセドリックは、のちの子どもの主人公、『小公女』のセーラや『秘密の花園』のメアリと異なり、母親をはじめ周囲の大人の視点から、つまり外側から描かれることが多い。母親たちがセドリックに自分の息子を重ね、セドリックへの変貌を願って息子にスーツを着せた理由も此辺にあろうか。

翻訳は「時代の子」

『小公子』の邦訳は若松賤子(わかまつしずこ)をもって嚆矢(こうし)とする。原作が刊行された数年後、若松は一八九〇年八月から九二年一月にかけて『女学雑誌』に翻訳を発表した。前編は連載中に単行本として出版されるが、九六年に三二歳で夭逝した若松の死の翌年、全編が刊行された。

若松は母親たちを読者に想定したと思われる「前編自序」に、幼子の天職は「濁(にごり)世(よ)の蓮花(はちす)、家庭(ホーム)の天使(エンジェル)」として、「邪道(よこしま)に陥らうとする父の足をとゞめ、卑屈に流れ行く母の心に高潔の徳を思ひ起させる」ことだと述べている(三頁)。

明治二〇年代、海外文学の翻訳はほとんどが翻案だった時期に、若松の『小公子』は原文に忠実であり、原作の一貫性のある廉潔な母親像や対等な夫婦観を読者に紹介した。また、女性や子どもが一義的な読者として想定されなかった時代に、女性の読者層を意識して、潑溂とした言文一致体を用いて、言語的にも「子どもらしさ」を表した。新しい主体たる子どもを発現させた試みとして高く評価されている。

本書の土屋訳は、典雅でやや古風な味わいが特徴で、原作の発表時に大人の読者を惹きつけた英語の文体を尊重して、大人の読者の美意識に堪える洗練された日本語で、原作の「物語らしさ」を紡ぎだす。たとえばセドリックが母親につけた愛称 Dearest は「最愛のきみ」となる。そこはかとないおかしみもある。ハヴィシャム氏が「自分の論拠にややためらいを感じながら」、「伯爵」や「古い血筋」などセドリックには馴染みのない概念を説明しようと四苦八苦するさまや、伯爵の跡取りにならねばならないと判明したあとのセドリックとホッブズさんのやりとりは楽しい。新しい時代にふさわしい訳文で『小公子』を味わいたい。

〈参考文献〉

Burnett, Frances Hodgson. "Little Lord Fauntleroy." *St. Nicholas* 13.1 (1885): 3-7; 13.2 (1885):82-92; 13.3 (1886): 168-71; 13.4 (1886): 252-57; 13.5 (1886): 332-42; 13.6 (1886): 408-16; 13.7 (1886): 502-5; 13.8 (1886): 564-70; 13.9 (1886): 646-54; 13.10 (1886): 734-38; 13.11 (1886): 822-28; 13.12 (1886): 884-90.

Koppes, Phyllis Bixler. "Tradition and the Individual Talent of Frances Hodgson Burnett: A Generic Analysis of *Little Lord Fauntleroy*, *A Little Princess*, and *The Secret Garden*." *Children's Literature* 7 (1978): 191-207.

Ortabasi, Melek. "Brave Dogs and Little Lords: Thoughts on Translation, Gender, and the Debate on Childhood in Mid-Meiji." *Translation in Modern Japan*, edited by Indra Levy, Routledge, 2011, 186-212.

Stiles, Anne. "New Thought and the Inner Child in Frances Hodgson Burnett's *Little Lord Fauntleroy*." *Nineteenth-Century Literature* (2018) 73 (3): 326-52.

Thwaite, Ann. *Waiting for the Party: The Life of Frances Hodgson Burnett 1849-1924*. Faber, 1994.

Wilson, Anna. "Little Lord Fauntleroy: The Darling of Mothers and the Abomination of a Generation." *American Literary History* 8.2 (1996): 232-58.

バアネット作、若松賤子訳『小公子』一九九四年、岩波文庫。

バーネット年譜

一八四九年

一一月二四日、イングランドのマンチェスターで、銀製・鉄製の高級装飾器具の商売を手がける父エドウィン・ホジソン、母イライザの娘として生まれる。フランシスは、ふたりの兄の後に生まれた長女にあたり、のちに妹がふたり生まれる。三歳年下の妹イーディスは、そのかわらぬ愛情によって、生涯フランシスを支えつづけた。

一八五三年　四歳

父エドウィン、三八歳の若さで急逝。

一八五四年　五歳

母イライザはマンチェスター市内で引っ越しを繰り返すが、最終的に夫の店舗を売却する。

フランシス、上流階級の子女のための私立学校に入学する（この学校での経験が、フランシス自身をモデルとする『セーラ・クルー』や『小公女』に生かされているといわれている）。

一八六五年　一六歳

母イライザの兄の勧めにより、ホジソン一家は米国テネシー州へ移住。苦しい生活は変わらず、丸太小屋生活を余儀なくされる。

一八六八年　一九歳
最初の短編小説「心とダイヤモンド」("Hearts and Diamonds")が女性向け雑誌に掲載される。

一八七三年　二四歳
眼科医スワン・バーネットと結婚。

一八七四年　二五歳
第一子、ライオネル誕生。

一八七六年　二七歳
『スクリブナー』誌上で、最初の長編小説となる「ローリー家の娘」("That Lass O'Lowrie's")の連載が始まる。
第二子、ヴィヴィアンがパリで誕生。
この頃から、過労による神経衰弱にしばしば悩まされるようになる。

一八八五年　三六歳
『セント・ニコラス』誌上で「小公子」("Little Lord Fauntleroy")の連載が始まる。

一八八六年　三七歳
『小公子』(*Little Lord Fauntleroy*)が英米でほぼ同時に発売され、ベストセラーとなる。

一八八七年　三八歳
『セント・ニコラス』誌上で、のちの『小公女』(*A Little Princess*)の元となる「セーラ・クルー」("Sara Crewe")の連載が始まる。
ロンドン、テリーズ劇場で『ほんとうの小公子』(*The Real Little Lord Fauntleroy*)

公演。

一八八八年　三九歳
ボストンで『小公子』公演。ブロードウェイで『小公子』公演。児童小説『セーラ・クルー』(*Sara Crewe*)が英米でほぼ同時に発売される。

一八九〇年　四一歳
長子ライオネルが結核に罹る。ライオネルの療養のため、フランシスはふたりの息子を連れてヨーロッパの高級保養地へ行く。ライオネル、パリにて死去。享年一六。

★一八九〇年〜一八九二年
若松賤子(わかまつしずこ)が『女学雑誌』誌にバーネットの“Little Lord Fauntleroy”を「小公子」として翻訳連載する。言文一

致体による生き生きとした訳文として好評を博し、坪内逍遙や森田思軒などにも絶賛された。

★一八九三年〜一八九四年
若松賤子が『少年園』誌にバーネットの“Sara Crewe”を「セイラ・クルーの話」として翻訳連載する。

一八九八年　四九歳
離婚の手続きを済ませて、妹イーディスと英国へ出発。ケント州メイサム館に居を構え、この後、約一〇年間の住処とする。

一九〇〇年　五一歳
医師であり、素人役者でもあったスティーヴン・タウンゼンドとイタリアで結婚。

一九〇二年　五三歳
タウンゼンドとの結婚生活が破綻。
ロンドン、シャフツベリー劇場で『小公女』公演。

一九〇三年　五四歳
ニューヨーク、クライテリオン劇場で『小公女』公演。

一九〇五年　五六歳
アメリカ合衆国の国籍を取得。
『セーラ・クルー』と戯曲『小公女』を元に書かれた小説『小公女』が完成、英米でほぼ同時に発売される。

一九〇八年　五九歳
メイサム館のリースが切れたのを機に、ニューヨーク州ロングアイランドに土地を購入、イタリア風の邸宅の建設に着手する。

一九一〇年　六一歳
『ザ・アメリカン・マガジン』誌上で「秘密の花園」("The Secret Garden")の連載が始まる。

一九一一年　六二歳
『秘密の花園』(*The Secret Garden*)が英米でほぼ同時に発売される。

一九二四年
一〇月二九日、ニューヨーク州ロングアイランドの自宅にて死去。享年七四。

訳者あとがき

『小公子』は、フランシス・ホジソン・バーネットが書いた *Little Lord Fauntleroy* の全訳である。バーネットは『小公子』(一八八六年刊)、『小公女』(一九〇五年刊)、『秘密の花園』(一九一一年刊)、などの作品を残しているが、訳者の個人的な感想を述べさせてもらうならば、『小公子』がいちばんおもしろい。登場人物の造形がはっきりしているし、ストーリーの展開に起伏があるし、ちょっと古くさく苦味ばしった文章のところどころにクスッと笑わせるユーモアがまじっているというあたりにも、バーネットの個性がいかんなく発揮されている。

幼いころにイギリス人の父を亡くし、ニューヨークの片隅でアメリカ人のお母さまと二人でひっそりと暮らしていた七歳のセドリック・エロル少年に、ある日、思いもよらぬ運命の変転がふりかかる。イギリスからドリンコート伯爵の使いであるという弁護士が訪ねてきて、伯爵の後継者「フォントルロイ卿」としてイギリスの城で暮らすように、というのである。

ドリンコート伯爵はセドリックの祖父にあたり、伯爵には三人の息子がいたのだが、いずれにも先立たれてしまい、三男だったエロル大尉の息子セドリックが唯一血のつながった後継者として残っているのだという。ただし、ドリンコート伯爵はアメリカやアメリカ人が大嫌いで、三男がアメリカ人女性と結婚したことをいまだに許しておらず、したがって、セドリック少年はドリンコート城にて祖父の監督のもとで養育されることになるが、母親は城には迎えてもらえず、近くの小さな家に別居させられることになる。それでも、賢明な母親は、セドリック少年が祖父に対して反感を抱かずまっすぐな気持ちで接することができるように、伯爵と自分とのあいだに存在する確執については沈黙を守った。

セドリック少年は顔立ちが天使のように美しいだけでなく、とても人なつこくて誰からも愛される優しく純粋な心の持ち主で、気難しい祖父に対しても、心からの親愛の情をもって接する。ほんとうは自分の領地の農民のことなど一顧だにしない「人でなしのドリンコート伯爵」であるが、自分のことを「このうえなく優しくて愛情深いおじいさま」と頭から信じこんで懐に飛び込んできた孫息子のセドリックに戸惑いながらも、しだいに純粋無垢な孫息子に心を開き、この子を愛するようになっていく。そこへ、青天の霹靂のように「偽フォントルロイ事件」が起こって——と、続きは本編をお読みいただくとして、物語の導入部から最後まで、一気に読ませる展開は、大人でも子供でもおおいに楽しんでいただけると思う。

今回の新訳にあたり、底本としては、バーネットの主要作品発表一〇〇周年を記念して初版当時の挿絵や活字（まったく同じものはなくて、似た活字を採用している）を再現してアメリカの SEAWOLF PRESS から二〇一九年に出版された *LITTLE LORD FAUNTLEROY* を使った。ちなみに、Fauntleroy は英語では「フォントルロイ」というように最初の音にアクセントをつけて発音される。

原書のタイトルは「小さなフォントルロイ卿」という意味だが、これに『小公子』という絶妙な日本語訳をあてたのは、一八九〇年から九二年にかけて『女学雑誌』という婦人雑誌に翻訳を連載した訳者若松賤子（わかまつしずこ）であり、今回の新訳にあたっても、このタイトルを踏襲させていただいた。

原タイトルにある Lord という言葉は、侯爵・伯爵・子爵・男爵などに用いる略式の敬称であるが、ややこしいことに、公爵や侯爵の子息および伯爵の長子（跡継ぎ）

の尊称としても用いられる。この物語の主人公セドリックは祖父であるドリンコート伯爵の跡継ぎなので、Lord Fauntleroy となる。Earl of Dorincourt（ドリンコート伯爵）の後継者の位は、正式には伯爵より一つ下の子爵という位であり、セドリックの正式な肩書きは Viscount of Fauntleroy なのだが、バーネットは Viscount of Fauntleroy という呼称よりも Lord Fauntleroy のほうが簡単で親しみやすいと考えて、このタイトルにしたのだろう（*Little Lord Fauntleroy*, Puffin Classics の巻末につけられた注釈による）。

今日では『小公子』は児童書の扱いになっているが、作品が最初に発表されたのは婦人雑誌であって、かならずしも子供むけに書かれたものではなかったらしい。バーネットの文章も、ちっとも児童文学らしくない、頭でっかちの理屈っぽい長文が続く。今回の新訳では、けっしてすらすらと読みやすいわけではないバーネットの文章を、なるべく原文の雰囲気を保ったまま、忠実に訳出するよう心がけた。それが原作を読者のみなさんにお届けするうえでいちばん誠実な翻訳のしかただと考えたからである。

ご存じの方も多いと思うが、『小公子』は川端康成氏の訳が有名である。今回の新訳にあたっても、自分の翻訳原稿が完成した時点で、川端訳を取り寄せて読んでみた。むずかしい試験の答え合わせをするような不安な心持ちだったし、自分の訳が川端氏の翻訳よりもよほど下手なら光文社さんに「ごめんなさい」と謝って、翻訳原稿を捨ててしまおうとまで思いつめて、川端訳を手にとった。

結論から言うと、今回の新訳は川端氏の名訳とは別の世界で存在できる、という気持ちになれたので、原稿を捨てずにすんだ。

川端氏の訳は子供むけにやさしい言葉を使い、訳語（とくに主語）を極限まで削ぎ落とした簡潔な文章で、いわば、大吟醸の日本酒を作るときにお米を五〇パーセント以下まで削るようなものだと感じた。ふつうの翻訳では、なかなかここまで言葉を削れない。しかも、言葉をものすごく削ってはあるものの、だからといって不正確な訳ではなく、原作の文意をしっかりと保った訳文になっているところが、またすごい。翻訳の正確さについては共訳者の野上彰（のがみあきら）氏の功績が大きいのであろうと推測するが、いったんできあがった訳文を下敷きにして、純粋に日本語として全編を書き改めたにしても、訳文を自分の文体にしてしまう力量は尋常ではない。

川端訳が大吟醸用に磨かれたコメだとすれば、拙訳は、いわば玄米の形で原作を読者にお届けするものである。玄米には玄米の味わいがあるし、栄養もあると思うので、そのあたりを感じていただければ、うれしい。

川端訳は二〇二〇年七月にかなり大幅に改訂された版があいかわらず川端康成訳として新潮文庫から刊行されたが、ここでは、現在は絶版になり図書館の蔵書でしか触れることができない河出書房新社刊『世界文学の玉手箱②小公子』（川端康成訳）から何箇所かを紹介しておこう。今回の新訳と比較して読みたい読者のために、本書の該当ページも記しておく。ルビは省略した。

最初は、ドリンコート伯爵が孫息子のセドリックと初めて対面する場面。

そのとき、伯爵は顔をあげた。セドリックが見ると、まゆ毛も髪も白くごわごわしていて、深くくぼんだ鋭い目で、鼻はワシのくちばしのようにとがっている、どっしりした老人だった。

老伯爵の目にうつったのは、レースのカラーのついた、黒いビロードの服を着て、りりしくかわいい顔のまわりに、ふさふさと美しい巻き毛をたらした、上品な幼い姿だった。そして、無邪気な暖かいまなざしで、老人を見た。

もし、ここがおとぎ話の宮殿だとしたら、小公子フォントルロイは、自分ではそうと気づかないにしても、おとぎ話の王子とは、すこし小さいがそっくりで、妖精の子供と思うのには、すこしたくましいだけなのを、認めないわけにはいかない。

孫がこんなに美しくまた勇ましく、大きな犬の首に手をかけて、すこしも、ものおじしないで、じっと自分を見あげて立っているのを見て、強情な老伯爵の心にも、勝利と喜びの情が、ぱあっとわきあがった。子供が、自分にも犬にも、すこしも、はにかみもおそれもしないのが、このいかつい老貴族の気にいった。

（川端訳一一八〜一一九ページ、拙訳一三一〜一三三ページ）

次は、伯爵とセドリックが野球ゲームをする場面。

まったくめずらしい楽しみだ。――ゲームを教えようという子供の相手をするのは、まったく、めずらしいことなので、伯爵をおもしろがらせた。セドリックが、ゲームの道具の入った箱をかかえて、おもしろくってたまらないという顔で入ってきたとき、伯爵の口もとには、かすかなほほえみさえ、浮かんでいた。

「あの、ちっちゃいテーブル、この椅子のそばへひっぱっても、いいですか？」

「トーマスを呼びなさい。あれがちゃんとしてくれる」

「いえ、ひとりでできます。重くないんですから」

「じゃ、持っといで」

子供が仕度するのを見ていると、老人の顔のかすかなほほえみが、目に見えてきた。セドリックは、すっかり夢中になっていた。小さいテーブルを、椅子のそばにひきよせ、ゲームの道具を箱からだして、その上に並べた。

「やりはじめたら、とてもおもしろくなりますよ。いいですか。黒はおじいさま、ぼくは白。これ、人間のつもりですよ。このフィールドをひとまわりすると、ホームランで一点なんです、――こうなればアウト――、それから、これが一塁、これが二塁、これが三塁、それからホーム・ベースです」

そして、たいへんないきおいで、こまかい説明をはじめた。ほんとうの試合のときの、ピッチャーや、バッターや、キャッチャーのかまえをやって見せたり、ホッブスさんと行って、運よく見られた試合で、ものすごい『熱球』を捕えたようすを、身ぶり手ぶりで話したりした。きびきびとして、品のいい体、熱心な身ぶり、ゲームを無邪気に喜ぶさま、見ていて楽しかった。

やっと説明が終わって、いよいよ、真剣にゲームをはじめてからも、伯爵は、あきないで、やはりおもしろかった。小さい相手は、まったく夢中になって、幼い心をゲームにうちこんでいた。いい球が出たときの、うれしそうなかわいい笑い、ホームランを飛ばしたときの熱狂ぶり、自分がうまくやっても、相手がうまくやっても、こだわりなく、同じように喜ぶのは、どんな遊びでも、相手を楽しくさせないではおかない。

もし、一週間前に、だれかがドリンコート伯に、ある朝、あなたは、巻き毛の幼い子を相手に、はでな色でぬった板の上に、白と黒の駒を動かす、子供の遊びをしたら、きっと足の痛みもふきげんも忘れてしまうだろうなどと言ったとしたら、さぞかし腹を立てたことだろう。だが、たしかに、いま、伯爵は、戸があいて、トーマスがお客さまのきたことを知らせても、まるで、気がつかなかった。

（川端訳一五八〜一六〇ページ、拙訳一七七〜一七九ページ）

次は、伯爵がセドリックの母親と和解する場面。

伯爵は、この立会いをすませて、部屋から出るとすぐに馬車に乗って、

「コート・ロッジへ」

と、トーマスに言った。

「コート・ロッジへ」

と、トーマスは御者台へあがってきて、御者にとりついでから言った。

「こいつはどうやら、へんてこなことになってきたぜ」

馬車が、コート・ロッジでとまったとき、セドリックは、お母さまと客間にいた。伯爵は、とりつぎもなしに、入ってきた。背が、一インチ高くなったように見え、よほど若がえって見えた。くぼんだ目も輝いていた。

「どこだ、フォントルロイは？」

エロル夫人は、お迎えにでた。顔をぽっと赤くして、

「フォントルロイとおっしゃいましたの？　ほんとうでございますか？」

と、尋ねた。伯爵は、夫人の手をとって、

「そうだ、たしかに」

そして、もういっぽうの手を、セドリックの肩にかけた。

「フォントルロイ」

と、やはりいかめしいうちとけた声で、

「お母さまに聞いてごらん。いつ、お城へきていただけますかって」

フォントルロイは、両腕でお母さまの首に抱きついて、叫ぶように言った。

「ぼくたち、いっしょに暮らすんだ！　いつもいっしょにいられるんだ！」

伯爵が、エロル夫人を見つめた。エロル夫人も、伯爵をじっと見た。伯爵は、まったく、真剣だった。いっときも早く、決めてしまいたいのだった。自分の跡継ぎの母親とは、むつまじくしたほうがいい、と思うようになっていたのだ。

「ほんとうに、わたくしがまいってもよろしいのでございますか？」

エロル夫人は、あのやさしく美しいほほえみをうかべて言った。

「ほんとうだとも」

伯爵は無造作に言った。

「わしもこの子も、はじめからおまえがいっしょだったら、と思っていた。しかし、よく気がつかなかったのだ。どうか、きてもらいたい」

（川端訳三三九〜三四一ページ、拙訳三七五〜三七七ページ）

最後に、最終章（第一五章）の冒頭部分。

ベンは、子供をつれて、カリフォルニアの牧場へ帰っていき、たいへん恵まれた身の上になった。

ベンが行く前に、ハビシャムさんは、ベンと会った。ドリンコート伯爵が、フォントルロイ卿になりかかった子供のために、なにかしてやりたがっているという話をした。伯爵が牧場を買いとって、ベンをその管理人にして、いい給料をとらせ、息子の将来のためをはかるのが、いい考えだろうということで、それに決まったのだった。

だから、ベンは帰ると、やがては、自分が持ち主になる牧場へ行ったのだ。もうほとんど、ベンのものだといってもいいのだし、そのうちにベンのものになるはずなのだった。いく年か後には、じっさいそうなった。子供のトムは、その牧場で、立派な青年に育ち、父親に、たいそうやさしくした。仕事もうまくいって、ふたりは、幸せだった。ベンはいつも、いままではずいぶん苦労したが、トムがその苦労をみんな忘れさせてくれた、と言っていた。

（川端訳三四五ページ、拙訳三七八～三七九ページ）

いかがだろうか。セドリックの言葉づかいはいくらか時代がかったところもあるが、言葉を限界まで削ぎ落とした川端訳を味見していただけたかと思う。

一つだけ、パラグラフの扱いについて。原書は改行が少なく、かなり長いパラグラフが多いのだが、川端訳は子供の読みやすさを勘案してか、頻繁に改行して、一つひとつのパラグラフを短くしている。文章の内容を考えてみても、原書より川端訳の改行のほうが妥当であると思う箇所が多かったが、拙訳は原書を「玄米のままお届けする」ことにこだわったので、あえて長いパラグラフは長いまま残し、原書の改行箇所を変えることはできるだけ控えた。

原書では、セドリックが父親の言葉づかいを真似て母親のことをDearestと呼ぶ箇所がいくつもあり、この訳語をどうしようかと迷ったのだが、夫が妻に対して使うとしたらやや大げさではあるがまあ許容範囲であり、しかし子供が母親に対して使うとすると奇異であり（完全にマザコンに聞こえる）、かつ原語の意味をそのまま伝える訳語として、〈最愛のきみ〉と訳すことにした。川端訳では「大好きなママ」となっているが、ほかの会話では母親のことを「お母さま」と呼んでいるのにDearestのときだけ「ママ」にするのも中途半端だし、第一、故エロル大尉が愛妻を「大好きなママ」と呼んだはずはないので、これは採用しなかった。

角川文庫から出ている吉野壮兒訳『小公子セディ』では、Dearestは単純に「お母さん」と訳されていて、Dearestという奇妙な言葉づかいが問題になる伯爵とセドリックの初対面の場面では、

「わしはおまえと仲よしになれるかな？」と伯爵が尋ねた。

「ええ、なれると思います」とセドリックは答えた。「ホッブズさんとぼくは大の仲よしでしたもの。いちばん好きな人を別にしたら、ホッブズさんは第一の親友でした」

伯爵はもじゃもじゃの眉毛をぴくっと動かした。

「だれだ、そのいちばん好きだというのは？」

「ぼくのお母さんです」とセドリックは少し低い、か細い声で静かに言った。

（『小公子セディ』吉野壮児訳　一一四ページ、ルビは省略した）

というふうにDearestという言葉は「いちばん好きな人」と訳されており、それ以外の箇所ではDearestの訳を回避して単に「お母さん」と書いている。どう訳しても自然な日本語にはならないと判断されたのかもしれない。

訳者が『小公子』を読んだのは、小学生のときだった。いまにして思うと、ずいぶん雑な読み方をしていて、もったいないことをした。今回、翻訳者としてあらためてこの作品と向きあってみたら、『小公子』は含蓄に富む文章で丁寧につづられた物語で（小学生だった自分は、「含蓄」の部分はすべて読み飛ばしたのだろう）、人物造形もしっかりしていて、終わりに大事件の出来と逆転満塁ホームランみたいな勧善懲悪の展開があって（だから児童文学に分類されてしまうのかもしれないが）、頭でっかちな長文はかなり訳しづらかったが、翻訳しながら作品をおおいに楽しく味わうことができた。

最後になったが、この作品を翻訳する機会を与えてくださった光文社古典新訳文庫の中町俊伸編集長と、編集全般に目を配り、チャールズ・エドマンド・ブロックの味わい深い挿絵を見つけてくださった担当編集者の小都一郎さんに、心から感謝を申し上げる。今回の翻訳の底本に使ったSEAWOLF PRESS版には、*Little Lord Fauntleroy* の初版に使われたレジナルド・B・バーチの味わい深い挿絵が収録されていたが、画質が悪く、採用できなかった。

いつもながら信頼のおける仕事で翻訳原稿の仕上げを担ってくださった校閲の方々にも、深く感謝を申し上げる。

二〇二〇年一〇月

小公子（しょうこうし）

著者　バーネット
訳者　土屋京子（つちやきょうこ）

2021年3月20日　初版第1刷発行

発行者　田邉浩司
印刷　萩原印刷
製本　ナショナル製本

発行所　株式会社光文社
〒112-8011東京都文京区音羽1-16-6
電話　03（5395）8162（編集部）
03（5395）8116（書籍販売部）
03（5395）8125（業務部）
www.kobunsha.com

ISBN978-4-334-75440-2 Printed in Japan

光文社古典新訳文庫　好評既刊

秘密の花園
バーネット
土屋 京子 訳
両親を亡くしたメアリは叔父に引き取られる。従兄弟のコリンや動物と会話するディコンと出会い、屋敷内の秘密の庭園に出入りし、次第に快活さを取りもどす。（解説・松本 朗）

あしながおじさん
ウェブスター
土屋 京子 訳
匿名の人物の援助で大学に進学した孤児ジェルーシャ。学業や日々の生活の報告をする手紙を書くうち、謎の人物への興味は募り……世界中の少女が愛読した名作を、大人も楽しめる新訳で。

トム・ソーヤーの冒険
トウェイン
土屋 京子 訳
悪さと遊びの天才トムは、ある日親友ハックと夜の墓地に出かけ、偶然に殺人現場を目撃してしまう……。小さな英雄の活躍を瑞々しく描くアメリカ文学の金字塔。（解説・都甲幸治）

魔術師のおい　ナルニア国物語①
C・S・ルイス
土屋 京子 訳
異世界に迷い込んだディゴリーとポリーの運命は？　悪の女王の復活、そしてアスランの登場……。ナルニアのすべてがいま始まる！　ナルニア創世を描く第1巻（解説・松本朗）

ライオンと魔女と衣装だんす　ナルニア国物語②
C・S・ルイス
土屋 京子 訳
魔法の衣装だんすから真冬の異世界へ――四人きょうだいの活躍と成長、そしてアスランと魔女ジェイディスの対決を描く、ナルニアで最も有名な冒険譚。（解説・芦田川祐子）

★続刊

小公女　バーネット／土屋京子・訳

女子寄宿学校に預けられたセーラはプリンセスさながらの特別扱いを受けていたが、学校最大のパトロンであった父親の訃報と破産が知らされ、セーラに少しの財産も残らないことがわかった途端……少女の不屈の精神と、数奇な運命を描く。

戦争と平和5　トルストイ／望月哲男・訳

モスクワに入ったフランス軍はたちまち暴徒と化し、放火か失火か、市内は大火で焼かれてしまう。使命感からナポレオン殺害を試みるピエール。退去途中で偶然、重傷のアンドレイを見つけたナターシャは、懸命の看護で救おうとするのだが……。

フロイト、夢について語る　フロイト／中山 元・訳

主著『夢解釈』を刊行後も、フロイトは次々と増補改訂を行い、さまざまな論考で自説を補足してきた。本書は、その後の「メタ心理学」の構想を境として、夢についての考察、理論がどのように深められ、展開されたかを六つの論考からたどる。